I0751863

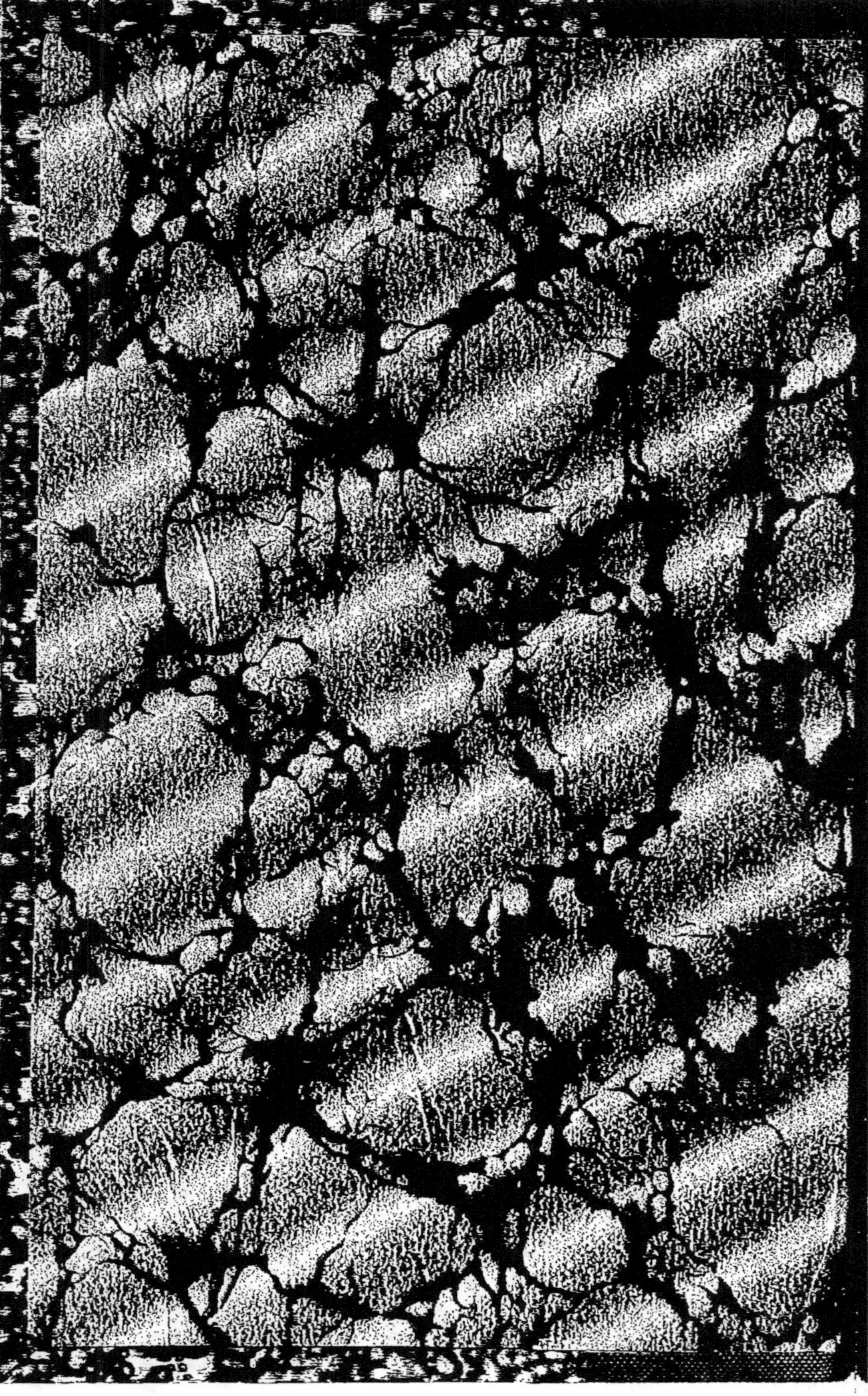

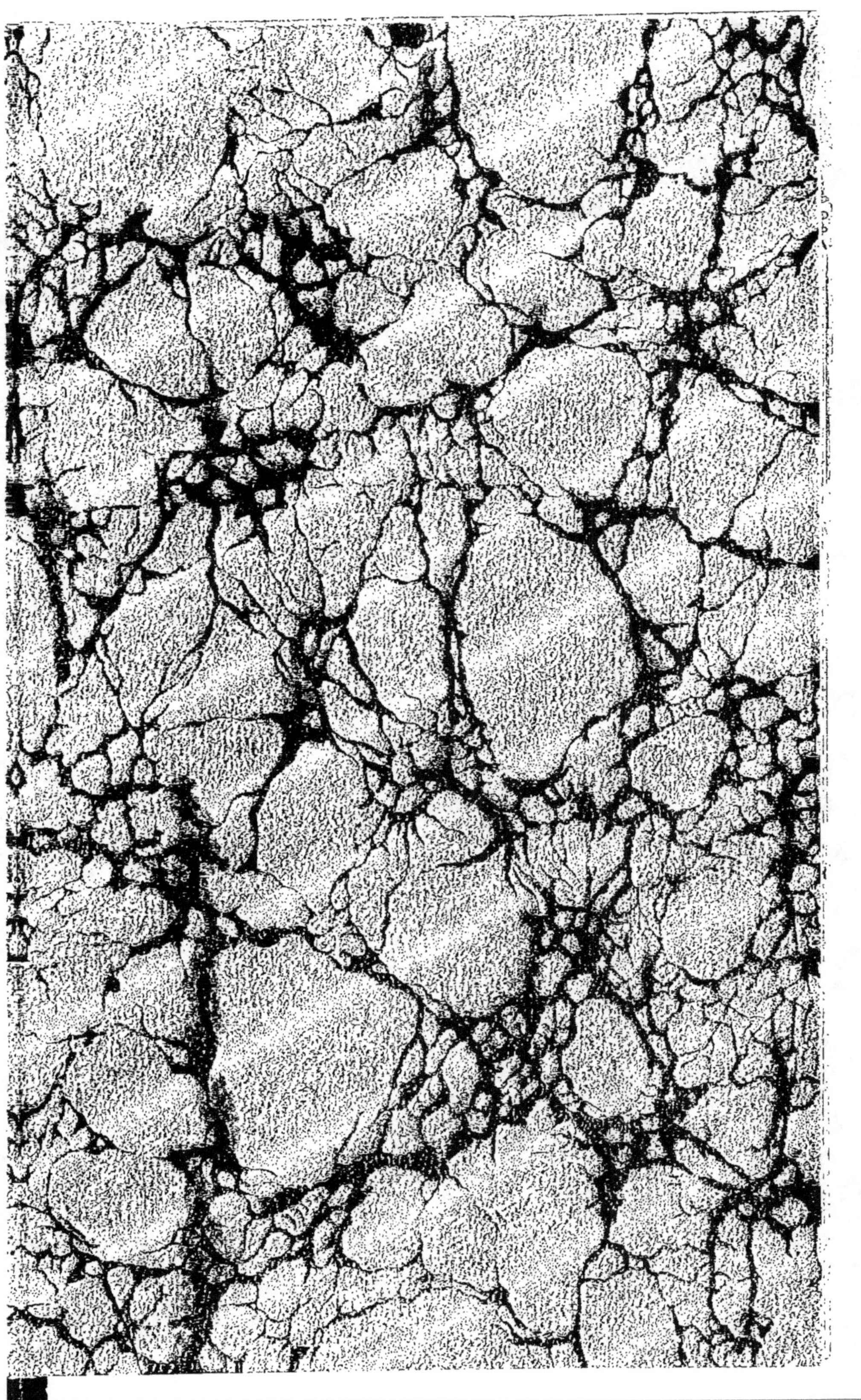

L'ÉCOLIER

OU

RAOUL & VICTOR

PAR

MADAME GUIZOT

Ouvrage couronné par l'Académie française

TOME I

PARIS

LIBRAIRIE ACADÉMIQUE

DIDIER ET Cᵉ, LIBRAIRES-ÉDITEURS

35, QUAI DES AUGUSTINS, 35

ŒUVRES MORALES DE Mme GUIZOT

L'ÉCOLIER

OU

RAOUL ET VICTOR

I

ŒUVRES MORALES DE Mme GUIZOT

L'ÉCOLIER

OU

RAOUL ET VICTOR

I

PARIS. — IMPRIMERIE ÉMILE MARTINET, RUE MIGNON, 2

Lefèvre del. Mme Thorel sc.

Ce que je désire, c'est de vous aider à vous éloigner d'ici.

L'ÉCOLIER

OU

RAOUL ET VICTOR

PAR MME GUIZOT

OUVRAGE COURONNÉ PAR L'ACADÉMIE FRANÇAISE

17e Édition

1

PARIS

LIBRAIRIE ACADÉMIQUE

DIDIER ET Cie, LIBRAIRES-ÉDITEURS

35, QUAI DES AUGUSTINS, 35

1879

L'ÉCOLIER

OU

RAOUL ET VICTOR

I

L'ORAGE

Le temps était lourd, un tonnerre lointain annonçait l'orage. Assis sur un banc qu'il avait fait placer au pied d'un arbre à une très petite distance de son parc, M. de Foligny du bout de sa canne creusait la terre avec un mouvement d'impatience contenu, mais qui se manifestait clairement sur son visage plus sévère encore que d'ordinaire. Près de lui sa fille Adrienne, les yeux timidement tournés tantôt sur son père, tantôt vers la campagne, semblait tourmentée d'une anxiété qu'elle n'osait manifester. Tout d'un coup elle se lève précipitamment, et court vers deux hommes qu'elle voyait arriver de loin, s'arrête, regarde quelque temps, et revient s'asseoir tristement en disant à demi-voix : « Ce ne sont pas eux. » Un sourire amer de mécontentement se peint sur le visage de M. de Foligny, et Adrienne baisse les yeux sans oser même regarder autour d'elle. En ce moment un coup de tonnerre assez fort se fait entendre : « Mon Dieu, » dit Adrienne en joignant les mains, « s'il allait pleuvoir ! Mon père, » ajouta-t-elle vivement, « tâchez de vous appuyer sur moi ; je vous assure que je puis vous soutenir jusqu'à la porte du parc. » Son père sourit plus doucement en la regardant, et lui dit : « Voilà une belle prétention. » Cependant il essaya de se soulever en s'appuyant sur l'épaule de sa fille ; mais les approches de l'orage avaient renouvelé les douleurs de sa goutte. Lorsqu'il voulut poser son pied à terre, la violence du mal lui fit serrer involontairement l'épaule d'Adrienne au point de lui causer un léger tressaillement. M. de Foligny s'en aperçut et parut peiné de n'avoir pu surmonter ses souffrances. Adrienne tourna vers lui un regard souriant pour qu'il ne crût pas lui avoir fait mal ; mais le sourire ne fit que passer sur son visage, où se peignaient l'inquiétude et la tristesse. M. de Foligny se rassit en disant : « C'est impossible. » Il baisa sa fille au front, puis demeura sans faire un mouvement, ce qui lui arrivait toutes les fois qu'il éprouvait une grande agitation.

Celle d'Adrienne devint alors d'autant plus insupportable qu'elle n'osait la montrer. Laforêt, le vieux valet de chambre de son père, était allé au collége de la ville voisine éloignée d'une demi-lieue, pour ramener Raoul, fils de M. de Foligny, qui venait passer tous les dimanches dans sa famille. Comme ce jour-là le temps était doux et paraissait sûr, Adrienne avait proposé à son père, retenu depuis plusieurs jours dans sa chambre par une attaque de goutte, de venir prendre l'air sur son banc, qu'elle avait pris soin d'environner d'arbustes et de fleurs nouvelles. Se doutant bien que sa fille lui avait préparé quelque surprise de ce genre, M. de Foligny avait consenti à ce qu'elle désirait, et s'était fait conduire par un de ses gens; car, malgré sa canne, il ne pouvait encore marcher seul sans beaucoup de peine, et Laforêt devait, en revenant avec Raoul, reprendre son maître, qui n'avait à faire jusque chez lui qu'un trajet fort court; mais les douleurs qu'il venait de ressentir le lui rendaient actuellement impossible. Quand même M. de Foligny eût été en état de poser pied à terre, Adrienne, âgée de quatorze ans, mais petite et délicate, aurait pu difficilement fournir un appui suffisant à son père, dont la taille haute et forte, le corps appesanti par les fatigues et les souffrances, demandaient un soutien plus vigoureux. Il fallait donc demeurer là, exposé à l'orage qui s'approchait, à la pluie dont on commençait à sentir quelques gouttes et qui menaçait de tomber bientôt avec violence. La crainte de ce qui pouvait en résulter pour son père, objet continuel de ses soins, aurait absorbé toutes les facultés d'Adrienne, si son esprit n'eût été en même temps occupé d'une autre crainte presque aussi pénible. Elle ne pouvait douter que Raoul, en se livrant à quelqu'une de ses fantaisies ordinaires, n'eût été la cause de ce retard. Elle prévoyait le sévère accueil de son père, et savait trop bien aussi comment Raoul recevrait la réprimande méritée.

Autant étaient doux les rapports d'Adrienne et de son père, autant étaient tristes et amers ceux de

M. de Foligny et de son fils. Raoul et Adrienne avaient perdu leur mère de bonne heure, et leur père, alors au service, ne pouvant les prendre avec lui, les avait laissés chez sa belle-mère, qui désirait les garder avec elle pour adoucir un peu la perte de sa fille, à laquelle elle ne survécut qu'un petit nombre d'années. Raoul avait alors dix ans et Adrienne huit. M. de Foligny venait de quitter le service; il reprit ses enfants, mit Raoul au collége, et garda chez lui sa fille, dont l'aimable naturel lui promettait une douce société.

Gâté à l'excès par sa grand'mère, Raoul, en rentrant sous la tutelle immédiate de son père, n'avait pu plier à ce nouveau joug un caractère dont jusqu'alors rien n'avait contraint les caprices et l'impétuosité. Rempli d'intelligence autant que d'amour-propre, il avait promptement réparé au collége le défaut de ses premières études, et repris entre ses jeunes condisciples la place qui convenait à son âge. Mais ni la discipline du collége, ni les leçons qu'il recevait de ses camarades, ni la crainte de son père, n'étaient parvenues à dompter les emportements de ce caractère irascible et toujours dominé par ses premiers mouvements. Plusieurs fois, malgré les brillants succès qu'il obtenait dans ses études, Raoul avait manqué d'être renvoyé du collége pour sa violence avec ses camarades et ses irrévérences envers ses maîtres; et le mécontentement habituel qu'il donnait à son père avait fort augmenté à son égard la sévérité à laquelle M. de Foligny était naturellement disposé.

Un jeune homme plus réfléchi que Raoul aurait ménagé et respecté cette sévérité; car en même temps qu'elle tenait, chez son père, à une rigueur de principes honorable pour un fils, elle pouvait avoir été fort accrue par des souffrances et des chagrins auxquels on doit toujours être sensible. Des amertumes de tous genres, suite des avantages et des inconvénients de son caractère, avaient rendu sa vie pénible. Homme de qualité (il s'appelait le comte de Foligny, titre que je rappellerai peu, parce que lui-même y attachait peu d'importance), il s'était brouillé, au commencement de la révolution, avec une partie de sa famille, dont il ne partageait pas les opinions, et avait eu pour ennemis, dans les différents partis, ceux à qui déplaisaient ses principes politiques et ceux qui condamnaient ses principes de morale. Il avait été en butte aux calomnies, aux persécutions, et avait enfin quitté le service plus encore par dégoût des injustices qu'il y éprouvait, que par suite de ses infirmités. Elles s'étaient fort augmentées depuis sa retraite. Le repos forcé auquel elles le condamnaient était peu propre à dissiper le fond de tristesse qui lui était naturel, et que les événements de sa vie avaient en quelque sorte justifié à ses yeux. Il voyait peu de monde, parce qu'il ne cherchait pas à en voir. Il aimait à s'occuper; mais sa santé chancelante lui rendait souvent trop fatigantes les occupations sérieuses, les seules qui pussent lui plaire; et il restait alors livré sans distraction à la souffrance et à la mélancolie; il en était résulté chez lui une irritabilité d'humeur qu'il ne parvenait à dominer qu'en se tenant continuellement en garde contre lui-même et contre les autres; il sentait que la plus petite contrariété était suffisante pour l'émouvoir, et qu'il fallait peu de chose pour le faire sortir du calme et de la dignité qui conviennent à un homme. Aussi, armé de toute la force de son caractère contre ces émotions trop vives et trop continuelles, sans cesse occupé à veiller sur ses propres impressions, imposait-il à ceux qui dépendaient de lui une égale surveillance sur leurs paroles et sur leurs actions; il se croyait en droit d'exiger d'eux qu'ils prissent soin de ne lui causer aucune impatience, quand lui-même s'appliquait à ne leur en pas témoigner, et il ne leur aurait pas pardonné de l'exposer à des mouvements de colère auxquels il lui eût été humiliant de se livrer. Ses domestiques le craignaient; mais ils lui étaient attachés, parce qu'il n'y avait rien en lui de dur ni de méprisant, d'injuste ni de capricieux, et que dans la règle absolue à laquelle il les assujettissait régnait une espèce d'égalité; car il semblait maintenir cette égalité pour lui-même avec autant de rigueur que pour les autres. Mais toute espèce de règle était intolérable à Raoul. Forcé de se soumettre en présence de son père, dont le seul abord le faisait trembler, il ne reconnaissait cette crainte et cette nécessité qu'avec un sentiment de colère qui croissait en lui tous les jours, à tel point qu'il ne pouvait presque plus le maîtriser. Accueilli le plus souvent par des réprimandes toujours méritées, toujours attendues, il ne sortait du sombre silence gardé d'abord que pour aggraver sa faute par quelque réponse emportée, irrespectueuse, qu'il ne laissait échapper qu'avec une sorte de terreur, mais qu'il ne pouvait plus contenir. Alors Adrienne, les yeux fermés, respirant à peine, aurait voulu cesser de voir et d'entendre. Alors le front de M. de Foligny s'armait d'une sévérité plus qu'ordinaire, et il prononçait une punition dont Raoul, hésitant entre la révolte et la crainte, recevait l'arrêt les yeux détournés, et en frémissant de désespoir et d'humiliation.

Ainsi se passaient presque tous les dimanches, et quoique Adrienne en employât la moitié à pleurer, elle les désirait toujours avec impatience; car plus le dimanche précédent avait été mauvais et triste, plus, disait-elle, il est urgent que Raoul vienne bien vite réparer sa conduite le dimanche suivant. Elle ne pouvait mettre en doute que l'avenir ne fût toujours destiné à réparer le passé. D'ailleurs, comment aurait-elle compris l'aigreur, le ressentiment ou l'obstination? Comment serait-il entré dans son esprit que l'on puisse avoir le désir de blesser, de contrarier, ou de manquer de soumission à un devoir, de docilité à un ordre, de complaisance pour la volonté d'un autre? Accoutumée de bonne heure à subir d'assez grandes injustices dans la maison de sa grand'mère, où il était de règle que tout cédât à son frère, à peine en avait-elle souffert, tant il lui semblait naturel de ne rien demander, de ne rien attendre pour elle-même. Seulement, comme son père, qui s'apercevait de l'inégalité à laquelle elle était soumise, avait saisi toutes les occasions de l'en dédommager par une tendresse plus marquée, elle avait senti si vivement le bonheur d'en être aimée, qu'elle avait reçu son affection comme un bienfait. Depuis qu'il l'avait rapprochée de lui, elle ne remarquait pas s'il exigeait d'elle peu ou beaucoup; heureuse de faire de son père le centre de son existence, d'avoir un objet de dévouement, et de voir ce dévouement reconnu. M. de Foligny l'idolâtrait. Il avait profité de son loisir et des dispositions qu'il trouvait en elle pour étendre son esprit et développer son intelligence. Sans altérer la gaieté de son âge, il l'avait rendue capable d'idées sérieuses. Sa confiance en elle en faisait presque son amie, et le plaisir qu'il trouvait dans sa société était aux yeux d'Adrienne un honneur si grand et si flatteur, que, pénétrée de sa condescendance, elle ne pensait à lui qu'avec cette sorte d'adoration reconnaissante, si naturelle à un enfant élevé par la bonté et la confiance de son père à une égalité au-dessus de son âge. Ainsi donc, sauf les dimanches, Adrienne était heureuse, et même, ce qui aurait pu surprendre ceux qui connaissaient les habitudes du château de Foligny, elle s'amusait; car les sentiments graves et les occupations sérieuses préparent singulièrement à goûter les amusements simples. Les fleurs d'Adrienne, sa chèvre, ses oiseaux étaient pour elle une société délicieuse, dans les moments de distraction que lui permettaient ses études ou les soins qu'elle donnait à son père. En se promenant dans les champs avec sa gouvernante, avait-elle contemplé pendant un quart d'heure un beau soleil couchant, ou découvert dans le bois quelques fraises ou quelques violettes à l'endroit où elle n'en soupçonnait pas, elle avait fait « une promenade charmante ; » et une fois tous les trois mois, quand M. de Foligny pouvait monter en voiture, une journée passée avec lui dans un des châteaux voisins était attendue d'avance comme une partie de plaisir, car, avec les sentiments d'une personne raisonnable, Adrienne avait toute la vivacité des goûts de l'enfance. Mais au moment où le premier coup de tonnerre annonçant l'orage était venu ajouter une nouvelle angoisse à l'anxiété causée déjà par le retard de Raoul, le sentiment de son bonheur habituel s'était effacé de sa mémoire. Tout entière, comme cela est naturel à son âge, à l'impression présente, elle ne cessait de répéter intérieurement : « Que je suis malheureuse ! » Elle le dit une fois à demi-voix ; son père l'entendit. « On n'est pas malheureuse, ma fille, » lui dit-il, « d'un chagrin qui doit probablement finir avant trois quarts d'heure. — Trois quarts d'heure ! » s'écria Adrienne. Elle ne concevait pas qu'il lui fût possible de passer encore trois quarts d'heure dans une pareille situation. « Quand ce serait plus long ? » reprit M. de Foligny d'un ton grave. Adrienne avait le cœur gros d'envie de pleurer ; elle songeait aussi à Raoul, elle y songeait avec colère, avec chagrin, avec crainte ; elle aurait voulu lui reprocher sévèrement sa conduite, mais la lui reprocher toute seule. Cependant son désir le plus pressant était de voir arriver Laforêt ; elle croit enfin l'apercevoir de loin ; c'est lui, en effet, mais il est seul. Le cœur d'Adrienne bondit de joie : quelque faute aura retenu Raoul au collége. Toute à l'espérance d'être délivrée de la frayeur qui la tourmentait, elle court au devant de Laforêt. « Mon frère est resté? » demanda-t-elle toute tremblante d'agitation. « Non, mademoiselle, » répond Laforêt d'un air mécontent; « il vient. — Quoi! sans vous! Que dira mon père? — Que voulez-vous que j'y fasse, mademoiselle Adrienne? Vous connaissez M. Raoul. J'ai eu beau me fâcher, il a voulu absolument prendre à travers les champs, les haies, les fossés, que sais-je? Il m'a dit qu'il serait avant moi au chemin croisé; je l'y ai attendu très longtemps, et vous voyez! Encore faut-il s'entendre dire mille choses désagréables. C'est une mauvaise commission que me donne là monsieur. »

Adrienne restait éperdue; une goutte de pluie la rappelle à elle-même. Elle prie Laforêt d'aller promptement au château chercher la voiture pour son père, que la goutte a repris. Laforêt, effrayé de cette nouvelle conséquence de l'indocilité de Raoul, empressé d'ailleurs de remplir un ordre qui lui donne le moyen d'arrêter dans le moment les questions sévères de son maître sur la cause de son retard, court avertir au château aussi vite que le lui permet son âge.

Adrienne revient lentement, les yeux baissés. « Et votre frère? » lui demande M. de Foligny. Confuse, elle balbutie quelques mots. De larges gouttes de pluie commençaient à tomber avec abondance; alors elle ne peut plus retenir ses larmes. « C'est ma faute! » s'écrie-t-elle. « Pourquoi n'ai-je pas regardé le baromètre ce matin? Je suis sûre qu'il aura baissé. —

Adrienne, » lui dit un peu sévèrement son père, « ne soyez pas si prompte à prendre sur vous les fautes des autres. C'est un grand bonheur, ma fille, de n'avoir pas de tort à se reprocher. » Les larmes d'Adrienne coulaient en silence; cependant la pluie semblait diminuer, mais le tonnerre, qui s'était rapproché, éclate enfin avec violence presque au-dessus de leur tête.

« Mon enfant, » dit M. de Foligny à sa fille, « allez vous asseoir sur cette pierre, là-bas. — Mon père! » s'écrie Adrienne en le regardant avec effroi; elle comprend qu'il veut l'éloigner de cet arbre isolé qui peut attirer la foudre; et lui, il ne peut le quitter. Elle hésite, tremblante, hors d'elle-même. « Éloignez-vous, Adrienne; je le veux, je le veux! » répète son père d'une voix presque menaçante, tant il se sent ému du danger qu'il redoute pour elle. Adrienne ne saurait résister à un pareil ordre; elle fait quelques pas, mais elle hésite de nouveau, et ne paraît pas disposée à quitter l'arbre. « Sur la pierre là-bas, et sur-le-champ! » répète M. de Foligny, la montrant de sa canne, et d'un ton qu'il n'avait jamais pris avec Adrienne. Elle obéit. Pâle, tremblante, elle s'assied les mains jointes et serrées contre ses genoux. Elle n'ose manifester aucun signe de faiblesse; ses larmes coulent, et ses yeux sont fixés sur son père. M. de Foligny s'efforce de sourire; son maintien est tranquille, son visage calme, quoique portant l'impression de la souffrance; mais il demande intérieurement au ciel de lui épargner un malheur en présence de sa fille.

Un second coup de tonnerre, un peu moins violent et moins rapproché que le premier, venait de faire tressaillir Adrienne ; en ce moment, un étranger assez jeune et d'une figure noble s'approche de M. de Foligny et lui demande s'il ne craint pas de demeurer ainsi, pendant l'orage, sous un arbre isolé au milieu de la campagne. M. de Foligny lui montrant son pied malade : « La crainte ne sert à rien quand la nécessité commande. »

« Ne pourrais-je, » dit l'étranger, « vous aider à vous éloigner d'ici ?—O mon père ! » s'écrie Adrienne, à la proposition de l'étranger, et en s'élançant vers M. de Foligny. Celui-ci, comme par complaisance pour sa fille, consent à essayer ce qu'il croit impossible. Mais l'étranger, lui passant un bras autour du corps, le soulève et le soutient si fortement, qu'il parvient, à l'aide du pied qui lui reste libre, et en s'appuyant d'un bras sur les épaules de son conducteur, de l'autre se soutenant sur sa canne, à s'éloigner de l'arbre et à gagner la pierre que venait de quitter Adrienne. Sa fille, à genoux devant lui, lui baise les mains, les mouille de larmes, et ne pense plus à ses chagrins.

Cependant la pluie tombait par torrents. « Il vous est impossible, » dit l'inconnu, « de rester ici. Permettez-moi de vous aider à gagner une maison voisine. — Celle du jardinier, à la porte du parc, est si près d'ici ! » dit avec empressement Adrienne.

« Soyez assez bonne, mademoiselle, pour m'indiquer le chemin, » ajouta l'étranger, en passant de nouveau son bras autour du corps de M. de Foligny, et sans attendre sa réponse.

« Je vois bien, » dit celui-ci en se levant appuyé sur l'épaule de son conducteur, « qu'il faut que je m'abandonne à vos bons soins, aux risques d'en abuser. La maison de mon jardinier est là tout près, » ajouta-t-il en l'indiquant d'un signe de tête ; « sans moi, vous y seriez en moins de dix minutes. — L'important, » dit l'étranger, « c'est de vous y faire arriver le plus tôt possible. » Et alors, avec autant d'adresse et d'agilité que de force, habile à se soutenir dans les passages glissants, attentif à les faire éviter à M. de Foligny, tandis qu'Adrienne marchait devant et conduisait, pour ainsi dire, la canne et le pied de son père sur les petites portions de sentier que n'avait pas encore inondées l'orage, il le fit avancer avec une promptitude singulière ; en quelques minutes, ils arrivèrent à la maison du jardinier, située à l'une des portes du parc. Un grand feu fut allumé dans une salle basse, et l'on courut au château chercher des vêtements secs pour M. de Foligny.

On s'était à peine parlé pendant la route M. de Foligny ne disait point de paroles inutiles, et pendant le temps qui s'était écoulé depuis le départ jusqu'à l'arrivée, l'active attention de ses deux conducteurs avait été entièrement concentrée sur une seule idée. Lorsqu'ils furent assis autour du feu, M. de Foligny se tournant vers l'étranger : « Je ne vous remercie pas, monsieur ; il n'est point de remerciement qui puisse approcher du service que vous venez de me rendre ; mais vous me paraissez doué d'une grande bonté; elle doit en ce moment vous donner une grande satisfaction. »

L'étranger l'assura qu'il se trouvait en effet trop heureux de lui avoir rendu un léger service. « C'est, je crois, » dit-il, « à M. lecomte de Foligny que j'ai l'honneur de parler? » Sur un signe affirmatif il continua : « Oserais-je vous demander si monsieur votre fils est ici? — Mon fils? » répondit M. de Foligny d'un air étonné et reprenant une expression sévère. « Il n'est pas encore arrivé, » dit Adrienne d'une voix basse et tremblante. « Je crains bien, mademoiselle, » poursuivit l'étranger en s'adressant à elle, « d'être un peu la cause de ce retard qui peut-être vous inquiète; mais soyez parfaitement tranquille, il ne peut lui être rien arrivé. J'en réponds ainsi que de mon cheval. Ils se seront probablement oubliés ensemble, » ajouta-t-il en souriant; « ce sont d'anciennes connaissances. »

M. de Foligny paraissait de plus en plus surpris. L'étranger lui expliqua qu'ayant été plusieurs fois au collége voir le fils d'un de ses amis, il avait fait connaissance avec Raoul, qui s'était surtout fort occupé de son cheval, et l'avait même monté deux ou trois fois dans la cour du collége, soupirant toujours lorsqu'il en fallait descendre. Il ajouta que ce matin même Raoul l'avait rencontré dans la campagne où il se reposait un moment à l'ombre, son cheval attaché à un arbre. Avec sa pétulance ordinaire, Raoul avait commencé par sauter sur le cheval, regrettant de ne pouvoir s'en servir pour arriver plus vite au château, où il craignait d'être précédé par le domestique chargé de l'accompagner; il l'avait quitté, disait-il, parce que le chemin qu'il lui faisait prendre lui déplaisait. « J'espère, monsieur, que vous me pardonnerez, » poursuivit l'étranger, « d'avoir voulu lui sauver les conséquences de cette petite faute. Il m'était indifférent de venir à pied jusqu'ici; c'était mon chemin de passer devant votre porte, et votre fils se promettait d'être arrivé avant moi. Mais l'orage l'aura peut-être arrêté; d'ailleurs, » dit-il avec un sourire, « il n'était pas encore bien loin, que j'ai cru m'apercevoir qu'il avait des dispositions à prendre le plus long. » L'étranger répéta encore qu'il ne pouvait lui être arrivé d'accident, parce que le cheval était très sûr et que Raoul montait bien. M. de Foligny l'assura qu'il ne craignait rien pour son fils, accoutumé aux chevaux dès son enfance. « Mais, » ajouta-t-il, « s'il avait eu l'honneur d'être connu de vous, peut-être, monsieur, auriez-vous été moins disposé à la complaisance pour un jeune homme dont les fantaisies ont grand besoin de rencontrer de la résistance, car elles ne trouvent jamais un frein dans sa propre raison. » M. de Foligny prononça ces mots d'un ton un peu sévère; il était blessé de l'indiscrétion de son fils, et blâmait aussi en lui-même la facilité de l'étranger.

« Je serais fâché, monsieur, » répliqua celui-ci, « d'avoir contrevenu, sans le savoir, à la règle de conduite que vous voulez faire observer à l'égard de monsieur votre fils. Vous m'excuserez, j'ai lieu de l'espérer. »

M. de Foligny s'inclina avec politesse; bien que mécontent, il était incapable de manquer aux convenances, surtout envers l'homme qui venait de le secourir d'une manière si obligeante. Il y avait, d'ailleurs, dans le maintien et dans toutes les manières de l'étranger, quelque chose de noble et en même temps d'extrêmement modeste, qui commandait la bienveillance et les ménagements. Sa figure était agréable; quoiqu'il ne parût pas avoir plus de trente ans, il semblait porter les traces d'assez longs chagrins. Son sourire était fugitif comme celui d'un homme qui craint ou ne se permet pas de se livrer à la gaieté. Bien qu'en lui rien n'annonçât la timidité, on voyait quelquefois son visage se colorer subitement d'une rougeur légère qui s'effaçait presque aussitôt, comme si, naturellement fier et susceptible, il se fût prescrit une patience et une douceur auxquelles il n'était pas disposé. Après les premiers moments de conversation, un peu embarrassés tous les trois, et d'ailleurs inquiets de ne pas voir revenir Raoul, ils étaient retombés dans le silence. Enfin la voiture arriva, et M. de Foligny, très pressé de retourner au château, pria l'étranger de l'y accompagner, espérant, disait-il, l'y garder au moins la journée pour laisser aux chemins le temps de se sécher. Celui-ci s'en excusa; il était attendu, et désirait repartir aussitôt qu'il aurait son cheval. M. de Foligny lui proposa sa voiture; mais, à moins de faire un détour trop considérable, l'étranger avait à traverser des chemins impraticables pour une voiture. Toutes ces réponses augmentaient l'indignation de M. de Foligny contre son fils. D'ailleurs, l'orage qu'il avait essuyé lui avait fait beaucoup de mal; il commençait à ressentir un peu de fièvre, ce qui le disposait à une agitation encore plus nerveuse qu'à l'ordinaire. L'étranger joignit ses instances aux timides prières d'Adrienne pour qu'il retournât au château; il y consentit. Au moment où il allait monter en voiture, on entendit le galop d'un cheval, et Raoul arriva ventre à terre, son cheval tout haletant, couvert d'écume et de sueur; il était clair qu'il l'avait mis sur les dents à force de courir. L'étranger ne dit rien; il en avait assez vu pour sentir qu'il ne fallait pas risquer d'aggraver le mécontentement de M. de Foligny. Il donna amicalement la main à Raoul, tout interdit à la vue de son père, qu'il ne s'était pas attendu à trouver là. Comme il s'approchait de lui fort troublé pour lui dire bonjour : « Il me semble, » lui dit M. de Foligny d'un ton sévère, « que le plus pressé, c'est de faire des excuses à monsieur sur l'inconcevable légèreté de votre conduite. » Raoul rougit et recula d'un pas. Honteux de se voir maltraité devant un étranger, il demeurait immobile et gardait le silence. « Je conçois, » dit son père en le regardant fixement, « qu'il vous soit difficile d'en trouver de suffisantes. — Monsieur n'en exige pas de moi, » reprit Raoul d'un air piqué et d'une voix émue à la fois par la crainte et par la colère.

M. de Foligny sentit à son tour la colère le gagner; mais il se contint, et se tournant vers l'étranger : « Je suis, monsieur, véritablement honteux de tout ceci; recevez-en, je vous prie, toutes les excuses et les réparations qui sont en mon pouvoir. Pour vous, Raoul, allez attendre dans votre chambre que je vous instruise des réparations que vous devez ici à tout le monde. »

L'étranger voulut dire un mot en faveur de Raoul; un geste de M. de Foligny lui fit comprendre qu'il ne permettait pas qu'on s'interposât entre lui et son fils. Raoul ne s'éloignait pas encore; il frémissait, et quelque nouvelle imprudence allait peut-être lui échapper, quand son père, sans ajouter une parole, lui montra de la main le chemin du château. Il n'osa résister, et se retira le désespoir dans le cœur.

M. de Foligny, après avoir renouvelé à l'étranger ses remerciements, monta en voiture avec sa fille, qui n'osait lever les yeux; et l'étranger reprit son chemin dès que son cheval se fut un peu reposé.

L'orage avait cessé, le ciel s'était éclairci; le soleil brillait d'un nouvel éclat sur les fleurs d'Adrienne; mais la pauvre enfant acheva dans la tristesse le reste de cette journée, qu'elle s'était flattée, comme à son ordinaire, de passer dans le bonheur.

II

NOUVELLES FAUTES.

Raoul était resté dans sa chambre. M. de Foligny, forcé de se mettre au lit en rentrant, n'avait pas voulu se hasarder à revoir son fils dans ce moment d'émotion causée par le mécontentement et la souffrance. Il lui avait fait dire par Adrienne de descendre à l'heure du dîner, avec une lettre d'excuses toute prête pour l'étranger, dont il devait connaître le nom et la demeure. Raoul savait en effet, par Auguste Berly (c'était le nom de l'enfant qui avait été l'occasion de sa connaissance avec l'étranger), qu'il s'appelait M. Burkheim. Auguste l'avait vu à Nuremberg, chez son père, négociant français, établi en Allemagne. Il passait à Nuremberg pour être Allemand, quoique plusieurs personnes prétendissent que c'était un Français, parce qu'il en avait, disait-on, l'air et les manières. Il était venu passer quelques jours chez un de ses amis qui avait une terre dans les environs. L'espèce de liaison que Raoul avait déjà contractée avec lui aurait dû, ce semble, lui rendre moins pénible ce qu'exigeait son père ; mais il arriva tout le contraire. Furieux d'avoir été réprimandé et puni devant M. Burkheim, il ne pouvait se résoudre à subir à ses yeux ce qu'il regardait comme une nouvelle humiliation. A cet égard, d'ailleurs, Raoul, comme de coutume, avait rendu sa situation plus difficile qu'elle ne l'était naturellement. Comme il avait refusé de faire des excuses dans le premier moment, où rien n'était plus simple et que c'était un devoir, il devenait clair, en les faisant plus tard, qu'il ne cédait qu'à la crainte d'une punition.

Raoul aurait dû comprendre que l'humiliation est la suite inévitable des torts et des imprudences, à moins qu'on n'ait le bon sens de les réparer de son propre mouvement et sans délai, parce qu'alors on prouve qu'on a en soi la raison et les qualités suffisantes pour regagner l'estime qu'on avait mérité de perdre. Par son étourderie d'abord, et ensuite par son indocilité, il s'était mis dans la position la plus triste pour lui : car il avait été traité et s'était conduit comme un enfant devant l'homme aux yeux de qui il désirait le plus de paraître à son avantage. Il s'était pris d'une très grande amitié pour M. Burkheim, quoiqu'il ne l'eût vu que deux ou trois fois au collége. Celui-ci avait dans ses manières quelque chose d'imposant qui plaisait à Raoul ; il l'avait traité avec une grande bienveillance, et Raoul malheureux, surtout depuis qu'en grandissant il sentait plus vivement et la sévérité et les chagrins de toute sorte que lui attiraient les défauts de son caractère, avait été vivement touché de l'espèce d'attention que lui marquait M. Burkheim. Elle le relevait à ses propres yeux, et comme c'était le seul plaisir qu'il eût éprouvé depuis longtemps, il s'y livrait avec une sorte de passion. Il avait donc été très chagrin d'abord de ce qu'on voulait lui prescrire sa conduite envers un homme qu'il regardait déjà, dans la confiance de son âge, comme son ami. Cette idée le possédait encore lorsqu'Adrienne vint lui apporter les ordres de M. de Foligny; il répondit avec beaucoup d'humeur que son père pouvait être tranquille; il connaissait M. Burkheim, et savait ce qu'il avait à faire envers lui. Adrienne pâlit, elle représenta à son frère qu'elle ne pouvait rapporter cette réponse à son père. Raoul le savait bien, et dans le fond de l'âme ne désirait certainement pas qu'elle lui fût rapportée; mais les sentiments amers qu'il éprouvait s'exhalaient dans son cœur avec une violence que la présence de M. de Foligny eût seule été capable de contraindre. Raoul n'était pourtant pas inaccessible à la raison; mais, pour le convaincre, il eût fallu des arguments plus forts que ceux d'Adrienne. Ses prières l'émurent, car il aimait sa sœur, et il était fâché de l'affliger; cependant elles ne firent que le confirmer dans sa résolution, en lui persuadant qu'il y avait de la fermeté à ne pas céder: les idées d'un faux honneur commençaient malheureusement à entrer dans la tête de Raoul. Il ne savait pas que l'honneur véritable consiste seulement à montrer dans les choses raisonnables une telle fermeté, qu'on ne puisse ensuite vous soupçonner de faiblesse quand vous abandonnez celles qui ne le sont pas. Adrienne fut donc obligée de retourner vers son père, bien embarrassée de rendre une réponse qu'heureusement on ne lui demanda pas. M. de Foligny ne voulait pas avoir l'air de supposer qu'il y eût le moindre doute sur l'exécution de ses volontés; d'ailleurs il évitait de faire entrer Adrienne dans ses démêlés avec son fils, pour ne pas lui donner le chagrin de convenir des torts de son frère, ni la tentation de les excuser. Cependant, à l'heure du dîner, il fit dire à Raoul, si sa lettre était écrite, de la lui apporter. Raoul répondit qu'elle ne l'était pas. Laforêt lui demanda s'il se préparait à l'écrire. « Non, » répondit Raoul. Laforêt étonné attendit quelques moments une autre réponse, puis sortit lentement de la chambre, aussi embarrassé qu'Adrienne pour rendre compte de son message. Il en fut dispensé en partie, car M. de Foligny, devinant dès le premier mot l'obstination de son fils, lui fit dire, en lui envoyant son dîner, qu'il ne sortirait pas de sa chambre que la lettre ne fût écrite. « A la bonne heure ! » fut la réponse de Raoul; et en l'apprenant, les gens de la maison, consternés, prévirent pour lui une longue disgrâce. Ce n'était pas qu'ils eussent une grande affection pour Raoul; mais une pareille mésintelligence ne peut manquer de causer une profonde affliction, et un fils qui désobéit à son père, celui-ci fût-il même un peu trop sévère, offre toujours un spectacle qui trouble et attriste l'âme de ceux qui en sont témoins.

Raoul, cependant, n'était pas si ferme qu'il voulait le paraître. C'était la première fois qu'il lui arrivait de résister et de désobéir aussi ouvertement à son père; quoique peu accoutumé à considérer les suites de ses actions, il ne pouvait se défendre d'une sorte d'inquiétude. Il marchait dans sa chambre d'un pas agité, et tâchait de se rassurer en répétant avec emportement : « Au fait, qu'est-ce que mon père peut me faire? » s'appuyant ainsi, non sur son action, qu'au fond de l'âme, malgré tous ses sophismes, il savait bien n'être pas louable, mais sur ce qu'elle ne pouvait pas avoir de danger. Quelque temps après le dîner, Adrienne vint le voir et lui apporter quelques fruits; car elle supposait bien qu'on n'avait pas eu soin de son dessert. «Raoul,» lui dit-elle d'un ton triste et ému, « mon père a la fièvre plus fort cette après-dînée. — Ce n'est probablement pas, » répondit Raoul avec humeur, «du chagrin de ne m'avoir pas vu de la journée? — La sienne n'a pas été fort agréable non plus, » ajouta Adrienne doucement, mais d'un ton où il entrait un peu de reproche.

«La mienne a été charmante, » reprit Raoul en colère; et prenant les fruits qu'Adrienne venait de poser sur la table, il les fit voler par la fenêtre. Alors Adrienne perdit patience; elle avait choisi pour Raoul, sans qu'on la vît, le plus bel abricot de la table. «Eh bien!» dit-elle vivement et presque les larmes aux yeux, «toi, si tu as reçu la pluie sur le corps, c'est pour ton plaisir, et apparemment que cela te fait plaisir aussi de rester dans ta chambre et de te passer de dessert. Moi, qui n'avais songé tout le dîner qu'aux moyens de t'apporter quelque chose!...» Et elle s'en allait en pleurant. Raoul, fâché d'avoir affligé sa sœur, se radoucit un peu : « Aussi, pourquoi viens-tu prétendre que c'est moi qui ai donné la fièvre à mon père?» Adrienne n'en avait rien dit; mais la conscience de Raoul l'avait deviné.

« Mais, Raoul, comment as-tu le cœur de le fâcher si souvent, malade comme il est?—Est-ce ma faute, à moi, s'il a la goutte et s'il se fâche? — Cependant, il s'irrite contre toi seul. — Je le crois bien; il ne peut pas me souffrir. Aussi, moi..., » ajouta-t-il avec une violence concentrée, « il peut être bien sûr que je ne l'aime guère. — Dieu! Dieu! » s'écria Adrienne avec effroi; « Raoul, qu'as-tu dit là? Un fils peut-il se vanter de ne pas aimer son père?»

Raoul lui-même ressentait une sorte de peur des paroles odieuses qu'il venait de prononcer. « Certainement, » ajouta-t-il d'un ton agité et un peu embarrassé, « il ne fait pas ce qu'il faut pour que je l'aime. — Mais toi, fais-tu ce qu'il faut pour qu'il soit content de toi? Tiens, Raoul, » poursuivit-elle en le caressant, « je suis sûre que si tu écrivais la lettre qu'il te demande, sa fièvre diminuerait tout de suite. »

Raoul tressaillit. « S'il n'a que cela pour l'en guérir!... » dit-il d'un ton sombre.

Adrienne recula toujours plus troublée. « Quoi! » s'écria-t-elle en joignant les mains, « tu ne voudrais pas guérir ton père? » Et s'échauffant à cette idée : « Mais Raoul, un fils qui ne voudrait pas guérir son père serait plus méchant que Cham, plus méchant qu'Absalon; il serait maudit de Dieu, tout le monde le fuirait! Ne pas vouloir guérir son père! c'est donc ne pas vouloir qu'il vive? — Moi! » s'écria Raoul en se levant brusquement, « je voudrais qu'on me proposât tout à l'heure de mourir à sa place, et en passant devant lui pour aller à l'échafaud, » ajouta-t-il en levant la tête et faisant un geste du bras, « je lui dirais : « Vous voyez, mon père! »

Adrienne leva aussi la tête; elle sourit et ses yeux s'animèrent; en ce moment, elle aurait voulu que tout le monde entendît son frère, et elle fut peut-être tentée d'accuser un peu la sévérité de M. de Foligny. Mais ramenée bien vite à l'idée de Raoul : « Il ne te laisserait sûrement pas aller, ni moi non plus. Heureusement, il n'est pas question de cela. »

Raoul, dans l'exaltation de ses pensées, était resté un moment presque en attitude. Adrienne semblait réfléchir. « Écoute, » dit-elle, « il me vient une idée : si je pouvais obtenir de mon père qu'il me dictât la lettre, tu n'aurais qu'à la signer; cela ne serait pas bien difficile. » Raoul secoua la tête. Adrienne insistait : « Laisse-moi tranquille, » dit-il, ne voulant pas consentir, et pourtant n'osant pas refuser. Pour s'épargner une décision, il ouvrit la porte et se préparait à sortir. « Et mon père! » s'écria Adrienne inquiète de cette nouvelle désobéissance. « Sois en repos, il n'en saura rien, » répondit Raoul, à qui cette raison suffisait toujours; et en trois sauts il fut au bas de l'escalier. Comme il n'avait pas plus envie qu'Adrienne que son père le vît, il eut soin de ne pas entrer dans le jardin par le côté sur lequel donnaient les fenêtres du salon. Il ne songeait pas que son père, abattu par la fièvre, était probablement dans son lit, en sorte qu'il prit le chemin qui passait précisément contre la fenêtre de la chambre à coucher de M. de Foligny. Il faisait encore grand jour. Comme Raoul marchait avec précaution le long du mur pour n'être pas aperçu, il entendit partir de la chambre de son père un violent coup de sonnette qui le fit éloigner rapidement ; mais il était trop tard : son père l'avait reconnu ; vivement irrité de sa désobéissance, il venait de dire à Laforêt : « Si mon fils a fini sa lettre, qu'il me l'apporte ; sinon, qu'il remonte dans sa chambre, et vous m'en remettrez la clef. »

Peut-être, si la fièvre n'eût en ce moment un peu agité la tête de M. de Foligny, n'aurait-il pas donné un pareil ordre. Il avait trop de dignité pour vouloir que son fils courût le risque de se commettre avec ses gens, et le caractère de Raoul pouvait faire craindre une imprudente résistance. Il en eut regret presque au même instant ; mais il n'était pas dans les habitudes de M. de Foligny de revenir sur ce qu'il avait dit.

Laforêt, quoiqu'il ne sût pas trop comment Raoul prendrait son message, n'était pourtant pas fâché d'avoir à lui porter un ordre sévère, quitte, s'il y désobéissait, à venir rendre compte à son maître de la résistance de son fils. Laforêt n'avait jamais aimé Raoul ; celui-ci, bien que d'un caractère généreux et sans hauteur, traitait mal les domestiques de son père, se vengeant sur eux de la sévérité des ordres qu'ils étaient obligés d'observer par rapport à lui.

Abusant des égards qu'ils lui devaient et de leur répugnance à recourir contre lui à M. de Foligny, il exerçait envers eux une véritable tyrannie, accompagnée de manières dures et déplaisantes; dérangeant tout, contrariant toutes leurs habitudes de service, sans jamais souffrir un mot de remontrance; ce qui était souverainement désagréable à Laforêt, vieux serviteur qu'une longue habitude auprès de M. de Foligny avait accoutumé à la règle, et à qui ses anciens et fidèles services avaient acquis dans la maison une autorité qu'il n'aimait pas à voir méconnaître. D'ailleurs, Adrienne était sa favorite. Sa femme l'avait nourrie et lui servait encore de gouvernante; maintes fois elle avait eu à la défendre, dans son enfance, contre les effets de l'injuste préférence que sa grand'mère accordait à Raoul; son mari, à qui elle en parlait sans cesse, n'avait pas perdu l'habitude de regarder Adrienne comme la victime de son frère; et quand il voyait sa petite amie, ordinairement si heureuse et si gaie, employer à se chagriner la moitié des jours que Raoul passait au château, quand il savait son maître ces jours-là presque toujours plus souffrant, il se fortifiait dans ses préventions, et n'était pas très éloigné de regarder Raoul comme un monstre, disposé à faire mourir de chagrin toute sa famille. Irrité, d'ailleurs, de la sévère réprimande que lui avait attirée Raoul pour l'avoir attendu le matin au chemin croisé, il se chargeait avec plaisir d'une punition trop douce encore, suivant lui; car généralement Laforêt n'approuvait pas le mode de correction adopté par son maître, un père ayant à sa disposition des moyens beaucoup plus expéditifs et plus efficaces, que lui Laforêt, s'il eût eu un fils de l'âge de Raoul, n'aurait pas manqué d'employer pour le mettre promptement à la raison. « Mais, » disait-il, « monsieur, quelquefois, peut à peine remuer le bras. »

Il sortit pour chercher Raoul, que M. de Foligny lui avait dit être dans le jardin. Il l'y chercha longtemps inutilement. Raoul, averti par le coup de sonnette, s'était hâté de regagner sa chambre, et de sa fenêtre s'amusait à voir Laforêt aller et venir, visitant avec impatience tous les endroits où il croyait pouvoir le découvrir. Pour prolonger son anxiété, Raoul se cachait aussitôt que Laforêt se tournait de son côté; deux fois il l'appela, se retirant ensuite de la fenêtre. Enfin, Laforêt l'aperçoit qui riait; tout en colère il monte à sa chambre, ouvre la porte, voit Raoul assis, qui, avec un calme affecté où perçait la moquerie, lui demande ce qu'il veut. « La lettre, monsieur ! » dit Laforêt d'un ton brusque. « Si vous ne voulez que cela, Laforêt, » répond Raoul négligemment et sans se déranger, » ce n'était pas la peine de tant courir. » Laforêt le regarde, et attend de lui quelque chose de plus positif. Raoul se met à rire; alors Laforêt ferme la porte, donne deux tours à la clef, et l'emporte pour la remettre à son maître. Raoul, qui s'entend enfermer, s'élance furieux contre la porte, l'ébranle des pieds et des poings, criant à Laforêt de toute la force de sa voix de lui ouvrir, sinon qu'il s'en repentirait.

Adrienne, qui ne savait rien, accourt toute tremblante; étonnée de ne pas voir la clef à la porte, elle frappe doucement : « Raoul, » dit-elle le plus bas qu'elle peut, « mon père va t'entendre. — C'est ce que je veux, » reprend le furieux Raoul : « je veux qu'il me fasse ouvrir. — Comment, ouvrir? tu es donc enfermé? — Oui, c'est Laforêt, ce misérable! » Et il continue à lui prodiguer les épithètes les plus outrageantes, protestant qu'il l'en fera repentir. Adrienne l'engage à se taire, lui promettant d'aller savoir ce que c'est; et Raoul se met à la fenêtre pour appeler Laforêt de noms injurieux et avec les accents de la colère. Adrienne revient au bout d'un instant : « Raoul, » dit-elle à son frère d'une voix triste et craintive, « je t'en supplie, tâche de prendre patience... C'est mon père qui le veut... qui l'a commandé à Laforêt, parce que tu es descendu dans le jardin. »

« Mon père! » s'écria Raoul; et aussitôt des coups donnés dans la porte, dans la table, des chaises jetées d'un bout à l'autre de la chambre, annoncent l'excès de frénésie auquel il se livre. La sonnette de M. de Foligny se fait entendre avec force, et au bout d'un instant Laforêt vient lui dire au travers de la porte, de la part de son père, que, si ce bruit continue, M. de Foligny n'est pas assez malade pour ne pas venir lui-même le faire cesser. Alors Raoul se tait, et se jette sur son lit, versant des larmes et poussant de temps en temps des cris de rage et de désespoir. A genoux près de la porte, les mains jointes, comme si son frère pouvait la voir, Adrienne le supplie de se calmer, emploie vainement toutes les expressions, toutes les consolations de la tendresse. Il ne l'écoute pas, ne lui répond pas; elle est enfin obligée de quitter la porte à la voix de sa gouvernante, madame Laforêt, qui l'appelle, en l'avertissant que la nuit arrive, et que c'est l'heure où elle fait tous les jours de la musique pour amuser son père. Raoul l'entend, et se lève de dessus son lit avec un nouveau transport de colère; cette idée qu'on va faire de la musique, que son père va se livrer tranquillement à ses distractions ordinaires, produit dans son âme un effet qu'on ne saurait imaginer. Il voudrait aller exhaler en présence de son père les sentiments violents qui l'agitent, briser le piano de sa sœur. En proie à toutes les extravagances d'une passion insensée, il se jette contre la porte, essaie de nouveau et en vain de l'ébranler. Sa fenêtre est ouverte; il s'y élance. Elle n'est pas à une grande hauteur; souvent, pour en descendre, Raoul a songé à saisir les branches d'un arbre voisin. Il en attire sans peine quelques rameaux, puis la branche qui les soutient, puis une branche assez forte pour lui servir à gagner le milieu de l'arbre; il glisse, descend : le voilà dans le jardin. Ce travail, la fatigue qu'il vient d'essuyer, l'ont un peu calmé; cependant, à la faveur de la nuit qui commence à devenir obscure, il s'approche avec précaution des fenêtres de la chambre de son père. Il n'entend rien. M. de Foligny était peu en état d'écouter la musique; d'ailleurs, il ne voulait pas faire violence aux sentiments de sa fille, en l'obligeant à se livrer à une occupation si contraire à sa disposition du moment.

Les volets ne sont pas fermés; il y a de la lumière dans la chambre de M. de Foligny. Raoul aperçoit Adrienne assise sur une petite chaise, auprès du lit de son père; elle presse sa main et la baise; elle semble de temps en temps dire quelques mots; Raoul suppose qu'elle parle pour lui. Cette idée le blesse et l'attendrit tout à la fois. Mais M. de Foligny, dont il ne voit pas le visage, retire sa main. Adrienne laisse tomber les siennes et baisse les yeux. « On la refuse! » se dit-il avec amertume. Il la voit s'approcher lentement de la lumière, elle prend un livre; mais, au lieu de le lire, elle essuie deux ou trois fois ses yeux avec le revers de sa main. On ne saurait peindre l'impression que produit sur lui cette scène dont les sons n'arrivent pas à son oreille, mais dont les sentiments passent pour ainsi dire immédiatement dans son cœur. Jamais il n'a tant aimé Adrienne, cette pauvre Adrienne qui ne pleure jamais que pour lui. Mais plus il est touché de ses larmes, plus ce qui l'environne lui paraît dur, barbare; car, pour rien au monde, il ne consentirait à s'avouer que lui seul est la cause de ses chagrins. Au moment où il est le plus ému, il entend des éclats de rire éloignés; il en est presque saisi comme d'une insulte au chagrin d'Adrienne. Il court de ce côté : les éclats de rire venaient de l'office, où les gens achevaient de dîner; en s'approchant, il entend ou croit entendre prononcer son nom; il ne doute pas qu'il ne soit l'objet de leur risée; il entre furieux, et secouant violemment la chaise de madame Laforêt, qui se trouvait près de la porte : « Oui, riez, riez! » s'écrie-t-il, « pendant qu'Adrienne pleure! » Madame Laforêt se lève, effrayée et irritée à son tour. « Si elle pleure, » répond-elle, « c'est vous qui la faites pleurer! — Comment, monsieur Raoul, c'est encore vous! » s'écrie Laforêt en se levant tout en colère. « Oui, c'est encore moi, » répond Raoul; « et encore moi... et encore moi... » répète-t-il en jetant de côté et d'autre les objets qui se trouvent sous sa main : « c'est encore moi! Allez, si vous l'osez, le dire à mon père. » Et saisissant les deux flambeaux, il les jette à terre, renverse les chaises, s'élance par-dessus, et se met à courir dans le parc, sans s'embarrasser de la route qu'il suit.

III

UNE RENCONTRE.

Dans la disposition d'esprit où se trouvait Raoul, il était impossible qu'il s'arrêtât ; la colère, la honte de ce qu'il venait de faire, semblaient s'attacher à ses pas; on l'eût dit atteint d'un véritable accès de folie. Il arriva près d'une petite porte de service donnant sur la campagne et qu'on avait laissée ouverte. La vue de cette porte fait naître en lui une pensée extravagante, coupable même : il lui semble qu'il pourrait s'affranchir en même temps, et de la sévérité de son père, dont il s'est mis désormais hors d'état de soutenir la présence, et de la vue des domestiques, devant lesquels il sent bien qu'il ne peut plus reparaître qu'humilié. Cette idée qu'il va exercer sur ceux dont il croit avoir à se plaindre une espèce de vengeance le flatte ridiculement; il ne songe plus à Adrienne. Cependant la démarche est si grave qu'il hésite; il avance plus lentement vers la porte, et au moment où il va pour la franchir, il s'arrête en voyant deux hommes qui tenaient chacun un cheval par la bride, et tellement près de cette porte, en dehors, qu'il ne peut sortir sans les toucher. Comme la lune les éclairait et qu'il était dans l'ombre d'une allée, ils ne l'ont point aperçu. Raoul approche avec précaution : il est fort étonné de reconnaître la voix de M. Burkheim et celle d'un de ses amis, M. Delorme, qu'il avait vu avec lui au collége. Il comprend, par leur conversation, que le cheval de l'un d'eux s'est emporté, effrayé apparemment de quelque objet que la lune lui a présenté d'une manière étrange, et qu'ils se sont arrêtés pour le laisser se calmer un moment avant de reprendre leur route. Pour rien au monde Raoul ne se montrerait à leurs yeux dans l'état d'humiliation où il se trouve. D'ailleurs, malgré le trouble de son esprit, un mouvement secret l'avertit qu'ils le désapprouveraient. Il demeure donc auprès de la porte, attendant en silence le moment où ils s'éloigneront, et charmé, sans se l'avouer, de retarder l'instant d'une décision qu'il commence à redouter.

Ces messieurs continuent quelques instants à s'entretenir de leurs affaires. « C'est d'aujourd'hui en huit que je pars, » dit M. Burkheim. « A propos, » ajouta-t-il en s'adressant à M. Delorme, « j'ai encore retrouvé, je ne sais par quel hasard, un exemplaire de cette malheureuse chanson. Le libraire en a même plusieurs autres, qu'il n'a pu me chercher dans le moment; je lui ai dit de les adresser chez vous à Paris, où vous voudrez bien les faire payer et brûler. — Quelle chanson? » demande M. Delorme d'un air étonné, et comme ne sachant pas de quoi son ami voulait lui parler. M. Burkheim lui prit la main et la serra, et le regardant fixement : « Quoi! vous l'oubliez? — Ah! pardon, » reprit M. Delorme, à qui la mémoire revint en cet instant : « mais aussi, comment diable voulez-vous que je pense toujours à ce dont personne ne se souvient aujourd'hui? » M. Burkheim, d'un ton fort simple et assez calme, repartit : « Il est difficile d'imaginer, quand on ne l'a pas éprouvé, à quel point tous les fils de la vie aboutissent à l'endroit malade et viennent à chaque instant renouveler le souvenir qu'on voudrait ne pas conserver. »

M. Delorme répondit quelques mots que Raoul n'entendit pas, parce qu'ils s'éloignèrent un peu pour remonter sur leurs chevaux. D'ailleurs, son attention fut troublée en ce moment par le bruit des pas de quelqu'un qui venait le long d'une allée donnant sur celle qu'il avait suivie. Raoul regarde autour de lui, il cherche le moyen de rentrer sans être vu; mais il n'y a pas d'issue. On s'approchait; un mouvement irréfléchi le jette hors de la porte, qui presque aussitôt se ferme derrière lui. Il demeure un instant étourdi de ce qu'il vient de faire. Les cavaliers se disposaient à partir, lorsque M. Delorme, se retournant au bruit de la porte qu'on fermait, surpris à la vue de Raoul immobile à l'endroit qu'ils venaient de quitter, le fait remarquer à M. Burkheim, qui, pressant aussitôt son cheval vers lui, s'écrie : « C'est Raoul! » En vain Raoul veut s'échapper; les deux chevaux étaient placés de manière à lui barrer le passage.

« Mon cher Raoul, » dit M. Burkheim en lui posant

affectueusement la main sur l'épaule, « pourquoi voulez-vous nous fuir? Que vous est-il arrivé? Que faites-vous ici à cette heure? »

M. Burkheim avait mis de l'intervalle entre ces diverses questions, pour donner à Raoul le temps de répondre; mais Raoul hésite; enfin, d'une voix presque inintelligible : « Je n'y puis plus tenir, » dit-il, « on m'humilie... on me pousse à bout... on m'a mis au désespoir! » Et à ces mots, succombant à la violence des mouvements qui l'agitent depuis une demi-heure, il laisse échapper un torrent de larmes. M. Burkheim descend de son cheval et prie M. Delorme de le tenir un moment; il prend Raoul par la main et va s'asseoir avec lui sur le revers du chemin. « Mon cher Raoul, » lui dit-il du ton le plus propre à le calmer, « voyons, dites-moi ce qui vous agite ainsi; cherchons ensemble un remède. — Il n'y en a point, » interrompit Raoul, « il ne me reste plus qu'à partir; je partirai... après ce que j'ai... » Il allait dire : « après ce que j'ai fait » Il se reprit : « Après ce qui m'est arrivé, je ne veux pas, je ne puis pas revoir mon père... Je perdrais patience, je ne supporterais pas les nouvelles humiliations, les nouvelles indignités que sûrement il voudra me faire subir. Ne me retenez pas, » dit-il à M. Burkheim, qui, en ce moment, lui serrait fortement la main pour le retenir : « monsieur Burkheim, laissez-moi. On me cherche peut-être déjà, » ajouta-t-il avec un sentiment d'effroi; « et ces insolents domestiques qui viendraient me saisir... m'emmener! Je me casserais plutôt la tête contre cet arbre. » Et il fit de nouveau un violent mouvement pour dégager sa main; mais M. Burkheim le retint plus vigoureusement encore, en lui disant : « Calmez-vous, mon cher Raoul; écoutez-moi. Vous êtes bien sûr qu'en notre présence vous êtes à l'abri de tout traitement inconvenant de la part des domestiques de votre père; car je sais trop bien qu'il n'est pas en état de venir vous chercher lui-même. Peut-être même ignore-t-il encore votre sortie du parc. Croyez-vous qu'il en puisse être instruit? — Oh! non; on serait déjà à ma poursuite... Mais cela ne peut tarder; laissez-moi partir. — Non, Raoul, non, ce départ est impossible, » reprit d'un ton ferme M. Burkheim ; « venez avec nous à la grille du parc : vous vous ferez ouvrir; M. de Foligny ignorera votre imprudente tentative, et demain, mon cher Raoul, je vous verrai au collége, nous causerons; peut-être alors sera-t-il en mon pouvoir de vous indiquer les moyens d'obtenir un avenir plus heureux. »

En disant ces mots, M. Burkheim s'était levé, et, le bras passé sous celui de Raoul, il cherchait à l'entaîner. M. Delorme était descendu de cheval, et s'était approché d'eux; il joignit ses sollicitations à celles de son ami. Raoul résistait : « Cela ne se peut pas, » répétait-il avec anxiété. « Et cependant il le faut, » dit avec autorité M. Burkheim. « Il le faut! » reprit Raoul avec un peu d'émotion. « Que deviendrez-vous? » lui demanda M. Delorme. « Ce que je deviendrai! n'ai-je donc pas assez de force pour me tirer d'affaire? On s'imagine, je crois, que je suis encore un enfant de dix ans; mon père le pense, et vraiment il a raison, » ajouta-t-il avec une sorte de colère con-

3

tre lui-même; « car, devant lui, j'ignore ce que j'éprouve. Quand il me parle, toutes mes idées se confondent : je ne sais plus ni obéir ni résister. Tenez, j'en perdrai la raison : il faut que je parte. J'y ai songé plus d'une fois, je sais bien comment un homme peut vivre de ses bras, et, pour mes forces, voyez-vous, ce sont celles d'un homme. »

A ces mots, Raoul, assez fort pour son âge, bien que grand et mince, arrache violemment son bras des mains de M. Burkheim, s'élance à une branche peu élevée d'un arbre voisin, la casse, la détache, et la dépouillant de ses feuilles pour s'en faire un bâton de voyage : « Avec cela, je ne crains rien, et je peux tout supporter, tout, excepté ce qui m'attendrait là, » ajouta-t-il en indiquant le château.

« Il ne s'agit pas de ce que vous pouvez, » répond vivement et sévèrement M. Burkheim, « mais de ce que vous devez ; et vous ne devez pas quitter la maison de votre père. — Quel droit avez-vous de m'en empêcher ? » reprend Raoul irrité et commençant à craindre que, pour le retenir, on ne veuille employer la force. « Le droit qu'a tout homme raisonnable sur un insensé prêt à se perdre, sur un jeune homme assez fort peut-être pour casser une branche, » poursuit-il en lui arrachant son bâton et le jetant à quelque distance, « mais qui ne se doute pas encore de ce que c'est qu'un devoir. »

Raoul, furieux, court ramasser son bâton ; M. Burkheim le suit. Raoul se retourne, et faisant un pas vers lui : « Monsieur Burkheim, » dit-il d'un ton de ressentiment, « vous avez eu bonne intention ; mais je n'ai pas de temps à perdre : adieu ! » Et il veut s'éloigner; mais M. Burkheim l'a saisi, et lui retenant les deux bras avec une vigueur extraordinaire : « Vous ne partirez pas. » Et comme Raoul, hors de lui, tente pour se dégager les plus violents efforts, « Raoul, » reprend-il d'un ton très vif, « ne tentez pas ma force; épargnez-vous une lutte dégradante pour tous les deux, elle vous serait inutile. »

Subjugué à la fois par une force supérieure et par une autorité qui lui impose, Raoul se contraint, mais il étouffe ; il ne peut que prononcer ces mots à peine articulés : « Vous abusez à votre tour... Vous voulez aussi avoir le plaisir de me maîtriser... de m'humilier. — Non, Raoul; je veux au contraire vous aider à sortir d'une situation humiliante pour vous, indigne de votre âge, et de ce que je crois connaître de votre caractère. » En disant ces mots, il lui relâchait par degrés les bras : « Vous le voyez, » poursuivit-il, « je compte bien que vous ne tenterez plus une action déraisonnable? » Et comme Raoul ne répondait point : « Vous me le promettez? » dit-il en le lâchant tout à fait. « Pour un seul moment, » répondit Raoul. « Nous n'avons en effet qu'un moment, mon cher Raoul : hâtons-nous de rentrer avant qu'on ait pu s'apercevoir de rien. Donnez-moi, » ajouta M. Burkheim en lui serrant amicalement la main, « donnez-moi la joie de vous avoir sauvé une faute, un malheur irréparable. — Il n'est plus temps ! » s'écrie Raoul; « voici les gens de mon père. »

En effet, plusieurs domestiques, sortis par la grille du parc, s'avançaient en courant de leur côté; en même temps on ouvrait la petite porte. M. Burkheim serre fortement la main de Raoul. Celui-ci a fait un nouveau mouvement pour s'échapper; mais il sent bien que cela devient impossible. La violence de ses sentiments s'est changée en une sorte de stupeur; il ne sait plus ce qu'il doit faire.

« Prenez votre parti avec courage, mon cher Raoul; il y en a souvent beaucoup à se soumettre. — C'est vous qui me perdez..., qui me livrez, » dit Raoul d'une voix sombre. « C'est moi qui vous sauve le déshonneur que vous alliez encourir, lorsque demain on aurait appris que le fils de M. de Foligny a quitté la maison de son père comme un jeune homme sans mœurs. Raoul! mon ami, » continua M. Burkheim avec une expression profonde et sincère, « si vous saviez ce que c'est que le déshonneur! »

Frappé, malgré sa préoccupation, du ton de M. Burkheim en prononçant ces paroles, Raoul ne put s'empêcher de remarquer qu'il conservait, malgré une forte émotion empreinte sur tous ses traits, la dignité ordinaire de son maintien; il y avait en même temps dans sa figure quelque chose de mâle et d'animé, qui produisit sur Raoul une impression de respect et de confiance. Incapable de décider pour lui-même, dans une situation aussi difficile que celle où il s'était mis, il se considérait en ce moment comme soumis à la direction de ce nouvel ami, il ne songea plus à une tentative de fuite ou de résistance; seulement, lorsqu'il vit les domestiques s'avancer en criant : « C'est lui, le voilà! » saisi de l'idée qu'ils voudraient s'emparer de lui et le ramener de force, il leva son bâton en criant : « Qu'ils ne m'approchent pas! — Il ne s'agit pas de cela, » lui dit M. Burkheim; « calmez-vous. » Et il s'avança vers les domestiques qui, parlant tous à la fois, disaient entre autres choses : « En vérité, monsieur Raoul, vous m'avez fait une belle peur... Quelle idée de s'en aller comme cela!... — Mes amis, il n'est pas question d'avoir peur, » leur dit-il; « Raoul ne se trouve dehors que parce qu'on a fermé la porte derrière lui; nous avons causé un moment; il allait rentrer. »

« C'est bien possible, monsieur, » dit Laforêt qui arrivait le dernier et de fort mauvaise humeur; « mais ce n'est pas l'heure d'être dans les champs à faire la conversation, surtout quand M. Raoul sait bien que monsieur lui a défendu de sortir de sa chambre... Et il sait aussi tout ce qu'il a fait avant de s'en aller. — Mon cher, » reprit M. Burkheim avec douceur, mais d'un ton assez imposant, « cela ne regarde ni vous ni moi. M. de Feligny vous a seulement chargé, j'imagine, de savoir où était son fils; vous l'avez trouvé, il va rentrer; je pense que tout est fini. » Et en même temps il s'acheminait vers la petite porte du parc en tenant Raoul sous le bras. Laforêt les suivait avec les autres domestiques; et toujours plus mécontent : « Tout cela sera fort bien, » dit-il, « si, pendant que nous ramènerons M. Raoul au château, il ne lui prend pas encore quelque fantaisie d'aller courir de côté et d'autre pour faire la conversation avec je ne sais qui. »

Laforêt prononça ces derniers mots avec un ton assez insolent; M. Burkheim eut l'air de n'y pas faire attention : il trouvait tout simple que les domestiques eussent de l'humeur contre Raoul ; mais c'était pour cela même qu'il tâchait de couper court, afin de ne pas le compromettre avec eux.

« Je suppose, mon cher Raoul, » lui dit-il d'un air tranquille et riant, « que votre intention n'est pas de passer la nuit à la belle étoile? — Non, en vérité. — Il serait pourtant fort désagréable, » ajouta Laforêt toujours murmurant, « qu'il arrivât encore quelque chose. Cela peut être bien égal aux autres; mais c'est à moi que monsieur s'en prendra. — Il me semble, mon cher, » reprit avec douceur M. Burkheim, « que M. de Foligny pourrait aussi trouver mauvais votre refus de vous fier à la parole de son fils. — La parole de M. Raoul... c'est fort bien; encore s'il daignait nous parler lui-même. »

M. Burkheim pressa du bras Raoul, qui, prenant la parole, assura Laforêt qu'il n'avait aucune envie de s'en aller. Alors celui-ci demanda à M. Burkheim son nom : « Parce que... en cas que... je crois bien que... mais enfin après tout... il faut bien que monsieur sache... » M. Burkheim parut hésiter; mais Raoul reprit brusquement : « Mon père connaît M. Burkheim : il l'a vu ce matin. » Laforêt reconnut alors l'étranger qui le matin avait sauvé son maître de l'orage; et comme le récit de sa conduite en cette occasion, fait avec beaucoup de sensibilité par Adrienne, avait produit une vive impression sur les domestiques de M. de Foligny, Laforêt redevint à son égard plus doux et plus poli. « A demain, » dit M. Burkheim à Raoul en le quittant et lui secouant la main avec cordialité; « comptez sur un ami. »

Raoul, moitié touché, moitié mécontent de l'espèce d'empire qu'il avait exercé sur lui, lui rendit cependant ce signe d'affection, et retourna au château sans prononcer une parole, honteux de sa situation, de ses souvenirs, et inquiet de ce qui lui était réservé.

C'était par hasard que M. de Foligny avait été instruit de la fuite de son fils. Adrienne, après quelques tentatives timides et toujours interrompues au premier mot, renonçant à l'espoir d'obtenir pour son frère un pardon pur et simple, s'était enfin hasardée à proposer l'arrangement dont elle avait parlé à Raoul et qu'elle espérait lui faire accepter. M. de Foligny y consentit, désirant faire cesser une obstination qu'à l'âge de Raoul, s'il la poussait plus loin, il devenait difficile de réprimer. Adrienne écrivit sous sa dictée la lettre d'excuses; son père lui permit d'y ajouter un petit billet qu'il ne demanda pas à voir Mais lorsqu'il sonna Laforêt pour le charger de porter cette lettre à son fils et d'en attendre la réponse, celui-ci secoua la tête, et se vit obligé de raconter en partie à son maître ce qui s'était passé à l'office, ajoutant que Raoul était probablement à cette heure à courir dans le parc. « Qu'on le laisse faire, » dit M. de Foligny indigné; « que l'on ait soin seulement de fermer les portes. »

Comme Laforêt sortait pour exécuter cet ordre, il rencontra le petit garçon jardinier qui venait en ce moment de fermer la petite porte. Cet enfant avait vu sortir Raoul sans le reconnaître; il avait eu peur, le prenant pour un voleur qui s'échappait, et il venait en avertir. On devina alors la vérité, et l'on se crut obligé d'instruire M. de Foligny. Plusieurs de ses gens se dirigèrent vers le côté par où était sorti Raoul; d'autres, cherchant dans le parc, arrivèrent à la petite porte. Tandis que Raoul revenait, l'un d'eux courut avertir M. de Foligny, qui écrivit à son fils la lettre suivante, et donna l'ordre de la lui remettre quand il rentrerait dans sa chambre.

« Il paraît que vous vous regardez comme dégagé « envers moi des devoirs de l'obéissance; mais comme « mon devoir, à moi, est de vous obliger à obéir, et « qu'il ne me reste plus que les moyens de con- « trainte, j'emploierai tous ceux qui sont en mon « pouvoir. Vous retournerez demain au collége, et « ne rentrerez plus chez moi que repentant et sou- « mis, et quand je jugerai convenable de vous le « permettre. Jusqu'à ce moment, la pension que je « vous accordais pour vos plaisirs vous est retirée; « vous serez assujetti à la plus rigoureuse surveil- « lance, et, puisque vous refusez de reconnaître mon « autorité, vous serez du moins forcé de la sentir. »

Cette lettre ne fit pas d'abord sur Raoul l'impression pénible qu'on en pouvait attendre : sa plus grande frayeur avait été de se voir conduit en présence de son père. Cette crainte dissipée, il ne s'occupa guère du châtiment qui lui était imposé. D'ailleurs, il avait senti lui-même son imprudence, et il éprouvait quelque satisfaction de se voir hors du pas où elle l'avait engagé. Il se coucha fatigué des émotions de la journée, et dormit assez tranquille. Mais le lendemain, en s'éveillant, il entendit, dans le corridor qui régnait derrière sa chambre, une des servantes de la basse-cour qui demandait à un domestique s'il était vrai que M. Raoul eût voulu s'enfuir la veille. « Ils disent que non, » répondit le domestique ; « mais moi, je crois bien que si. Demandez à M. Laforêt. » Et Laforêt, qui se trouvait là, répondit que c'était aussi son opinion, quoiqu'il ne l'eût pas dit à monsieur ; ajoutant que ç'aurait été un bon débarras. « Il est fait, » dit-il, « pour tuer monsieur, à force de lui donner du chagrin, quoiqu'on lui cache encore la moitié des sottises de son fils. Mais, pour M. Raoul, cela lui est bien égal ; c'est lui qui est cause qu'hier au soir monsieur a eu un étouffement, que j'ai cru qu'il allait passer : eh bien ! il n'en est pas plus touché que ce mur. — C'est un enfant qui n'a guère d'amitié, » continua la servante. « Tenez, » reprit Laforêt, « je le connais depuis qu'il est au monde ; j'ai toujours pensé qu'il n'avait pas de ça, » dit-il en se mettant la main sur le cœur. « Quand un enfant n'a pas de cœur, » ajouta le domestique en s'en allant, « il n'y a rien de bon à en espérer. »

Raoul fut à la fois irrité et peiné de cette conversation. Il se voyait sévèrement condamné par des gens qui le jugeaient d'après des sentiments très naturels ; il sentait que tout le monde le jugerait de même, si l'on apprenait qu'il avait été cause de la maladie de son père et qu'il ne s'en était seulement pas inquiété. Il voulait trouver ce jugement injuste, mais il ne savait comment s'y prendre pour y parvenir. Il répétait avec amertume : « Ç'aurait été un bon débarras! Et pourquoi donc, » ajoutait-il dans un mouvement de colère, « ne m'ont-ils pas laissé partir? » Il éprouvait cette anxiété naturelle à tous ceux qui ne veulent ni convenir ni revenir de leurs fautes, et n'ont pas la force d'en supporter les conséquences, sorte de faiblesse qui jette communément dans les résolutions désespérées; aussi Raoul, en ce moment, regrettait-il de n'avoir pu la veille compléter sa faute, pour éviter l'humiliation d'en revoir les témoins.

Quand on entra chez lui pour lui dire de se préparer au départ, il fut étonné de voir empaqueter des livres et quelques effets qu'il laissait ordinairement au château pour les y retrouver les dimanches, et qu'il avait d'autant moins songé à reporter au collége, que le temps des vacances approchait. On retira aussi les draps de son lit. Il se regarda comme exilé du château de son père; il relut sa lettre : elle lui sembla encore plus sévère que la veille; il comprit enfin la grandeur de sa punition. En sortant de sa chambre, il trouva deux domestiques qui avaient ordre de l'accompagner. Tous les gens du château étaient sur son passage par curiosité. Le petit garçon jardinier, encore plus curieux que les autres, parce qu'il avait eu plus de part à l'événement, prenant un prétexte pour s'approcher de lui, lui remit un papier ramassé près de la petite porte du parc, « à l'endroit, » dit-il, « où nous vous avons trouvé avec ce monsieur. » Raoul rougit, prit machinalement le papier et le serra dans sa main sans rien dire. En passant devant la porte de son père, il rougit encore; il aurait voulu en demander des nouvelles ; mais, dans les fausses idées qu'il s'était faites, il lui sembla que ç'aurait été une lâcheté, surtout après ce qu'il venait d'entendre : tant il devient difficile de se bien conduire, lorsqu'on a commis des fautes qu'on ne veut pas réparer.

Comme Raoul allait quitter le vestibule, Adrienne accourut à lui, les yeux encore rouges ; et se jetant dans ses bras : « Pauvre Raoul ! » puis elle ajouta : « Mon père va mieux ce matin. » Raoul lui en sut gré, mais il garda le silence. La servante qu'il avait entendue le matin se tenait tout près ; elle s'en alla en murmurant : « Il ne dirait pas seulement : J'en suis bien aise. » Raoul en éprouva un mouvement de colère ; il repoussa Adrienne et s'éloigna brusquement. Elle demeura immobile d'étonnement, et les larmes lui vinrent aux yeux. Une autre servante, qui avait vu ce mouvement et la peine qu'il avait faite à Adrienne, dit avec indignation et assez haut pour être entendue de Raoul : « Mon Dieu ! qu'il s'en aille et ne revienne plus ! » Déjà saisi de cette idée d'un exil, Raoul fut frappé de ces paroles, comme si elles lui rappelaient qu'il était devenu étranger dans la maison de son père ; l'aversion générale l'en repoussait ; tous les liens d'habitude qu'il y avait contractés semblaient se détacher, et il comprit qu'après son départ chacun ne songerait plus qu'à l'oublier le plus tôt possible. Raoul vit de loin les fenêtres de l'appartement de son père ; les volets en étaient encore fermés : il fut blessé de l'idée que son père reposait au moment où, par ses ordres, il s'éloignait de chez lui comme un banni; bien qu'une pensée vague et confuse lui rappelât pourquoi son père avait besoin de reposer, il ne voulut pas s'y arrêter; car, s'il eût songé à ses torts, qu'il ne pouvait cependant se dissimuler, il ne serait pas resté assez de place pour le ressentiment contre ce qu'il appelait les torts des autres.

Raoul traversa le village; c'était l'heure où les paysans se rendaient au travail. Quelques-uns s'arrêtaient pour le regarder passer, car on savait déjà, par le petit garçon jardinier, l'événement de la veille. Les femmes étaient sur leur porte et hochaient la tête; une d'elles lui dit : « Monsieur Raoul, ce n'est pas un bel exemple que vous donnez à nos garçons. » Le curé le rencontra et le salua d'un air triste; et plusieurs jeunes filles, le voyant accompagné de deux domestiques, se dirent : « Tiens, qu'est-ce qu'on va donc lui faire? »

Raoul éprouvait un inexprimable sentiment de malaise et de révolte contre une situation qu'il lui paraissait ne pouvoir ni supporter ni changer. Accoutumé à céder à la violence de ses mouvements, il souffrait de se voir obligé de les contenir, pour ne pas se donner en spectacle d'une manière qui eût ajouté à son humiliation. Il marchait à grands pas et en silence, tournant et retournant dans sa main, sans y songer, le papier que lui avait remis le petit jardinier. Enfin, lorsqu'il fut dans la campagne, la fraîcheur du matin l'ayant un peu calmé, comme il voulait faire bonne contenance et avait résolu de ne pas parler à ses conducteurs, il se mit à ouvrir le papier et le regarda presque machinalement : c'était un papier imprimé. Il eut d'abord de la peine à le lire à cause de l'agitation de son esprit; il reconnut bientôt que c'était une sorte de complainte du genre de celles que l'on compose pour le peuple sur toutes les aventures tragiques ou singulières, et que l'on entend chanter dans les rues. Celle-ci était sur un air connu, dans le ton et le style de ces sortes de compositions, et commençait ainsi :

Or, écoutez, petits et grands,
Le récit des fautes et crimes
Arrivés à Victor Duchamp,
Qui, par moyens illégitimes,
D'une bague de diamants
A fait le vol très punissable ;
Car il était de tous les temps
Rempli de vice et détestable.

Le reste de la complainte contenait l'histoire de ce Victor : c'était un jeune homme d'une famille honnête, et qui avait reçu une bonne éducation; mais, entraîné par ses mauvais penchants, il s'était introduit dans la maison d'une dame et lui avait volé une bague de diamants; puis il avait été arrêté, et, comme il était d'une force extraordinaire, il s'était sauvé en assommant presque les gendarmes qui le conduisaient en prison. Ses parents, désespérés de la conduite de leur fils, avaient disparu, et tous deux, ajoutait la chanson :

Sont morts par le grand crève-cœur,
Ou bien dans l'eau de la rivière.

Quelque triste que fût le sujet, et quoique Raoul

fût en ce moment peu disposé à la gaieté, il ne put s'empêcher de rire d'une telle poésie ; il relut plusieurs fois cette complainte, et en retint les couplets les plus ridicules, qu'il chanta en marchant sans y trop penser et par distraction.

Raoul retrouva toutes ses idées lorsqu'il rentra au collége. Le principal le demanda bientôt pour lui faire part d'une lettre de M. de Foligny, par laquelle celui-ci prévenait qu'ayant à se plaindre gravement de la conduite de son fils, il le bannissait de sa présence pour un temps illimité, et demandait qu'il fût surveillé sévèrement, qu'on l'empêchât d'avoir aucune communication au dehors. Le principal fit, à cette occasion, une remontrance à Raoul sur les irrégularités de son caractère, sur sa faute, qui devait être grave, puisqu'elle lui attirait un traitement aussi sévère. Il fut étonné de voir Raoul, ordinairement si impatient, et qui ne laissait jamais une réprimande sans réplique, l'écouter d'un air sombre et le quitter sans lui répondre. C'était l'heure de la classe. Raoul alla se mettre au travail ; mais il s'en fallut beaucoup qu'il y apportât son ardeur accoutumée.

VI

UN AMI ET UN ENNEMI

Pendant la classe, l'inattention de Raoul avait été un sujet général d'étonnement. Ce n'était pas qu'on ne fût assez accoutumé à le voir, comptant sur son extrême facilité, s'occuper une partie du temps d'autre chose que de son travail, et, non content de se distraire, distraire fort souvent les autres; ce qui lui attirait de fréquentes réprimandes. Mais cependant son devoir se trouvait toujours fait, et bien fait. Il répondait juste à des questions qu'il paraissait n'avoir pas écoutées, et retrouvait toujours son attention prête et son esprit présent au moment où cela devenait nécessaire. Maintenant, préoccupé, rêveur, il semblait à peine entendre ce qu'on lui disait; en écrivant sous la dictée des maîtres, il passait des mots qu'il était ensuite obligé de redemander à ses camarades; enfin, Raoul parut tellement au-dessous de lui-même, qu'on en conclut qu'il devait lui être arrivé quelque chose d'extraordinaire. Il avait dans sa classe peu de liaisons intimes. Comme la classe de troisième, où il avait passé l'année précédente, était assez faible, son père avait pensé qu'il valait mieux l'en faire sortir promptement, et, s'il était nécessaire, lui faire redoubler la seconde qui était beaucoup plus forte; en sorte qu'entré en seconde aux vacances de Pâques, il ne se trouvait plus avec les camarades qui avaient suivi le même cours d'études. Un seul avait passé en seconde, à la même époque, mais non pour la même raison.

Si Raoul s'était trouvé trop fort pour sa classe, Joseph Malitort était, au contraire, également faible dans toutes. Ce n'est pas qu'il n'eût de l'esprit, mais de ce genre d'esprit qui s'attache aux frivolités et ne voit dans les choses sérieuses qu'un sujet de ridicule. Il se moquait lui-même de sa propre infériorité, et prenait possession, avec un air de triomphe burlesque, de la dernière place, qu'il appelait la sienne parce qu'il l'occupait presque régulièrement, se plaignant si par hasard quelque autre écolier avait assez mal travaillé pour se trouver au-dessous de lui. Son père, riche négociant de la ville, avait fait sa fortune par son activité, par son intelligence et sa probité, mais sans avoir eu besoin de connaissances classiques qu'on ne lui avait pas données dans son enfance, et qu'il jugeait d'ailleurs assez peu nécessaires. Il avait voulu cependant que son fils fût élevé comme tout le monde, et l'avait mis au collége. Il le grondait bien aussi quelquefois, pour la forme, du peu de succès de ses études; mais, dans les conversations qu'il tenait devant lui, il ne paraissait pas attacher une assez grande importance au savoir, pour que Joseph craignît fort d'encourir la disgrâce de son père en demeurant le plus mauvais écolier du collége.

Madame Malitort tenait encore moins que son mari à ce que son fils se distinguât par ses connaissances littéraires. C'était son fils unique, et elle avait consenti à ce qu'on le mît au collége seulement pour s'en débarrasser durant les longues heures de la journée, que Joseph aurait trouvé moyen d'employer à jouer avec tous les polissons du voisinage; mais, du moins, avait-elle voulu le dédommager de cet éloignement de la maison paternelle, en s'occupant sans cesse des moyens de lui rendre agréable le séjour du collége.

Madame Malitort était une de ces personnes vives, agissantes, persuasives, venant à bout de toutes les petites choses qu'elles se mettent dans la tête. Elle s'était, pour ainsi dire, emparée du collége : écoliers, professeurs, tout le monde l'y connaissait, tout le monde, quand elle arrivait, l'y saluait avec un sourire. M. Malitort y était d'ailleurs très considéré, tant à cause de sa position dans la ville, que pour les services qu'il avait rendus en particulier au collége; car, s'il ne faisait pas grand cas de la science pour son usage et pour celui de sa famille, il la respectait, comme un homme de sens respecte tout ce qui attire l'estime des gens raisonnables; et, comme un bon citoyen, il concourait avec libéralité à tout ce qui pouvait être utile et faire honneur à la ville. Quant à madame Malitort, ce qui l'intéressait surtout, c'étaient les plaisirs des écoliers, parce qu'ils étaient partagés par son cher Joseph. Elle saisissait tous les prétextes pour multiplier les congés généraux ; elle en obtenait de particuliers pour son fils et quelques camarades qu'il ne manquait jamais d'amener chez ses parents ; et ils étaient reçus par madame Malitort avec tous les égards et la bienveillance qu'une mère a toujours pour les amis de son fils.

Les amis de Joseph n'étaient ni les plus forts ni les plus recommandables parmi les écoliers ; les bons étudiants faisaient peu de cas de lui ; mais les paresseux étaient tous de son parti, parce qu'il se moquait avec eux des succès et du travail des autres, et que sa bienveillance leur procurait des plaisirs et des avantages dont ils auraient été privés sans lui.

Raoul et Joseph ne pouvaient se souffrir. Les succès de Raoul avaient fait événement dans le collége ; dès ce moment, il était devenu le but constant des plaisanteries de Joseph. Assez disposé à se vanter et à s'enorgueillir de ce qu'il faisait de bien, il rencontrait sans cesse sur ses pas son persécuteur qui ne manquait jamais de saisir le moindre mouvement d'amour-propre, et de le rabattre.

Chaque nouveau succès était pour Raoul l'occasion de mille dépits, tant Joseph savait en faire un sujet de ridicule. Rarement la plaisanterie était accueillie avec bonne grâce. Aussi les querelles avec Joseph étaient continuelles et violentes. Raoul avait pour lui les bons écoliers ; car il y a toujours, entre ceux qui font bien, une sorte d'union et de communauté, qui les porte à se regarder comme intéressés à l'honneur même de celui qui les surpasse. Cependant ils étaient obligés parfois de l'abandonner, parce que depuis quelque temps il prenait sa situation plus à cœur; son caractère surtout était devenu tellement irritable, qu'il se fâchait à tout propos et souvent pour des riens; aussi le parti de Joseph s'augmentait-il de ceux qui, par esprit de justice, auraient été disposés à prendre celui de Raoul, si la modération de leur caractère ne les eût déterminés contre celui qui troublait la paix et la joie par ses violences.

Ces violences étaient aussi un prétexte; on n'était pas fâché de trouver à Raoul des torts, pour être dispensé de le soutenir trop vivement contre Joseph, dont la bienveillance paraissait beaucoup plus profitable que celle de son adversaire; car, comme madame Malitort le faisait observer avec un mélange d'orgueil et d'humeur, jamais un seul des camarades de Raoul n'avait été invité au château de Foligny. Aussi Raoul était-il presque le seul des camarades de Joseph que madame Malitort n'eût point reçu chez elle. Elle s'en vantait comme d'une sorte de représaille exercée contre M. de Foligny, à qui d'ailleurs les gens de la ville savaient mauvais gré de ce que son éloignement pour les visites l'avait empêché de se lier avec eux. Ces diverses circonstances rendaient les relations de Raoul avec ses camarades assez désagréables. Joseph, au contraire, malgré la nullité de ses talents, jouissait dans le collége d'une sorte de supériorité qu'il avait soin de maintenir, en ne cédant jamais à Raoul aucun des avantages qu'il n'était pas obligé de lui disputer à force de mérite et de travail.

Quand Raoul passa en seconde avant le temps ordinaire, Joseph, que les études ennuyaient mortellement, n'eut pas de peine à faire entrer sa mère dans son désir de hâter aussi le moment où il pourrait sortir du collége. Madame Malitort dit à son mari que c'était la faute du professeur si Joseph faisait si peu de progrès en troisième, et prétendit qu'il avancerait beaucoup plus en seconde. M. Malitort n'en fut pas très convaincu; mais il lui convenait assez que son fils quittât bientôt le collége, se proposant, après l'avoir gardé quelque temps pour le mettre au courant des affaires, de l'envoyer visiter les principales villes de France et d'Europe où ils avaient des correspondants, afin qu'il pût achever son instruction commerciale. Joseph désirait ce moment avec impatience, et ne paraissait pas effrayé du travail auquel il devait être assujetti chez son père. Quoiqu'il ne fût dépourvu, comme nous l'avons dit, ni d'intelligence ni de facilité, cependant les études ne lui avaient offert aucun intérêt, et il n'en faisait nul cas. Il aimait à bien vivre et à se divertir, et il savait que pour bien vivre il faut de la fortune; aussi songeait-il à augmenter la sienne. C'était le but auquel il s'attachait avec complaisance; il parlait souvent des grandes entreprises dont il espérait que son père le chargerait, de la liberté dont il allait bientôt jouir, des voyages qu'il allait entreprendre.

Raoul, au contraire, sans fortune du côté de sa mère, savait bien qu'il lui faudrait rester longtemps encore dans la dépendance de son père. Aussi Joseph prenait-il le plus grand plaisir à désoler Raoul, en lui parlant du temps qu'il lui faudrait encore passer au collége, où il était bien possible qu'on lui fît doubler les deux dernières classes; puis à l'École polytechnique, où probablement M. de Foligny voudrait le faire entrer; tandis que lui, Joseph, vivrait dans le monde, occupé d'affaires et de plaisirs; que cependant il apprendrait avec satisfaction les progrès et les succès de l'*illustre écolier* Foligny. Il s'était fait aussi, en passant en seconde, un malin plaisir de troubler la joie et l'amour-propre qu'avait éprouvés Raoul de cette distinction. Il n'avait pas manqué de répéter : « Foligny et moi, nous passons en seconde aux vacances de Pâques. » Et cette désagréable assimilation avait augmenté le chagrin de Raoul; il aurait voulu se séparer de Joseph, qui se trouvait le seul de ses anciens camarades dans la classe où il entrait alors, tandis qu'il en regrettait quelques-uns dans la troisième, mais particulièrement Henri de Terville, le seul ami véritable qu'il eût au collége.

Henri avait quelques mois de moins que Raoul; ses dispositions étaient presque égales à celles de son ami; et son caractère, heureux mélange de douceur et de gaiété, se prêtait à tout, sans peine et avec cette allégresse de cœur qui rend le travail agréable; Henri était en paix avec tous ses devoirs. Moins disposé que tout autre à s'irriter des violences de Raoul, il s'était attaché à lui, parce que l'élévation de son âme lui faisait souffrir avec indignation et les plaisanteries dénigrantes de Joseph sur un camarade qui lui était si supérieur, et la lâcheté de quelques autres à y applaudir et à les souffrir. Il avait plusieurs fois défendu son ami absent avec ce courage que si peu de gens possèdent, bien qu'il fasse partie de la véritable probité : Raoul lui en avait su un gré infini. Joseph, qui aimait à déranger les *grandes amitiés*, ou du moins à s'en divertir, avait engagé Henri à venir dîner chez son père un jour de congé avec deux ou trois élèves et un des professeurs. A table, la conversation roula sur les obligations du collége envers M. Malitort ; on parla des études. Un étranger qui se trouvait au dîner demanda le nom des écoliers les plus distingués. Henri se hâta de répondre que Raoul de Foligny avait presque toujours été le premier dans toutes ses classes. « Il n'est pas ici ? » demanda l'étranger en regardant les jeunes gens. Madame Malitort répondit négativement, avec une sécheresse de ton peu ordinaire, et fit comprendre à l'étranger qu'il avait commis une imprudence. Joseph sourit ; et roulant une pêche à Henri : « Tiens, Terville, il ne faut pourtant pas que son absence t'empêche de manger. — Ni même de boire à sa santé, » dit Henri en prenant son verre ; et se tournant vers les autres écoliers placés près de lui : « Camarades, à la santé de celui qui est l'honneur du collége ! » Ceux-ci n'osèrent s'y refuser, et le professeur, qui aimait Raoul malgré ses défauts, trinqua ainsi que M. Malitort, qui n'entrait point dans les petites intrigues de sa femme et de son fils, et qui était bien aise d'entendre parler avantageusement du collége. L'étranger but aussi à la santé de Raoul ; mais les gens de la ville s'en abstinrent, et Joseph, à qui Henri ne l'avait pas proposé, s'en dédommagea en buvant « au héros du thème et de la version, » plaisanterie à laquelle madame Malitort s'empressa d'applaudir. Après le dîner, les écoliers jouèrent dans le jardin à différents jeux; on s'amusa à les voir sauter; Henri, le plus leste et le plus hardi, remportait l'avantage sur tous ses camarades, mais il ne manquait pas de dire : « Foligny saute une semelle de plus que moi, et il n'est guère plus âgé. »

A quelque temps de là, Joseph, pour s'amuser à se venger de Henri, arrangea une partie où devaient se trouver tous les amis de Raoul, et, en les invitant devant lui, il ajouta en s'adressant à Henri : « Et Terville viendra nous montrer comment saute Foligny. » Henri refusa, et de ce moment se brouilla tout à fait avec Joseph. Ce refus avait d'autant plus de mérite, qu'Henri, n'ayant point de parents dans la ville ni dans les environs, trouvait rarement l'occasion de sortir du collége, et même le plus souvent ne profitait pas des vacances.

Depuis ce moment, Raoul s'était pris pour lui de l'affection la plus tendre, et l'appelait quelquefois en riant *Adrien*, parce qu'il le regardait comme son frère, et lui trouvait de grandes ressemblances de caractère avec Adrienne. Il aurait vivement désiré obtenir de son père qu'il engageât Henri à venir au château; mais l'impétuosité de son caractère ne lui permettait pas de mettre à ses projets la suite nécessaire pour les accomplir, et il n'avait jamais eu soin un seul jour d'être assez bien avec M. de Foligny pour pouvoir seulement se hasarder à lui demander une grâce. Cependant il devenait très important que M. de

Foligny fit connaissance avec Henri avant les vacances; car, cette année précisément, il ne devait point aller chez son père, qui venait de partir avec son régiment pour une garnison fort éloignée, et Raoul avait promis à son ami de faire tous ses efforts pour qu'on l'engageât à venir passer les vacances à Foligny. Henri savait bien que Raoul et son père ne s'accordaient pas, mais il ignorait la plus grande partie de leurs querelles. Raoul était trop fier pour raconter des scènes humiliantes et par le souvenir de ses torts et par celui des punitions qui en étaient la suite. D'ailleurs, Henri n'aurait pas compris les orages qui bouleversaient quelquefois toute l'existence de Raoul; il avait trop de raison pour croire qu'on puisse se révolter contre une autorité légitime; et, naturellement soumis à la règle, il n'aurait vu que de la folie dans ces besoins prématurés de liberté qui dévoraient depuis quelque temps son ami, et le jetaient, comme on l'a vu, dans des extravagances puériles. Raoul, tout en ayant pour Henri une véritable tendresse, le regardait en quelque sorte comme un enfant, parce que, fidèle aux devoirs de son âge, il ne cherchait point à le devancer plus qu'il ne lui était permis.

Accoutumé à voir Raoul en proie à des chagrins dont il ne lui expliquait presque jamais entièrement la cause, Henri ne l'interrogea pas, lorsqu'ils se rencontrèrent à la récréation, sur sa tristesse profonde; il se contenta de lui serrer la main avec amitié. Mais Joseph avait remarqué ses distractions à la classe, et d'ailleurs, assez porté à s'informer de ce qui se passait dans le collége, il avait su que Raoul était resté une demi-heure chez le principal; il en conclut que la dernière visite au château avait été encore plus orageuse que les précédentes. Ne voulant pas perdre une si belle occasion de faire enrager Raoul, il s'approcha de lui en même temps qu'Henri, et s'adressant à un de ses camarades en regardant Raoul : « Foligny est sûrement revenu de chez son père avec de nombreuses parties de plaisir en projet; il a tout à fait l'air de quelqu'un qui se prépare à se bien divertir. » Raoul lui ayant dit brusquement de se mêler de ce qui le regardait : « Moi, » reprit Joseph en se frottant les mains, « je m'en réjouis pour l'ami Terville, que Foligny se charge d'amuser. Son lit est sans doute préparé au château de Foligny. Il est fort amusant le château de Foligny; on rit dès qu'on passe le seuil de la porte... pour en sortir. »

Raoul était partagé entre la colère et la douleur; il avait positivement promis la veille à son ami Henri de trouver moyen, par Adrienne, de faire parler à son père de ce qu'ils désiraient tous les deux. Il jeta les yeux sur lui en ce moment, et s'aperçut qu'il le regardait avec inquiétude; son cœur se serra. On venait de voir entrer dans la cour du collége le valet d'écurie chargé par M. de Foligny de lui rapporter ses livres et ses effets. Joseph s'écria aussitôt : « Tiens, un emménagement! » Et, comme si un instinct maudit lui eût fait deviner tout ce qui pouvait désespérer Raoul, il ajouta : « Je m'en étais bien douté; Foligny va sûrement passer ses vacances au collége. C'est la maison de campagne que son père met complaisamment à sa disposition. »

Raoul ne se possédait plus : une allusion à ce qui s'était passé la veille, faite surtout en présence de ses camarades, était à ses yeux le comble de l'odieux ; il allait engager une de ces querelles où le tort paraissait toujours de son côté, s'il n'en eût été empêché par l'arrivée de M. Burkheim, dont la présence avait déjà le pouvoir de l'obliger à se contraindre. M. Burkheim s'avança vers lui, et, lui prenant le bras, l'emmena dans une des allées qui bordaient la cour. « J'ai, » lui dit-il, « à me justifier envers vous de ma conduite d'hier au soir. » Raoul troublé cherchait en lui-même s'il devait lui en faire des reproches ou l'en remercier, quand on vint l'avertir que le principal le demandait. Il s'empressa de se rendre chez lui, et apprit que son père avait donné l'ordre de ne le laisser communiquer avec personne du dehors.

Il est facile de concevoir l'état où cette injonction jeta Raoul : il se voyait enlever sa dernière consolation. Son premier mouvement fut de courir vers M. Burkheim, pour exhaler contre lui son ressentiment ; mais il s'arrêta en le voyant au milieu des élèves, et, d'ailleurs, toute la fierté de son âme se souleva à l'idée d'instruire quelqu'un des traitements sévères dont il était l'objet. Il alla se renfermer dans sa chambre, et y demeura quelques instants dans une angoisse inexprimable, ne sachant quel parti prendre. Enfin, il pensa qu'il ne devait pas laisser partir M. Burkheim sans lui rien dire. Il descendit dans la cour, et le trouva occupé à causer avec le petit Auguste. Il s'approcha de lui avec un visage tout décomposé. « Félicitez-vous, » lui dit-il, « vous m'avez livré... absolument livré. »

M. Burkheim le regarda un instant; affligé de l'expression de sa physionomie, il lui serra la main en disant : « Mon cher Raoul, de la patience et du courage : ce sont les vertus d'un homme. — Du courage! » reprit Raoul avec emportement, « j'en ai plus qu'on ne veut m'en permettre. Mais pour la patience, » reprit-il à demi-voix et d'un air significatif, « qu'on ne me la rende pas trop difficile. » Il s'éloigna en prononçant ces mots, et salua M. Burkheim seulement d'un signe de tête.

Raoul n'était plus dans une disposition d'esprit qui lui rendît désirable la conversation d'un homme qu'il estimait, et dont il redoutait la raison. Cette dernière défense du principal l'avait aigri au point de le rendre capable de toutes les folies. L'idée de se soustraire par la fuite à une autorité intolérable l'absorba de nouveau, et il se dit : « Je m'en irai. » Et parce que cette idée lui faisait oublier toutes celles qui le tourmentaient, il crut avoir pris une résolution. Soulagé pour le moment, et sans y penser davantage, il retourna prendre part aux jeux avec sa vivacité ordinaire, et surprit tous ses camarades, qui l'avaient vu l'instant d'auparavant si sombre et si troublé.

Le reste de la journée, Raoul parut avoir oublié tous ses chagrins; il avait l'air même plus animé que de coutume. Cependant il répétait de temps en temps : « Je m'en irai, » sans attacher à ces paroles un sens bien précis.

Le soir, à l'heure où l'obscurité ramène la réflexion et fait évanouir les folles espérances du jour, Raoul ne répéta plus avec autant de confiance : « Je m'en irai. » Il commençait à songer aux difficultés de l'entreprise, et le premier pas hors de l'ordre l'effrayait même. Je n'oserais dire que la crainte de commettre une action répréhensible y fût pour quelque chose : la passion avait tellement perverti ses idées, qu'il révoquait en doute l'autorité paternelle; mais l'instinct de droiture, qui nous arrête au moment d'entrer dans la voie du mal, agissait sur lui en dépit de la fausseté de ses raisonnements.

V.

UNE DÉCOUVERTE.

Les jours suivants se passèrent dans les mêmes alternatives. Tantôt on voyait Raoul ardent à tous les exercices, recherchant l'activité; tantôt sombre et rêveur, évitant toute conversation, surtout celle d'Henri, dont il craignait les questions et qui déjà plus d'une fois lui avait amèrement reproché de n'être plus avec lui comme un ami. La même irrégularité se retrouvait dans son travail : tantôt mieux fait encore qu'à l'ordinaire, comme s'il eût voulu essayer et mettre en œuvre toutes ses forces; tantôt négligé comme tout le reste, dans ces moments où, incapable de résister à ses anxiétés intérieures, il s'abandonnait sans force au démon qui le tourmentait. Aucune pensée raisonnable ne le visitait; il ne lui venait même pas à l'esprit qu'il pût apaiser son père par des soumissions, ou au moins regagner sa bienveillance par une conduite exemplaire. Il éloignait de lui toute idée de réconciliation, et, dans un avenir sans espérance, il ne cherchait que les moyens de le rendre encore plus funeste.

4.

Le peu d'argent qui restait à Raoul avait été dépensé avec cette espèce de colère que lui inspirait toujours tout ce qui lui rappelait le souvenir de sa condition. Le jeudi qui suivit son départ du château, les écoliers, se trouvant à la promenade, voulurent jouer au petit palet, et s'essayèrent, pour augmenter la difficulté et le plaisir, à jeter les pièces de monnaie d'un côté à l'autre d'un petit ruisseau près duquel ils se trouvaient. Ils n'avaient que des pièces de la même dimension ou trop petites; ils s'adressèrent à Raoul, qui leur offrit une pièce de quarante sous; c'était le reste de son argent. La pièce, pour je ne sais quelle raison, ne convint pas aux écoliers; ils lui en demandèrent une autre. L'impossibilité où il était de satisfaire à cette demande et tous les souvenirs qu'elle réveillait, lui causèrent un tel mouvement de fureur, que, reprenant sa pièce : « Eh bien, » dit-il, « puisque vous n'en voulez pas, allez en chercher une autre. » Et il la jeta avec colère dans un endroit du ruisseau où il était impossible de la retrouver. Les écoliers se dirent : « Foligny devient fou. » Henri s'approcha de lui pour lui demander la cause de cette étrange conduite, et n'en reçut pour toute réponse qu'un « Laisse-moi tranquille ! »

« Foligny, » lui dit Henri en s'éloignant, « le jour où il vous conviendra de retrouver vos amis, ils pourront bien n'être plus en humeur de vous recevoir. — Je m'en passerai, » répondit brusquement Raoul; et il ajouta entre ses dents : « Il faut bien que je m'apprenne à me passer de tout ! » De ce moment, l'idée de fuir s'empara de lui plus fortement que jamais.

Feuve del. Mme Thorel sc.

Eh bien, puisque vous n'en voulez pas, la voilà!

T. I. page

Joseph avait été ce jour-là chez ses parents. Le lendemain, il apprit à ses camarades que, pendant l'orage du dimanche précédent, le tonnerre était tombé sur un village situé à quelques lieues, et avait mis le feu à un grenier rempli de foin, d'où il s'était communiqué à d'autres bâtiments, en sorte que le village était presque entièrement consumé et ses habitants réduits à la misère. On avait organisé dans tout le département des souscriptions pour venir à leur secours; il y en avait une d'ouverte chez M. Malitort. Joseph n'était pas naturellement fort disposé à se sentir ému des malheurs publics ou particuliers; mais les habitudes de l'éducation qu'il avait reçue chez son père l'avaient accoutumé à regarder ces actes de bienfaisance comme une convenance de sa situation. Il avait été flatté de l'idée de faire une souscription dans le collége; il proposa à ses camarades d'y prendre part; ils y consentirent avec cet empressement de générosité naturel aux jeunes cœurs. Chacun contribua selon ses moyens. Raoul était resté à sa place, pâle et immobile. Joseph s'en aperçut et dit : « Foligny va nous grossir le magot, lui qui a de l'argent à jeter dans la rivière. » Raoul s'éloigna à pas précipités. « Voyez, » ajouta Joseph en riant, « comme il court à ses trésors! » Henri le suivit des yeux, et le vit avec inquiétude s'enfoncer dans une allée sombre. Il ne lui avait pas parlé depuis la veille; mais eussent-ils été brouillés sans retour, Henri serait retourné une dernière fois vers lui pour lui dire : « Foligny, ne vous déshonorez pas. » Il se hâta de le suivre, et le trouva marchant à grands pas et faisant des gestes qui témoignaient de son désespoir. « Foligny, » lui dit-il, « il faut absolument que tu donnes comme les autres. » Raoul ne lui répondit que par un geste qui signifiait : « Comment veux-tu que je fasse ? »

« N'as-tu pas d'argent ? » lui demanda vivement Henri, qui voyait de loin Joseph s'approcher. « Non, » dit enfin Raoul avec violence. En ce moment, Joseph lui cria : « Foligny, nous ferons tes compliments aux incendiés, n'est-ce pas ? »

« Il faut donner, reprend Henri avec la même vivacité ; et maintenant il faut donner plus que les autres. » Et lui mettant dans la main une pièce de cinq francs : « Tiens, tu ne me la rendras que pour la fête du principal. » Raoul hésite ; il sait bien qu'alors il ne pourra pas le rembourser ; mais Henri insiste en voyant approcher Joseph : « Va donc. » Raoul, les larmes aux yeux, serre la main d'Henri, court vers Joseph, à qui il jette presque l'argent à la figure, retourne vers son ami, et lui prenant de nouveau la main : « Terville, je suis bien malheureux ! » Il ne lui en dit pas davantage ; mais ils furent réconciliés.

Cependant, une nouvelle inquiétude venait de se joindre aux chagrins de Raoul. Comment rendre cet argent dont Henri avait besoin pour payer sa part de la petite somme que les écoliers composaient entre eux tous les ans pour donner une fête au principal ? Comment contribuer lui-même pour sa portion ? Cette fête devait arriver bientôt ; mais eût-elle dû ne venir que dans six mois, Raoul ne voyait pas davantage les moyens d'y pourvoir. Ce jour même, à la récréation de l'après-dînée, rêvant tristement à tous ces embarras, il se promenait en long et en large, chantant entre ses dents, comme il avait coutume de le faire lorsque quelque chose l'occupait fortement; il lui arriva de répéter l'air de la complainte qu'avait trouvée le petit garçon jardinier. L'air le fit penser aux paroles; il en avait oublié une partie, et il chercha à se les rappeler. Il se trouvait en ce moment auprès d'un groupe d'écoliers dont les uns jouaient aux billes, et parmi eux Joseph, Henri et un écolier plus jeune, nommé Jules, venu des environs de Vesoul. A moitié perdu dans ses réflexions, Raoul s'était arrêté, regardant avec distraction et chantant à demi-voix un des couplets qu'il venait de retrouver.

« Que chantes-tu donc là? » lui demanda Jules. Raoul, distrait, ne songeait point à répondre et continuait à chanter. « C'est, dit Joseph en éclatant de rire, cette complainte que j'ai vue hier dans son pupitre ; c'est une belle pièce de poésie à garder : vous verrez que nous en retrouverons des passages dans sa première amplification. — Il faut, » dit Henri, avec humeur, « que Malitort soit toujours à fureter partout. — Bon! » reprit Jules, « c'est une belle nouveauté que sa complainte : je la connais depuis que je suis au monde; on m'a bercé avec. C'est une histoire véritable, » ajouta-t-il; « le voleur est même revenu depuis dans le pays; on me l'a montré. Tiens, Terville, il ressemble, mais à s'y tromper, à cet étranger qui vient quelquefois avec M. Delorme voir Berly. — M. Burkheim? » dit Joseph. « Tellement, » reprit Jules, « que la première fois j'ai vraiment cru que c'était lui. — Bon ! quelle histoire ! » ajouta Henri.

Raoul, que le nom de M. Burkheim avait tiré de sa rêverie, demanda à Henri de quoi il s'agissait, et témoigna à Joseph beaucoup d'humeur de sa curiosité. « Pardi, » reprit Joseph, « tu nous la chantes depuis une heure ; si l'auteur est de tes amis, tu feras bien de lui en garder le secret. »

Raoul ne répondit rien ; il venait d'être frappé de l'idée que cette complainte pourrait bien être la chanson dont avait parlé M. Burkheim le dimanche au soir, un moment avant leur rencontre à la porte du parc. Le nom de M. Burkheim venait de réveiller en lui ce souvenir. Sans s'expliquer le genre d'intérêt que pouvait prendre son ami à cette mauvaise complainte ou à l'aventure qui en faisait le sujet, il lui paraissait évident que M. Burkheim désirait en anéantir les traces ; et en rapprochant ce que venait de dire Jules de sa ressemblance avec Victor Duchamp, la complainte semblait désigner un jeune homme d'une famille recommandable. Le héros de cette triste histoire pouvait donc être parent de M. Burkheim. Raoul ramassa promptement sa complainte, se promettant bien de n'en plus dire un mot, et de la rendre avant son départ à M. Burkheim. Il aurait bien pu la brûler, pour remplir les intentions que M. Burkheim avait manifestées lors de sa conversation avec M. Delorme ; mais, curieux de savoir si ses conjectures étaient fondées, il aima mieux la lui rendre.

L'occasion s'en présenta dès le lendemain. M. Burkheim vint faire ses adieux à Auguste et à Raoul. Celui-ci eut le cœur serré en l'apercevant ; il ne savait quand ni comment il le reverrait ; il ne pouvait lui parler, et cependant il en éprouvait le besoin. Ses projets de fuite le tourmentaient ; il prévoyait bien qu'ils seraient désapprouvés par M. Burkheim, et pourtant il aurait voulu l'en entretenir, ou au moins les lui faire pressentir ; ce qu'il craignait surtout, c'était un blâme sévère lorsqu'une fois sa résolution serait prise, et qu'il ne pourrait plus y revenir. Surveillé comme il l'était, il n'osait prier M. Burkheim de lui écrire, et d'ailleurs comment payer les ports de lettres ? Désolé de laisser partir M. Burkheim sans lui rien expliquer et en lui laissant croire qu'il ne désirait pas donner suite à leurs relations d'amitié, il se résolut à tout hasard de lui demander son adresse ; et, s'approchant de lui comme il causait avec le petit Auguste, au milieu des écoliers : « Adieu, monsieur Burkheim, » dit-il d'une voix émue en lui tendant la main ; « vous me laissez plus malheureux que jamais. Promettez-moi... quelque chose qui arrive, que vous me conserverez votre amitié. » Et il ajouta d'un ton plus bas : « J'en aurai peut-être bientôt besoin. »

Frappé de l'air dont il lui disait ces paroles, M. Burkheim lui prit la main : « Mon amitié vous est acquise pour toujours, mon cher Raoul ; mais, je vous en prie, » ajouta-t-il d'un ton très ferme et le regardant fixement, « qu'elle ne me soit jamais un sujet de tristesse. »

Raoul rougit et détourna la tête. Il fouillait avec

embarras dans sa poche pour retrouver sa complainte et la rendre à M. Burkheim, quand on vint avertir M. Delorme, occupé à causer avec un professeur, qu'il y avait un cheval de déferré.

« Est-ce le mien ? » demanda M. Delorme. « Non, monsieur, » répondit le domestique, « c'est celui de M. Duchamp. — Victor, » dit M. Delorme à M. Burkheim, « il faut attendre quelques moments ici; votre cheval est déferré. »

A ce nom de *Victor*, à celui de *Duchamp*, Jules, qui depuis l'arrivée de M. Burkheim n'avait cessé de l'examiner, court rejoindre Joseph et lui dit : « J'en étais sûr, c'est lui. » Tous les deux s'approchent de Raoul; celui-ci avait entendu comme eux les deux noms; assailli d'un tourbillon d'idées dont il lui aurait été impossible de se rendre compte, il présenta d'une main tremblante le papier à M. Burkheim. « Je crois que cela vous appartient... que vous l'avez perdu, » dit-il, sachant à peine ce qu'il faisait. M. Burkheim prend le papier avec une sorte d'émotion causée en partie par celle de Raoul, il l'ouvre, le regarde : « Oui, c'est cela. » Et le mettant dans sa poche : « Je vous remercie. » Ses manières avaient repris leur calme accoutumé : seulement une légère rougeur avait passé sur son visage.

« C'est la complainte, » dit à demi-voix Joseph; « je la reconnais. — J'en étais bien sûr, » reprend Jules sur le même ton; « c'est le fameux Victor Duchamp. »

Raoul, qui a entendu Jules, se précipite sur lui, et lui mettant la main sur la bouche de manière à l'étouffer : « Tais-toi, » lui dit-il avec violence, « ou je t'étrangle. » Henri et Joseph accourent au secours de l'enfant qui se débat et va crier; mais M. Burkheim, d'un coup d'œil, a tout vu, tout compris; il dégage Jules, et lui posant doucement la main sur l'épaule : « Mon petit ami, je vous demande encore quelques minutes de silence; vous en allez savoir la cause. Suivez-moi chez le principal. Messieurs, » ajoute-t-il en se tournant vers Raoul, Henri et Joseph, les seuls qui eussent entendu tout ce qui venait de se passer, « ayez aussi l'obligeance de me suivre; je vous donnerai des explications devenues nécessaires. »

Ils l'accompagnèrent fort troublés et hors d'état de deviner ce qu'il pouvait avoir à leur apprendre. M. Burkheim ayant exprimé au principal le désir d'avoir avec lui un entretien en présence des jeunes gens, celui-ci les fit asseoir, et M. Burkheim, après quelques moments d'hésitation ou plutôt de recueillement, commença ainsi :

« Je dois d'abord, monsieur, vous faire connaître pourquoi je me suis laissé donner chez vous un nom qui n'est pas le mien. Je ne m'appelle point Burkheim; mais le petit Auguste et ses parents ne me connaissant que sous ce nom pris par moi en Allemagne, je n'ai pas cru utile de les détromper; peut-être aussi, » ajouta-t-il en baissant les yeux, « ai-je cédé, sans trop y penser, à une répugnance qu'il est de mon devoir de surmonter. Mon véritable nom, » dit-il avec une espèce d'effort, « est Victor Duchamp. Ces messieurs savent déjà pourquoi il m'est pénible de l'avouer; il me reste, monsieur, à vous l'expliquer. »

Les écoliers s'étaient regardés interdits; Raoul se sentit courir une sueur froide.

M. Burkheim, que désormais nous appellerons Victor, continua son récit les yeux baissés, mais sans rien perdre de la dignité de son maintien; seulement il s'interrompait de temps en temps et laissait apercevoir la violence des efforts qu'il s'imposait.

« L'homme que vous voyez devant vous, monsieur, a eu le malheur de souiller sa jeunesse d'une action... honteuse. » M. Burkheim s'était arrêté devant ce mot, comme s'il eût voulu recueillir la force nécessaire pour le prononcer avec calme. En effet, il le dit comme s'il eût parlé pour un autre, tant il s'était séparé de cette partie coupable de sa vie, tant il la rejetait avec dédain. Raoul tremblait, et, dans son agitation, pouvait à peine se tenir sur sa chaise. M. Burkheim reprit d'un ton simple, et comme soulagé de n'avoir plus à prononcer ce pénible mot : « J'ai depuis existé pour réparer cette faute, autant que c'était en mon pouvoir; car il faut bien le reconnaître, mes amis, » poursuivit-il en se tournant vers les jeunes gens, « le mal une fois commis ne s'efface plus, n'eût-il eu de suites funestes pour personne : il subsiste pour celui qui l'a commis, il demeure comme une déchirure que rien ne peut réparer, rien, pas même les plus hautes vertus. » Puis, se reprenant après un moment de silence, comme il le faisait toutes les fois qu'il avait un sentiment pénible à surmonter, s'adressant toujours au principal : « Je ne prétends pas m'être élevé à rien d'extraordinaire; mais, depuis ce moment, ma vie a été de bon exemple. Je crois pouvoir le dire, et il me semble utile qu'on le sache : partout où le bruit de la faute est parvenu, doit arriver l'exemple du repentir. Le hasard a révélé à ces messieurs, quoique très imparfaitement, quelques-unes des circonstances de la première partie de ma vie; je désire donc que l'autre partie leur soit aussi racontée. Un de mes amis a pris la peine d'écrire ce qu'il peut y avoir eu d'intéressant dans les événements qui me concernent; il l'a fait sans doute avec trop de bienveillance pour moi, mais avec une grande exactitude. Si vous me le permettez, monsieur, je vous ferai passer ce manuscrit, et, dans le cas où vous ne verriez aucun inconvénient à en permettre la lecture à ces jeunes gens, je vous prie de vouloir bien le leur communiquer, en leur recommandant, comme vous le comprenez bien, un absolu secret. La vie est trop occupée, » ajouta-t-il avec une sorte de dégoût, « pour revenir souvent sur de pareilles explications, et il est pénible d'avoir à recommencer sans cesse à se produire des pieds à la tête, pour qu'on puisse prendre confiance en vous. »

Cette déclaration avait été évidemment fort pénible à Victor; son visage portait l'empreinte de la souffrance; cependant ses regards avaient conservé toute leur fermeté. Il se remit assez promptement, et il ne lui resta qu'un peu de pâleur et une apparence de fatigue.

Le principal promit à M. Burkheim, en son nom et

en celui de ses élèves, le secret qu'il demandait, et lui témoigna l'estime que devaient inspirer, quelle que fût la faute, le sentiment qu'il en avait conservé et la manière dont il l'exprimait. Il l'assura qu'il s'empresserait de communiquer son manuscrit aux jeunes gens, bien convaincu que la lecture ne pouvait leur en être qu'utile. Victor le remercia, et se retira suivi des écoliers, qui ne pouvaient détacher leurs yeux de dessus lui. Raoul marchait près de lui les yeux baissés; profondément ému, il prit la main de son ami avec timidité et respect; car Victor ne lui avait jamais paru si imposant.

« Vous m'aimez donc encore? » lui demanda celui-ci avec un sourire. « Si je vous aime! » s'écria Raoul avec émotion; puis fixant sur Victor un regard attendri : « Vous êtes donc malheureux? — Non, mon cher Raoul, » reprit Victor avec un sourire plein de calme et de douceur, « le chagrin qu'on éprouve d'être une fois sorti du devoir n'ôte rien à la joie d'y être rentré heureusement pour toujours, et pour y marcher d'un pas ferme et inébranlable. Ce sont deux mondes entièrement séparés, et il en est un si beau, mon cher Raoul, » ajouta-t-il en le regardant d'un air que Raoul comprit, « qu'il ne faut pas risquer de le quitter. »

Raoul soupira et dit adieu à Victor. Ils étaient arrivés dans la cour; M. Delorme, qui avait fini sa conversation avec le professeur, rejoignit son ami; le cheval était ferré, ils repartirent. Raoul serra de nouveau la main de Victor, le suivit des yeux aussi longtemps qu'il le put, puis revint s'asseoir auprès d'Henri, qui attendait avec autant d'impatience que lui l'histoire promise.

Le petit Jules, sans bien comprendre tout ce qui venait de se passer, y trouvait quelque chose d'extraordinaire qui l'intéressait; d'ailleurs l'importance qu'on avait attachée à son opinion, le secret qu'on lui avait demandé, flattaient son amour-propre, et le disposaient en faveur de Victor.

Pour Joseph, il avait bien éprouvé quelque saisissement; mais il ne vit bientôt dans tout cela qu'une drôle d'histoire, et, contrarié de ne la pouvoir raconter, il voulut du moins s'en servir pour s'amuser à faire enrager Raoul. S'approchant de lui un peu après le départ de Victor : « Sais-tu bien, Foligny, que ton ami Victor Duchamp est un très beau voleur de mélodrame? »

Raoul entra dans la plus violente colère; mais Henri, le retenant par le bras, lui dit : « Vas-tu faire une esclandre? » Raoul sentit la nécessité de se contraindre. Madame Malitort entrait en ce moment; elle le délivra des plaisanteries de Joseph, qui, de cet instant, lui devint véritablement odieux.

Le lendemain le principal fit appeler les quatre écoliers; il avait reçu le manuscrit de M. Duchamp, et il leur dit en leur en recommandant la lecture : « Vous pourrez vous convaincre que, même après les plus grandes fautes, on ne doit jamais se décourager. M. Duchamp s'est trouvé dans des situations extraordinaires, et cependant, depuis sa malheureuse faute, il n'a jamais cru devoir se dispenser, en aucune occasion, des règles prescrites, bien convaincu qu'on ne peut arriver à de grandes vertus en négligeant ses devoirs. Il vous en a donné ici un exemple, » ajouta le principal, ramené à cette idée par l'impatience que lui avait causée, la veille, madame Malitort, en sollicitant avec vivacité une trop forte infraction aux règles de la discipline. « Certainement, M. Duchamp avait un grand intérêt à se justifier, malgré sa répugnance à mettre quelqu'un de plus dans son secret. Cependant il ne s'y est pas déterminé avant de m'avoir demandé mon aveu; il sait trop bien que la discipline est l'âme d'une maison bien gouvernée; que la première loi de cette discipline est la subordination absolue des jeunes gens envers leurs maîtres et envers leurs supérieurs. »

Cette réflexion pouvait s'adresser à Joseph ou à Raoul, mais elle déplut surtout à celui-ci; il sentait combien il lui serait difficile de faire approuver à Victor son projet; et il lui semblait également impossible d'abandonner cette idée d'évasion, quelque vague et confuse qu'elle fût encore dans son esprit.

On convint que le manuscrit de Victor se lirait en commun chez le principal, aux heures de récréation. Raoul fut chargé de la lecture, et commença ainsi qu'on le verra dans le chapitre suivant.

VI

HISTOIRE DE VICTOR DUCHAMP

SA FAUTE

Victor Duchamp était fils d'honnêtes marchands, qui, après avoir fait à Paris une modique fortune, s'étaient retirés à Gray, petite ville du département de la Haute-Saône, où ils avaient toute leur famille. Comme Victor annonçait des dispositions et de l'intelligence, ses parents l'avaient fait élever de leur mieux, et l'avaient placé ensuite chez un notaire de leurs parents, qui devait le faire un jour son premier clerc, et même plus tard lui céder son étude. Le notaire était assez content du travail de Victor, mais ses parents ne l'étaient pas de sa conduite. Victor à vingt ans avait déjà une assez mauvaise réputation; il s'était lié avec des jeunes gens de son âge, qui l'entraînaient dans une foule de désordres; sa besogne cependant était toujours assez bien faite, parce que, naturellement fier et incapable de supporter les réprimandes, il avait soin qu'on n'eût rien à lui reprocher à cet égard; lorsqu'il avait passé la nuit au bal ou à jouer, il serait plutôt mort de fatigue que de ne pas se rendre à l'étude à l'heure où elle s'ouvrait. Si le notaire voulait hasarder quelques représentations sur sa conduite irrégulière, Victor lui demandait s'il avait à se plaindre de son travail; et comme il était bon homme, il ne disait plus rien; mais il n'en était pas ainsi des parents. Dans toutes les parties que faisait Victor avec ses camarades il payait plus cher que les autres; il aimait à s'entendre dire qu'il était généreux, que partout où était Victor Duchamp il n'en coûtait pas cher pour s'amuser. Ses camarades, qui mettaient son orgueil à profit, ne demandaient pas mieux que de lui laisser une sorte de supériorité qu'il aimait à s'arroger. De même qu'il s'était rendu le plus fort et le plus adroit à tous les exercices auxquels s'essayaient entre eux les jeunes gens de la ville, il voulait aussi être le mieux mis et le premier à porter les modes nouvelles; et si ses camarades louaient des chevaux pour faire une partie de campagne, il fallait toujours que Victor eût le plus beau, et par conséquent le plus cher.

Ses appointements de clerc de notaire ne pouvaient suffire à ses dépenses, quoique sa mère eût souvent la faiblesse de lui donner de l'argent à l'insu de son père. Victor avait fait plus d'une fois des dettes dont on était venu réclamer le payement; alors sa mère pleurait et son père s'emportait. Il aimait pourtant son fils, et avait payé trois fois ses dettes; mais son inconduite avait fini par l'indisposer tellement (d'autant que Victor avait assez mal reçu ses réprimandes), qu'il ne lui parlait presque plus lorsqu'il venait à la maison ; aussi Victor avait-il soin de n'aller voir sa mère que quand il savait qu'elle était seule. Il s'indignait de la sévérité de son père, comme s'il ne l'avait pas méritée, et de son avarice qui le réduisait, disait-il, à faire des dettes. Du reste il parlait très peu des sujets de plainte qu'il prétendait avoir ; quelle que fût sa mauvaise conduite, il conservait pour son père un fond de respect qui le retenait, et il n'aurait pas trouvé bon que ses camarades se permissent des plaisanteries sur sa famille.

De peur qu'on n'allât encore se plaindre à son père, il avait déclaré aux marchands chez lesquels il prenait à crédit que, s'ils lui en disaient un mot, il leur ôterait la pratique de la moitié des jeunes gens de la ville ; et les marchands, qui savaient que Victor avait une grande influence sur tous ses amis, avaient été quelque temps retenus par cette crainte ; mais enfin l'un d'eux, nommé Simon, qui était à la fois son tailleur et son marchand de drap, voulant aller s'établir dans une autre ville, ne se soucia plus des menaces de Victor, et un jour qu'il le vit passer devant sa boutique, il lui annonça que, si dans huit jours il n'était pas payé, il irait trouver son père. Victor, gâté par les mauvais exemples et les flatteries de ses camarades, s'imagina qu'il n'y avait rien de mieux que de prendre un ton haut avec ses créanciers ; il passa d'un air dédaigneux, répondant quelques injures, et le tailleur crut même voir qu'il faisait avec sa canne un geste menaçant ; alors, après avoir crié quelque temps contre Victor, n'écoutant plus que sa colère, il courut chez le vieux M. Duchamp ; celui-ci l'irrita bien davantage encore en lui disant que c'était sa faute, qu'il l'avait averti de ne rien fournir à crédit à son fils, qu'il ne voulait plus payer ses dettes. C'était vrai ; Simon savait qu'on n'avait aucun moyen de contraindre Victor ; mais il ne s'était décidé à lui vendre que parce qu'il comptait que M. Duchamp consentirait encore à faire honneur aux dettes de son fils. C'eût été encourager la mauvaise conduite de Victor ; aussi le tailleur, qui ne pouvait se le dissimuler, n'eut-il rien à répondre aux reproches de M. Duchamp ; mais de plus en plus irrité contre Victor, qui lui attirait cette humiliation, il se rendit chez le notaire.

Pendant ce temps, Victor, qui ne savait rien, arrivait chez son père comme le tailleur venait de sortir. Il ne demanda point, comme à l'ordinaire, à la servante si son père y était, le croyant parti pour sa promenade, qu'il faisait toujours à cette heure ; et il fut très étonné de le trouver marchant à grands pas dans la chambre, d'un air fort agité, tandis que sa femme était assise fondant en larmes. Dès que M. Duchamp aperçut son fils, il l'apostropha en lui prodiguant toutes les expressions de la colère, et lui déclara qu'il ne payerait plus un sou pour lui. Victor répondit qu'il s'en passerait bien, qu'il ne voulait plus de secours qu'on lui reprochait plus qu'ils ne valaient. M. Duchamp redoubla d'emportements, Victor d'impertinences ; enfin les choses allèrent si loin, que la pauvre madame Duchamp se jeta entre eux, dans la crainte que son mari ne se portât à quelque violence contre son fils; et comme Victor s'en allait pour faire plaisir à sa mère, qui le suppliait de ne pas irriter davantage son père, M. Duchamp lui cria de ne jamais remettre les pieds chez lui, autrement qu'il s'en repentirait.

Victor partit, très agité, irrité surtout d'avoir été maltraité par son père, et en même temps troublé de lui avoir manqué de respect ; il retourna chez son patron, ne sachant que faire pour apaiser son créancier. En arrivant à la porte de l'étude, il vit sortir le tailleur, qui s'en allait en grommelant entre ses dents. Dès qu'il aperçut Victor, il se mit à crier qu'il lui fallait son argent, qu'il ne s'en irait pas qu'il ne fût payé. En disant cela, il se mettait devant la porte pour l'empêcher d'entrer. Victor le saisit par le bras, et le jetant de côté, entra malgré lui. Le tailleur, de plus en plus exaspéré, le suivit dans l'étude, où il lui fit une nouvelle scène, lui donnant les noms les plus injurieux. Victor était d'autant plus furieux, qu'il y avait dans l'étude sept ou huit personnes de la ville venues pour signer un contrat de mariage. Il voulut prendre le tailleur par les épaules et le précipiter du haut en bas de l'escalier, mais on le retint ; on tâcha d'apaiser le tailleur et de le faire sortir doucement en lui promettant qu'il serait payé, tandis que Victor s'écriait avec colère : « Non, il ne le sera pas. » Cependant le tailleur sortit, et l'affaire du contrat s'acheva ; mais sitôt qu'on fut parti, le notaire, malgré sa bonhomie, commençait à perdre patience ; il déclara à Victor qu'il lui fallait trouver moyen de satisfaire le tailleur et ses autres créanciers, ou sortir de chez lui ; qu'il ne voulait plus être exposé à de pareilles scènes qui discréditaient son étude.

Victor sortit sans répondre un mot ; il se mit à marcher le long de la rue, ne sachant trop ce qu'il faisait. Il aurait voulu quitter le notaire, ses parents, la ville où tout le monde allait bientôt savoir l'affront qu'il avait reçu ; mais d'un autre côté aussi, il aurait voulu rester et pouvoir payer ce qu'il devait, pour narguer ensuite le notaire, braver son père, et surtout rosser le tailleur, la cause de toutes ces avanies. Tels étaient l'orgueil, l'injustice et la déraison de Victor, que plus il sentait ses humiliations, conséquence de sa mauvaise conduite, plus il se révoltait à l'idée qu'il les avait méritées. Ainsi, bien loin de songer à ses torts, il ne ressentait que la honte qu'ils lui avaient causée et cherchait les moyens de s'en venger ; mais comment exercer cette vengeance ? il avait besoin de tout le monde, de ceux précisément contre lesquels il était le plus irrité. Peut-être qu'en prenant le tailleur par la douceur, en lui promettant de le payer, il en aurait obtenu du temps ; mais il ne pouvait se résoudre à lui parler autrement que pour l'accabler d'injures, et il n'aurait voulu s'acquitter que pour avoir après le droit de le maltraiter. Il aurait pu prier le notaire de lui avancer une somme sur ses appointements ; mais demander un service à un homme qui l'avait menacé de le renvoyer, c'était une chose qui répugnait à son orgueil. Il ne voulait pas non plus solliciter son pardon auprès de son père, ni recourir à ses camarades ; aucun, d'ailleurs, n'était en état de l'aider ; il les traitait quelquefois avec tant de hauteur et de moquerie, parce qu'il se sentait supérieur à eux, qu'il aurait rougi de leur avouer sa position.

Ainsi l'orgueil de Victor était constamment un obstacle à la réparation de ses fautes ; les gens dominés par leur amour-propre oublient tout à fait que le véritable honneur consiste dans l'accomplissement de ses devoirs. Victor s'était mis dans la tête qu'un homme de cœur ne doit jamais céder ; il ne songeait pas que pour cela il ne faudrait jamais s'exposer à avoir tort : car, dans ce cas, si l'on ne cède point, on ment en niant son tort ; ou si on le reconnaît et qu'on ne veuille pas le réparer, on avertit les autres qu'ils ne doivent se fier ni à votre raison, ni à votre justice, ni à votre bonne foi. Ainsi Victor, en n'avisant pas aux moyens de payer le tailleur, faisait connaître qu'il n'avait pas mérité qu'on se fiât à lui ; qu'il n'avait eu nul scrupule de prendre, sans s'embarrasser de rendre. Le plus pressé n'était-il pas de tâcher de payer ses dettes, et ensuite de faire oublier ses fautes par une sage conduite? C'était là le seul parti convenable à un homme d'honneur ; mais Victor n'était pas assez raisonnable pour le sentir. Il se perdait, au contraire, dans des idées extravagantes. Il se disait : « Si je pouvais trouver un trésor! » et en même temps il regardait à terre, comme s'il eût espéré le découvrir sous ses pieds.

Victor marchait toujours ; il avait fait plus d'une lieue dans la campagne occupé de ses pensées, sans prendre garde à la chaleur, et au soleil brûlant qui lui donnait sur la tête. Il se sentit fatigué, et s'assit au bord d'un petit ruisseau, sur un gazon fort épais; il continuait à réfléchir sans se décider à rien, lorsqu'il sentit sous l'herbe quelque chose de rond comme un anneau. C'était en effet une fort belle bague de diamants; elle était montée à jour, avec un magnifique diamant au milieu, et d'autres plus petits de chaque côté. Victor regarde cette bague avec un sentiment qu'il ne démêlait pas bien encore. Il avait désiré trouver un trésor, sans réfléchir que ce trésor ne lui appartiendrait pas jusqu'à ce qu'il fût bien constaté qu'on n'en pouvait connaître le propriétaire; il se disait bien que cette bague n'était pas à lui, et il ne lui venait pas dans l'idée de s'en défaire pour payer ses dettes; ou au moins, si cette idée se présentait à son esprit, il ne s'y arrêtait pas encore. Cependant, en cherchant dans sa tête si cette bague ne pouvait pas avoir été perdue par quelqu'un de sa connaissance, et craignant d'en trouver le propriétaire, il se sentit comme soulagé, lorsqu'après bien des hésitations il conclut qu'elle ne pouvait appartenir à personne de la ville.

Victor mit la bague dans sa poche, et revint de plus en plus agité; en entrant dans la ville, il passa devant la maison d'un nommé Collet, espèce de brocanteur; souvent il lui avait acheté différents objets, et ses camarades lui en vendaient quelquefois, qu'il avait coutume de payer la moitié de leur valeur. Collet, voyant passer Victor, lui demanda s'il voulait lui acheter quelque chose. « Acheter! » dit celui-ci,

« non, vraiment. — Eh bien, avez-vous quelque chose à vendre? — Quelque chose à vendre! » répéta-t-il tout troublé, comme si l'on eût deviné sa pensée. « Oui, » dit Collet, « je suis en argent; si vous voulez me vendre, vous ferez de bonnes affaires. »

Comme il savait Victor tourmenté par ses créanciers, il espérait, dans ce moment, où il était pressé d'argent, pouvoir faire avec lui quelque bon marché. Victor était resté immobile, incertain et ne sachant à quoi se décider. Enfin tirant la bague de sa poche : « Combien vaut cette bague ? »

Collet la regarde : « Comme c'est vous, monsieur Victor, je vous répondrai bien en conscience; elle vaut cent écus. — Je ne compte pas la vendre, » dit Victor en voulant la reprendre des mains de Collet; « c'était simplement par curiosité. — Attendez, elle est plus belle en effet que je n'avais cru d'abord; ce sont des brillants : tenez, je suis de bonne foi, je me trompais, elle vaut quatre cents francs. »

Victor voulait toujours reprendre la bague, et Collet continuait à la retenir. « Eh bien! pour vous j'irai jusqu'à cinq cents francs. Profitez-en; je suis chargé de procurer des diamants pour un mariage; vous ne trouverez peut-être jamais une si bonne occasion; j'ai là cinq cents francs en or, décidez-vous. »

Victor rougissait, pâlissait. Cinq cents francs! c'était précisément la somme qu'il devait au tailleur : et puis, ne pourrait-il pas un jour dédommager le propriétaire s'il le retrouvait? Collet rentra; Victor le suivit, et avant qu'il eût eu le temps de se reconnaître, Collet lui avait déjà compté les cinq cents francs en or, et les lui avait présentés. « Mais, » dit Victor avant de prendre la somme, « ne connaîtriez-vous pas la personne à qui appartient cette bague? Je viens de la trouver. »

C'était un dernier effort de probité. Si Collet eût été honnête homme, il aurait sur-le-champ rendu le bijou; il fut bien un peu fâché de n'avoir pas su d'abord que c'était une bague trouvée, parce qu'alors il aurait tâché de l'avoir à meilleur marché; cependant il s'en consola en songeant qu'il achetait pour cinq cents francs un objet qui en valait plus de mille. Aussi dit-il à Victor, pour encourager ses remords : « Bon! tant pis pour celui qui l'a perdue. D'ailleurs notre marché est fait; je pars dans une heure pour Paris, je n'ai pas le temps d'attendre que vous ayez pris des informations. D'ailleurs, si vous retrouvez celui à qui cette bague appartient, vous lui rendrez l'argent. Il aura fait un bon marché, je vous assure. »

Les gens qui commettent une mauvaise action tâchent de se rassurer comme ils peuvent; aussi Victor se sentit plus à l'aise en apprenant que Collet allait partir; il se dit qu'il n'aurait plus à craindre d'être découvert; et comme il avait peu de principes, ce n'était pas devant une mauvaise action qu'il reculait, mais devant la honte qui en pouvait être la conséquence.

Cependant Victor hésitait encore, quand un de ses

camarades entra, Collet cacha promptement la bague, et Victor les cinq cents francs.

« Ah! ah! » dit le jeune homme, « tu viens faire ici de l'argent pour payer Simon?—Point du tout,» répondit Victor d'un air piqué et s'efforçant de cacher son embarras; le père de ce jeune homme, pour punir son fils d'avoir fait des dettes, l'avait une fois envoyé passer trois mois à la campagne chez une vieille tante où il s'était ennuyé à mourir; Victor, à cette occasion, ne lui avait pas épargné les railleries; aussi craignait-il qu'il ne s'en vengeât. Collet connaissait l'orgueil de Victor, il s'empressa de dire au jeune homme : « Mon Dieu non, M. Victor m'achète beaucoup plus qu'il ne me vend; mais imaginez qu'il ne veut pas de ces cravates, il ne les trouve pas assez belles. » Et tout en parlant il déployait un paquet de cravates, comme si Victor les eût marchandées. Le jeune homme, s'apercevant de son embarras, remarqua d'un air moqueur : « C'est apparemment pour les donner en payement à Simon que tu veux les acheter à crédit de Collet. » Et regardant les cravates : « Il s'en contentera, elles sont bien assez belles pour lui. Prends-les, je te le conseille, si Collet veut être raisonnable. — Et toi, mêle-toi de tes affaires, » répondit Victor en colère. Il sortit aussitôt et alla payer son tailleur; mais cette fois il ne l'injuria ni ne le maltraita; il était trop humilié du sentiment de sa mauvaise action, pour prendre un ton de hauteur; il avait perdu toute sa fierté, tout son amour-propre. Après le dîner, il rentra chez son patron, et se mit à travailler sans rien dire. Dans la soirée le notaire s'approcha de lui, et lui demanda s'il se préparait à payer son tailleur. « Tenez-vous bien tranquille, » répondit Victor avec humeur, « il sera payé. » Il n'osait pas dire qu'il l'était déjà, de peur qu'on ne s'étonnât qu'il se fût procuré de l'argent aussi promptement.

Le lendemain Victor passa devant la porte de Collet, et apprit qu'il était parti la veille. Il se crut plus en sûreté, mais il ne fut guère moins malheureux, surtout lorsque dans la journée il lut sur tous les murs de la ville une affiche annonçant qu'une bague de diamants avait été perdue. Une dame Delorme, de Paris, étant venue passer quelques jours dans un château voisin, avait été se promener dans l'endroit où s'était reposé Victor; elle avait ôté ses gants pour se rafraîchir, et sa bague, qui était un peu grande, avait quitté son doigt sans qu'elle s'en fût aperçue. Le lendemain, ne la trouvant plus, elle crut d'abord qu'on la lui avait volée; mais se souvenant qu'elle l'avait mise la veille et ne l'avait pas ôtée le soir, elle pensa qu'elle pouvait l'avoir perdue au bord du ruisseau; elle y envoya un peu après que Victor s'en était éloigné; en même temps elle s'empressa de faire afficher dans la ville une bague perdue. Cette affaire fit beaucoup de bruit. On ne pensa pas d'abord à Victor; mais, comme dans les petites villes tout se sait, on apprit bientôt qu'il était allé ce jour-là se promener dans la campagne, du côté du ruisseau : un homme de sa connaissance l'avait vu de loin; on sut aussi par ses camarades qu'il était entré chez Collet, et que c'était en sortant de chez lui qu'il avait été s'acquitter avec Simon. On s'était déjà fort étonné qu'il eût pu le payer ; on se demanda comment il s'était procuré de l'argent en trois ou quatre heures, surtout ayant passé une partie de ce temps hors la ville ; enfin on ne douta presque plus qu'il n'eût trouvé la bague. Victor ignorait les soupçons qu'on formait sur son compte, mais il les craignait. Il évitait les regards ; sitôt qu'il voyait deux personnes ensemble, il croyait qu'on parlait de lui ; si on le regardait en passant dans la rue, il s'imaginait qu'on avait deviné son secret. Il ne sortait plus, ne mangeait ni ne dormait, et en quelques jours il avait changé d'une manière effrayante. Ce changement donnait encore à penser.

Un soir qu'il rentrait après avoir été courir dans les champs, sa seule distraction, parce que là il ne rencontrait aucune de ses connaissances, il se disposait à se coucher lorsqu'il entendit frapper doucement à la porte de sa chambre ; il va ouvrir et recule d'étonnement en voyant sa mère ; il n'avait pas été la visiter depuis huit jours de peur de rencontrer son père, devant qui il n'aurait pas osé lever les yeux. Pâle et tremblante, elle s'assit sans pouvoir proférer une seule parole. Victor la regardait avec surprise et d'un air inquiet ; il n'avait pas la force de lui adresser une question. Enfin, faisant un effort sur elle-même : « Ce qu'on dit dans la ville est-il vrai, que tu as trouvé une bague, que tu l'as vendue à Collet pour payer Simon ? Je ne le crois pas ; mais, je t'en supplie, » ajouta-t-elle avec précipitation et en joignant les mains, « dis-nous la vérité. »

Victor, la tête cachée dans ses mains, ne répondait rien.

« Mon Dieu! s'écria la pauvre madame Duchamp, ce n'est donc que trop vrai! » Et en disant cela, pâle et tremblante, elle se laissa tomber sur sa chaise.

« Ma mère, » dit Victor d'un air sombre et sans la regarder, « ce qui est fait est fait. » Alors la pauvre femme perdit tout à fait connaissance. Victor effrayé se jette sur elle, l'embrasse, l'appelle : elle ne l'entend point, il ouvre la fenêtre, lui jette de l'eau sur la figure : il ne pouvait la faire revenir; il n'osait appeler et se trouvait fort embarrassé. Enfin, elle paraît se ranimer un peu. Victor alors se met à genoux, la tête appuyée sur les mains de sa mère, qu'il tient entre les siennes. Madame Duchamp, en reprenant connaissance, se sent baignée des larmes de son fils. Son premier mouvement fut de le serrer dans ses bras, de s'appuyer la tête sur son front, en disant: « Pauvre enfant! » Ils pleurèrent quelque temps dans cette situation, et ces larmes les soulagèrent l'un et l'autre. Madame Duchamp, un peu plus calme, demanda à son fils ce qui s'était passé. Victor raconta toutes les circonstances le plus brièvement possible. Pendant ce récit, madame Duchamp jetait des cris de douleur qui lui déchiraient l'âme. Enfin, un peu remise, elle dit qu'un ami était venu leur apprendre cette malheureuse aventure; M. Duchamp s'était d'abord mis en fureur contre ceux qui avaient de pareilles idées, soutenant que cela ne pouvait être; mais les détails qu'on lui donnait paraissaient si précis qu'il en était demeuré pâle et froid comme le marbre. Madame Duchamp avait alors prié son ami de s'en aller et de ne plus parler de tout cela. Après son départ, M. Duchamp avait commencé à s'emporter contre son fils, jurant de ne plus le revoir qu'une fois, mais pour lui donner publiquement sa malédiction. Alors madame Duchamp s'était jetée à genoux tout en larmes, suppliant son mari de ne pas maudire leur enfant. Elle était parvenue à l'attendrir; il était tombé sur une chaise, les mains jointes et les yeux élevés vers le ciel, en s'écriant : «Mon Dieu! faudra-t-il donc que je meure déshonoré! » Madame Duchamp avait saisi ce moment pour lui faire espérer que l'affaire pourrait s'assoupir; ils vendraient une petite rente qu'ils avaient à Paris, et en se gênant un peu, ils parviendraient à rembourser la personne à qui appartenait la bague, et l'engageraient à dire qu'elle l'avait retrouvée; ils feraient ensuite répandre que l'argent remis à Simon avait été donné à Victor par sa mère. Souvent les honnêtes gens se trouvent dans l'obligation de recourir à des mensonges pour sauver un coupable, et quoique celui-là ne fît de tort à personne, c'était pour les parents de Victor une pénible nécessité.

Cependant M. Duchamp avait consenti à tout, non sans avoir recommandé de bien s'assurer de l'exactitude des faits, car il lui restait toujours un peu d'espoir. Madame Duchamp s'était donc chargée de venir trouver son fils. «Bon Dieu!» lui disait-elle en pleurant, « si ce n'eût pas été vrai, ton pauvre père aurait été si content, que je suis sûre qu'il aurait pardonné tout le reste. » Mais puisqu'il en était autrement, ajouta-t-elle, Victor ne devait pas songer à revoir son père de quelque temps, lui promettant, s'il se conduisait bien, d'obtenir son pardon. « Pour cela il faudra que tu conviennes de tes fautes, que tu n'ailles pas mettre ton père en colère par des impertinences, comme tu l'as fait la dernière fois. — Tout ce que vous voudrez, ma mère, » répondit Victor.

Son orgueil était brisé; il se sentait abaissé, humilié. Sa mère voulut lui faire prendre l'engagement de ne plus faire de dettes à l'avenir, mais il lui répondit : « Ma mère, tout ce que je pourrais vous dire à présent ne servirait de rien, j'aurais l'air de vous faire une promesse pour vous engager à me tirer d'affaire. — Fais-la toujours, » disait la bonne madame Duchamp; j'espère bien qu'après cela tu la tiendras. — Non, j'ai détruit toute confiance en mes paroles; il faut attendre maintenant que ma conduite réponde pour moi. »

Victor avait encore assez de fierté pour ne pas donner de promesses auxquelles il sentait qu'on ne pouvait se fier. Sa mère n'en put obtenir autre chose; mais elle l'aimait tant qu'elle ne perdit pas l'espoir de le voir se corriger; elle s'en alla un peu plus calme, fort triste cependant d'avoir à confirmer à son mari la réalité de ce qu'on leur avait rapporté.

Après le départ de sa mère, Victor demeura plongé dans les plus cruelles réflexions. Il pensait à l'amertume qu'il allait répandre sur la vie de ses parents, à la honte qui allait être son partage; car il lui était aisé de prévoir que tous les efforts de sa famille ne parviendraient pas à détruire les soupçons. L'idée de rencontrer les regards des gens de sa connaissance, de ses camarades, lui était devenue insupportable. Il avait passé deux ou trois heures dans ces tristes méditations, et se disposait à se coucher, lorsqu'il aperçut une lettre sur le chevet de son lit. On l'avait apportée le soir, et comme Victor était absent, la servante l'avait mise là pour qu'il la trouvât en se couchant. Il l'ouvrit : elle était de Paris, sans signature et d'une écriture inconnue. Elle était conçue en ces termes :

« La bague que vous avez vendue a été reconnue;
« Collet, arrêté comme soupçonné de l'avoir volée
« ou recélée, a déclaré en justice qu'il la tenait de
« vous. On vous conseille de vous mettre en sû-
« reté. »

En effet, madame Delorme, informée que l'on soupçonnait Collet d'avoir acheté sa bague, l'avait fait épier à Paris, et l'on était parvenu à la saisir entre ses mains. On l'avait arrêté, mais il n'avait pas encore déclaré que Victor la lui avait vendue; c'était, du reste, son intention; en attendant il avait trouvé moyen de faire tenir cette lettre à Victor pour l'engager à se sauver, craignant que, si l'on venait à les confronter, celui-ci ne dît que c'était une bague trouvée et qu'elle ne lui avait été payée que cinq cents francs, ce qui aurait rendu la friponnerie manifeste; au lieu que Victor ne paraissant pas, Collet pouvait faire tous les contes imaginables pour se disculper.

Après avoir reçu cette lettre, Victor demeura quelque temps dans un état de stupidité; il se croyait perdu sans ressource, et se voyait déjà arrêté, interrogé, convaincu. Poursuivi par ces idées, il se détermina à s'enfuir. Aussitôt qu'il eut pris ce parti, il retrouva toute son activité. Il fit promptement un paquet des choses les plus indispensables, et laissa sur sa table un billet à l'adresse de ses parents et conçu en ces termes :

« Je pars; ne vous informez pas de ce que je suis « devenu, ne pensez plus à moi : vous ne me rever- « rez jamais. »

En cachetant ce billet, Victor ne put retenir ses larmes; il songea au moment où sa mère le lirait, à la douleur mortelle qu'elle en ressentirait. Il aurait donné tout au monde pour qu'il lui fût possible d'y ajouter quelques mots de tendresse; mais il craignait que ce billet ne tombât en d'autres mains, et il n'osait rien écrire qui pût déposer contre lui. Ses préparatifs finis, comme il était près de trois heures du matin et que le jour allait paraître, il se hâta de sortir de la maison sans faire de bruit. Suivant les rues les moins fréquentées pour n'être pas vu, il arriva près de l'entrée de la ville, passa pardessus les murs d'un jardin donnant sur la campagne, et s'éloigna sans savoir ce qu'il allait devenir.

Victor marcha toute la journée à travers les champs,

ne s'arrêtant pour manger que dans les villages éloignés de la route. La crainte d'être poursuivi augmentait tellement ses forces, qu'après avoir fait dix lieues par une chaleur excessive, il résolut de continuer sa route la nuit suivante, et fit encore quatre lieues; mais il se trouva si fatigué, qu'il se coucha sous un arbre, et s'endormit malgré l'agitation que lui donnaient ses pensées. En se réveillant, lorsqu'il fut jour, il se sentit mal à l'aise et pénétré du froid du matin; il espéra se réchauffer en marchant. Il éprouvait une grande faiblesse et des douleurs dans tous les membres; cependant le soleil, qui commençait à se montrer, le remit un peu; mais, vers midi, la chaleur devint accablante, l'air étouffant; des nuages noirs s'étendaient sur l'horizon, le tonnerre grondait par intervalles, tout annonçait un violent orage. Victor n'en pouvait plus, et cherchait des yeux un abri où il pût s'arrêter et se reposer. Il entendit des chiens aboyer; en tournant un coteau qui lui cachait l'endroit d'où partait la voix des chiens, il aperçut une maison qui lui parut être une auberge; mais elle donnait sur une grande route : Victor s'arrêta indécis. Cependant le besoin de se reposer, l'accablement qu'il éprouvait allaient l'emporter sur la crainte du danger, lorsqu'il avisa sur la route trois gendarmes qui arrivaient en grande hâte à l'auberge pour s'y mettre à l'abri. A cette vue, Victor demeura immobile sur la pierre où il s'était assis. Le sentiment de sa déplorable situation, le malaise physique qu'il éprouvait, avaient tellement abattu son courage, qu'un instant il fut tenté

6

d'attendre là sa destinée, sans chercher à l'éviter par des efforts qui lui paraissaient trop pénibles. Mais aussitôt, recueillant ses idées, il eut honte de sa lâcheté. Malgré sa faute, Victor n'avait pas perdu l'espoir de soi-même; il comprit qu'après avoir manqué de probité, s'il manquait encore de courage, il allait devenir tout à fait méprisable. Il se leva armé d'une résolution nouvelle, et trouvant des forces dans sa volonté, il recommença à marcher d'un pas ferme, bien décidé à ne céder ni à la fatigue ni à la faiblesse.

L'orage se déclara avec une violence terrible : la foudre brisa un arbre à trente pas de Victor; il s'arrêta un peu ému, mais il se dit : « Il ne m'est pas permis d'avoir peur. » Et il continua à marcher. Presque au même moment il se sentit assailli de tous côtés par une grêle énorme que le vent poussait avec fureur. Étourdi, meurtri, blessé même jusqu'au sang, il allait se jeter à terre, lorsqu'il songea qu'il n'aurait peut-être plus la force de se relever; il resta donc debout, les mains sur son chapeau, que le vent menaçait d'emporter, et qu'il enfonçait pour se garantir le visage. Dans cette situation, il ressentait un certain plaisir à examiner tout ce qu'il pouvait avoir le courage de supporter. Enfin la grêle cessa; elle fut suivie de torrents de pluie, qui bientôt inondèrent toute la campagne.

Victor avait repris sa route; mais à chaque instant elle devenait plus pénible. Les terres grasses qu'il traversait, à demi délayées par la pluie, formaient autour de ses pieds une boue épaisse et lourde, dont il avait une peine extrême à se débarrasser. Sa fatigue était au comble; décidé à n'y pas succomber, il redoublait d'opiniâtreté et d'efforts; mais il commençait à éprouver une agitation à laquelle il ne pouvait presque plus résister.

Enfin le ciel s'éclaircit; le soleil reparut entre deux nuées, tout aussi chaud qu'avant l'orage, et donnant à plomb sur la tête de Victor, qui continuait à marcher; l'agitation à laquelle il était en proie rendait même ses mouvements plus rapides. Il ne savait plus ce qu'il voulait, ce qui le faisait fuir; il sentait bien qu'un danger le poursuivait, mais sans se rappeler quel était ce danger. Il conserva cependant encore assez de présence d'esprit pour se diriger vers une espèce de bourg qu'il voyait devant lui.

En arrivant à la première maison, il s'arrête pour parler à une femme qui était sur sa porte, et ne sait plus ce qu'il veut lui demander. Pendant qu'il cherchait inutilement ses paroles, ou plutôt ses pensées, et que cette femme le regardait, effrayée de l'égarement de ses yeux et du tremblement qui l'agitait, ses genoux se ployèrent, il chancela, et tomba sans connaissance sur le pavé. La femme appela du secours; on accourut, et l'on transporta Victor dans la maison. Au bout d'une heure, il rouvrit les yeux et recouvra l'usage de la parole : mais ce ne fut que pour prononcer quelques mots sans suite; il avait une fièvre violente, et son délire était complet. On envoya chercher un médecin dans le bourg. Heureusement que la maîtresse de la maison était une personne aisée et très bonne; ses vieux domestiques, aussi bons qu'elle, soignèrent Victor avec tout le zèle imaginable.

Pendant quatre jours il fut dans le plus grand danger; le cinquième, la fièvre et le délire le quittèrent; il commença à se reconnaître; mais sa tête était encore si faible qu'il se souvenait à peine de ce qui lui était arrivé, et qu'en se trouvant dans un endroit inconnu il n'éprouvait pas la curiosité de savoir où il était et comment il y était venu. Cependant, lorsqu'au bout de deux jours il put rassembler ses idées, il fut fort étonné d'entendre qu'on l'appelait par son nom; on lui dit qu'on l'avait vu écrit dans son chapeau, d'où en effet il n'avait pas songé à l'ôter. Il demanda, avec une inquiétude qu'il se gardait bien de laisser apercevoir, ce qu'il avait dit pendant son délire. On lui apprit qu'il répétait sans cesse : « Je sais bien que cette bague n'est pas à moi, mais c'est égal. » Victor fut extrêmement troublé, et il l'aurait été bien davantage, s'il avait su que madame Banier, son hôtesse, et sa vieille servante Marguerite, excellentes personnes, mais qui aimaient un peu à parler, s'entretenaient continuellement de ces détails avec leurs voisines; qu'elles disaient à tout le monde que c'était un très beau jeune homme, qu'il avait l'air bien élevé. Aussi devint-il bientôt le sujet des conversations et de la curiosité de tout le bourg.

Madame Banier et Marguerite avaient déjà tâché plusieurs fois de savoir de lui d'où il venait, et ce qui l'avait mis dans l'état où elles l'avaient trouvé. Il avait d'abord, pour ne pas répondre, prétexté sa faiblesse; mais quand les forces lui revinrent, madame Banier continua à le persécuter; il fut obligé d'inventer, pour la satisfaire, je ne sais quelle histoire assez peu vraisemblable. La fierté de Victor l'avait jusque-là préservé du mensonge; il était très peu habile à déguiser la vérité, et cette nécessité lui était insupportable : aussi fut-il deux ou trois fois sur le point de s'impatienter des questions et des objections de la bonne madame Banier; indiscrète comme toutes les personnes curieuses, au lieu de respecter le secret qu'elle voyait bien qu'on lui cachait, elle revenait sans cesse à la charge pour le découvrir.

Cette curiosité, en augmentant les inquiétudes de Victor, rendait plus vif chaque jour le désir qu'il avait de s'éloigner; quoique le médecin lui eût conseillé de se lever et de prendre l'air, madame Banier lui permettait à peine de sortir de la chambre pour faire quelques tours dans le jardin; et lorsqu'il voulut lui parler de s'en aller, elle se récria si fort, et protesta si bien qu'il ne s'en irait quc tout à fait guéri, qu'elle l'enfermerait plutôt dans sa chambre, que Victor se sentit disposé à se mettre sérieusement en colère; mais il y aurait eu à cela de l'ingratitude et de l'imprudence. Il se contint, cessa de parler de son départ, et ne mit que plus d'activité à s'en occuper.

Il avait remarqué dans le jardin une petite porte qui donnait sur la campagne, et avait demandé à Marguerite si l'on sortait quelquefois par là. Elle lui avait répondu que tous les matins le vacher venait à cette porte lui apporter du lait ; qu'il l'appelait, et qu'elle descendait. Il résolut de se tenir prêt à partir le lendemain matin au moment où le vacher appellerait ; il comptait descendre en même temps que Marguerite, et sortir lorsqu'elle ouvrirait la porte pour prendre le lait, bien persuadé qu'elle ne pourrait pas l'en empêcher, et qu'il serait bien loin dans la campagne avant qu'elle eût pu avertir madame Banier. Il avait quelques regrets de la quitter ainsi, mais il comptait lui écrire quand il serait en lieu de sûreté, pour lui témoigner sa reconnaissance.

En effet, le lendemain à cinq heures, Victor entend le cri du vacher, et Marguerite répondant de sa fenêtre : « On y va. » Il descend doucement après elle pour qu'elle ne l'aperçoive pas avant d'avoir ouvert la porte du jardin. Elle l'ouvre en effet et prend son pot de lait ; le vacher, qui ce jour-là était pressé, l'avait mis sur la borne, comptant reprendre son argent le soir ; en sorte que Marguerite ne fit qu'étendre le bras et referma la porte sur-le-champ. En se retournant elle fut très surprise de voir Victor derrière elle, et lui bien plus surpris encore de ne pouvoir sortir comme il l'avait espéré. Elle commence à le quereller de ce qu'il était dehors si matin : il s'excuse sur ce qu'il avait eu envie de faire un tour dans la campagne, et la prie de lui donner la clef ; elle s'y refuse en disant que madame le trouverait très mauvais, et met la clef dans sa poche. « Elle ne le saura pas, » répond Victor ; et il insiste pour avoir la clef, lorsqu'on entend frapper très fort à la porte de la maison. Marguerite veut courir pour savoir ce que c'est. Victor, effrayé de ce bruit à cette heure, la retient par le bras : « Marguerite, ma chère Marguerite, au nom du ciel, donnez-moi cette clef ! — Pourquoi? pourquoi? » dit-elle en le regardant, effrayée à son tour de sa pâleur et de son agitation. En ce moment on frappait plus fort. « Il y va peut-être de ma vie ! — Eh bien ! tenez, la voilà, » dit Marguerite tremblante ; et elle rentre bien vite dans la maison, pour empêcher qu'on n'en ouvre la porte ; mais madame Banier avait déjà ouvert.

Cependant Victor court à la porte du jardin, avec la clef que lui a donnée Marguerite ; mais il s'aperçoit qu'elle n'entre pas dans la serrure : Marguerite s'est trompée, elle lui a donné une autre clef. Désespéré, il cherche à enfoncer la porte, et il n'y peut parvenir. Il court le long du mur, trouve un reste de treillage, met le pied dessus, et allait escalader, mais le treillage, qui est vieux, se brise, et Victor tombe à terre ; il se relève, et se dispose à monter à un autre endroit, lorsqu'il entend, de la maison, une voix qui crie : « Tenez, le voilà qui cherche à se sauver. » Victor n'en est que plus animé à franchir le mur ; il touche presque au haut, quand le treillage se détache, l'entraîne, et retombe sur lui ; avant qu'il ait pu s'en débarrasser, deux gendarmes accourent et le saisissent malgré les cris et les protestations de madame Banier. Ils regardent Victor, puis son signalement, que l'un d'eux tenait à la main, et paraissent hésiter, lorsqu'ils aperçoivent au fond de son chapeau, tombé tout près, son nom qu'il n'avait osé ôter de peur que madame Banier ne le remarquât. « C'est bien lui, » disent-ils, « vous nous avez diablement fait courir; mais à présent que nous vous tenons, vous ne nous échapperez pas. » Madame Banier soutient qu'on se trompe, que Victor ne peut avoir mérité ce traitement. « N'est-ce pas, mon cher enfant, n'est-ce pas qu'ils se méprennent? Ne vous laissez pas abattre ainsi; répondez, défendez-vous, je suis sûre qu'ils entendront la raison, qu'ils vous laisseront aller. » Les gendarmes jurent qu'ils n'en feront rien, et Victor, les yeux fixés contre terre, les dents serrées, ne prononce pas une parole, ne fait pas un geste. Ses sentiments étaient trop violents pour qu'il pût les exprimer. Sa pâleur et le tremblement de ses lèvres étaient le seul indice de ce qu'il éprouvait. Il suivit les gendarmes sans résistance. Madame Banier et Marguerite l'accompagnèrent en pleurant, car elles s'étaient attachées à Victor, et, malgré toutes les apparences, ne pouvaient le croire coupable. Madame Banier le pria de lui écrire aussitôt qu'on aurait reconnu son innocence; Marguerite, songeant qu'il n'avait pas déjeuné, mit dans ses poches un gros morceau de pain et un flacon de vin.

On conduisit Victor à la ville voisine, d'où on le fit partir dans l'après-midi avec deux contrebandiers pris la veille. Escortés par quatre gendarmes, ils allèrent coucher en prison à quatre lieues de là. Pendant le trajet, Victor, dans un mouvement de désespoir, ne se croyant pas observé, avait pris sur la table du cabaret où ils s'étaient arrêtés, un couteau qui se trouvait à sa portée, et avait tenté de s'en frapper; on l'en avait empêché, et pour lui ôter la liberté de ses mouvements, on lui avait lié les mains. Ainsi garrotté, on se figurera difficilement ce qu'il souffrait. Il n'avait plus qu'une pensée, le désir de mourir; il aurait voulu en trouver les moyens avant d'arriver dans sa ville natale. Tous les principes de son éducation furent oubliés; il ne songeait plus à rien, il ne sentait plus que le poids affreux de son ignominie.

VII

SUITE DE L'HISTOIRE DE VICTOR

UN SECOURS.

Depuis plusieurs jours le temps avait été très mauvais, et les orages qui s'étaient succédé avaient tellement grossi une petite rivière que devaient traverser les gendarmes et leurs prisonniers, qu'ils ne trouvèrent plus le bac. Les eaux l'avaient emporté, et il ne pouvait être remis en état que le lendemain. Il n'y avait de pont qu'à quelques lieues de là; il fallut donc se résoudre à passer la nuit dans une auberge. Les gendarmes s'y déterminèrent d'autant plus volontiers que deux d'entre eux avaient leurs femmes dans un village voisin, où ils avaient regretté de ne pouvoir s'arrêter; l'aubergiste promit aux deux autres de leur donner de bon vin et une chambre d'où leurs prisonniers ne pourraient s'échapper. On les fit monter, en effet, dans une pièce dont la fenêtre donnait sur la rivière, qui, en ce moment, baignait le pied de la maison. A peine arrivés, les contrebandiers demandèrent du vin, et en proposèrent un verre à Victor en l'appelant *camarade.*

Victor les remercia d'un signe de tête, et alla s'asseoir dans un coin sans dire une parole. Ils l'engagèrent à ne pas s'affecter ainsi, et bientôt ne pensèrent plus à lui. La servante vint apporter du vin aux gendarmes; un des contrebandiers lui fit quelques signes d'intelligence, auxquels Victor ne prit pas garde.

Derrière elle était entré un vieillard d'une figure respectable. Il avait été retardé aussi par l'inondation, et se tenait dans la cuisine de l'auberge au moment où les prisonniers y avaient passé. Frappé de la figure et du maintien de Victor, de la profonde tristesse empreinte dans tous ses traits, il avait demandé pourquoi on l'avait ainsi garrotté. « C'est pour l'empêcher de se tuer, comme il a déjà essayé de le faire, » lui répondit-on. Ému de pitié, il chargea la servante de s'informer s'il ne pourrait pas lui parler; les gendarmes le permirent, à condition que l'entretien ne serait pas long. Le vieillard alla s'asseoir auprès de Victor, le regarda quelque temps en silence, et posant la main sur son bras : « Mon jeune ami, » lui dit-il d'un ton affectueux, « vous avez l'air bien affligé. » Victor leva les yeux sur le vieillard, puis, les promenant autour de la chambre, il lui montra avec un sourire amer la société dans laquelle il se trouvait, et les liens qui retenaient ses bras. « Je sens l'horreur d'une pareille situation, » reprit le vieillard; « mais, malgré tout ce qu'elle a d'affreux, malgré la douleur que vous devez ressentir de votre faute, mon jeune ami, ne vous laissez pas aller au désespoir; le désespoir ne mène à rien;

le repentir peut conduire à tout. » Victor tourna la tête, comme pour dire *non*. « Pourquoi doutez-vous de la puissance du repentir? » continua le vieillard d'un ton plus grave et plus animé : « se repentir, n'est-ce pas cesser d'être criminel? n'est-ce pas retrouver la bonne voie? Qui vous empêche de devenir maintenant aussi vertueux que vous auriez jamais pu l'être. » Puis, à demi-voix et comme craignant de l'affliger : « D'après ce qu'ont dit ceux qui vous ont arrêté, l'accusation portée contre vous n'est pas grave. La peine, » ajouta-t-il en hésitant et encore plus bas, « ne peut être sévère. — Que m'importe? » répondit Victor à demi-voix aussi et avec une sorte de violence, « je suis déshonoré. — Mais vous n'êtes pas mort, » reprit vivement le vieillard : « vous n'avez pas fini le temps qui vous est accordé pour faire le bien. Eh! vous le commencez à peine! Comment avez-vous pu croire qu'il vous fût permis de disposer d'une vie qu'il vous est facile, si vous le voulez, de remplir d'actions honorables? — Je ne puis vivre, je ne vivrai pas déshonoré! » dit Victor avec l'expression d'une fureur concentrée; il commençait cependant à sentir que le vieillard avait raison; il ne pouvait s'empêcher de le reconnaître, et sa résolution en fut ébranlée.

« Il est bien singulier, » poursuivit le vieillard presque sévèrement, « que, pour avoir manqué une fois à vos devoirs, vous vous croyiez dispensé pour toujours de les remplir! — Il n'y a pas de devoir qui oblige à se soumettre au déshonneur. — Non, » dit le vieillard d'un ton calme et persuasif, et lui pressant le bras d'un air d'affection, « parce qu'il y a toujours moyen d'éloigner le déshonneur. »

« Il n'est plus de moyen pour moi, » dit Victor avec un profond soupir. « Mon jeune ami, répondez-moi : quelle que soit votre faute, sentez-vous en vous-même que vous soyez vil et méprisable, incapable de mériter un jour l'estime? » Victor leva les yeux d'un air qui prouvait qu'il y avait encore en lui quelque chose d'estimable. « Et moi, » poursuivit le vieillard d'un ton affectueux, « croyez-vous que je vous méprise? » Victor tourna sur lui des regards pleins de reconnaissance, et ses yeux se mouillèrent de larmes.

« Vous voyez, voilà deux personnes auprès de qu vous n'êtes pas déshonoré. — Oui, mais les autres\ — Patience, » reprit le vieillard avec un demi-sourire, « vous n'avez encore rien fait, et vous voulez avoir tout gagné. — Je ne veux rien, je ne demande rien, mais je ne puis supporter la honte qui m'attend. — C'est-à-dire que vous n'avez pas le courage de supporter le mal que vous avez fait, même lorsqu'il s'agit de le réparer. — Réparer! réparer! » interrompit Victor avec impatience; « on ne répare pas le déshonneur. — Écoutez, » reprit gravement le vieillard : « je ne vous parlerai pas de vos devoirs; en ce moment vous n'êtes pas en état de les comprendre; mais ce déshonneur qui vous occupe uniquement, pensiez-vous y échapper en mourant avec honte? — Du moins je n'en aurais pas été témoin. — Comme il y a toujours du courage à savoir mourir, vous vous êtes imaginé que vous pouviez ainsi obtenir quelque retour d'estime? Mais qu'aurait-on vu dans cette action, si ce n'est que vous saviez mourir? En quoi aurait-elle prouvé que vous fussiez à l'abri d'une nouvelle faute, peut-être encore plus grave? On aurait dit seulement : C'est dommage que ce fût un si mauvais sujet. Eh quoi! » continua le vieillard avec une expression tendre et touchante, « ne pouvez-vous pas mériter qu'on dise de vous autre chose? Il y a un passage affreux, terrible, je le sais; mais voyez au-delà. Songez au moment où, redevenu maître de vos actions, vous emploierez tous vos efforts à vous réhabiliter. En consacrant à ce but tous vos instants, toutes vos forces, toutes vos pensées, en ne vous permettant pas un moment d'oubli, une distraction, un sourire qui fasse soupçonner que vous vous consolez de votre honte avant de l'avoir effacée, par votre seule constance vous pouvez, chaque jour, à chaque moment de votre vie, regagner un degré d'estime; je dirai plus: retrouver plus d'honneur que vous n'en avez momentanément perdu. Il y a des vertus difficiles; des hommes qui n'avaient rien à se reprocher s'y sont dévoués et y ont trouvé le bonheur. Mon cher ami, essayez; tout me fait croire que vous avez le courage du bien; c'est un trésor si précieux : ne le rendez pas inutile. »

Le vieillard parlait avec une grande chaleur; Victor était ému, entraîné; ces paroles consolantes lui avaient rendu de la force, presque de l'espérance. Oubliant sa situation, il voulut faire un mouvement : il sentit ses bras attachés, et ses traits, qui s'étaient un instant animés, reprirent l'expression de l'abattement. Le vieillard s'en aperçut. « Promettez-moi, » dit-il, « que vous ne renouvellerez pas la tentative dont vous vous êtes rendu coupable, et j'obtiendrai peut-être que l'on vous délie. »

Le désir de recouvrer la liberté de ses bras passa comme un éclair dans l'âme de Victor; mais il n'était pas décidé à en bien user; il ne voulut pas tromper le vieillard : « Non, » dit-il, « je ne puis rien promettre. »

Le vieillard allait insister; mais les gendarmes, que sa présence dérangeait, l'avertirent qu'il était resté assez longtemps; et il s'en alla en jetant sur Victor un dernier regard suppliant, et Victor le suivit des yeux avec reconnaissance.

Lorsque le vieillard fut parti, les gendarmes se mirent à boire et à causer plus librement entre eux; ils commencèrent même à chanter. Les contrebandiers, les voyant gris et privés de la raison, proposèrent de leur payer du vin; ce qui fut accepté. Ils les excitaient à boire, tout en ayant soin de ne pas s'enivrer comme eux; on rappelait à chaque instant la servante pour avoir du vin, chaque fois elle faisait aux prisonniers des signes d'intelligence; elle trouva même moyen de leur dire quelques mots : Victor s'en aperçut; mais absorbé dans ses réflexions, il y fit peu d'attention. Le bruit qui se faisait dans la chambre l'importunait beaucoup; enfin, les gendarmes ivres s'assoupirent, et Victor, fatigué de ce qu'il avait souffert, s'endormit sur sa chaise.

Il fut bientôt réveillé par un vent frais qui lui

donnait sur le visage. Il regarde autour de lui, il voit la fenêtre ouverte, les gendarmes profondément endormis et les prisonniers partis. Il court à la fenêtre, et, malgré l'obscurité de la nuit, il aperçoit une corde qui passait devant et paraissait descendre jusqu'à la rivière. C'était la corde d'une poulie placée à la fenêtre d'un grenier situé au-dessus de la chambre, et servant à monter les bottes de foin qu'on apportait à l'auberge sur des bateaux. Un des contrebandiers, cousin de la servante, avait trouvé moyen de lui faire entendre qu'elle devait les aider à se sauver par la fenêtre; la servante avait indiqué la corde du grenier. Ils avaient profité de ce moyen d'évasion, et le second contrebandier achevait de descendre quand Victor approcha de la fenêtre.

Quelle fut sa douleur de se sentir garrotté! Dans son désespoir, il se mit à frotter ses cordes contre le mur, espérant les user; mais que de temps pour y parvenir, et si le bruit allait éveiller les gendarmes! Il croit entendre que l'on commence à remonter la corde, mais doucement, pour que la poulie ne crie pas trop fort. Il s'avance hors de la fenêtre autant que le lui permettent ses bras liés, sur lesquels il ne peut s'appuyer, et tournant la tête vers l'endroit d'où il juge que part la corde : « Un moment, » dit-il à voix basse; « par pitié, encore un moment. » La corde s'arrête; mais Victor n'en est pas plus avancé. Rien ne se présentera-t-il pour l'aider? Il tourne les yeux autour de lui, il est dans un état d'angoisse et de fièvre difficile à concevoir. Un des gendarmes fait un mouvement en dormant; Victor se croit perdu, il est prêt à se précipiter dans la rivière, quand tout à coup une idée se présente à son esprit : une lampe brûle encore sur la table auprès de laquelle dorment les gendarmes; il y court, il en approche le nœud principal qui lui serre les bras. La flamme entame le nœud, mais bientôt aussi son habit; heureusement que sur une étoffe de laine elle ne peut faire de progrès, et que la manche de son habit, en serrant celle de sa chemise, l'empêche de s'enflammer. Cependant son bras commence à être atteint; mais, se raidissant contre la douleur, Victor surveille avec anxiété les progrès du feu, et n'en détourne les yeux que pour les porter sur ses gardiens, que la fumée peut éveiller. Enfin le premier nœud est détruit; quelques efforts achèvent de le débarrasser des autres. Il jette la corde brûlée dans la rivière, et saisissant celle qui l'attend à la fenêtre, il glisse jusqu'en bas, et la voit, aussitôt lâchée, remonter vers le grenier.

L'eau commençait à diminuer et à laisser la chaussée à découvert. Victor s'arrête, le cœur palpitant de joie et de crainte; il regarde autour de lui, et n'ose faire aucun mouvement avant d'être bien sûr qu'on ne l'apercevra pas; enfin, ne voyant rien, n'entendant plus rien, il se hasarde à marcher le long du mur; puis, après s'être éloigné de la maison, il se met à courir de toutes ses forces, jusqu'à ce qu'il se trouve à une certaine distance. Alors, modérant son pas pour reprendre haleine, il délibère sur le parti à prendre. Le plus hardi et le meilleur, à certains égards, serait d'essayer de traverser la rivière à la nage; elle est encore forte et rapide, il n'est guère vraisemblable qu'on le soupçonne de l'avoir osé, et l'on commencera probablement par le chercher du côté où il se trouve en ce moment, ce qui lui donnera de l'avance. La nuit, un peu moins sombre, lui permet d'apercevoir sur le bord opposé une pierre blanche qui lui indique l'endroit vers lequel il doit se diriger. Le trajet est périlleux; mais ce péril n'est rien pour Victor, en comparaison de celui qu'il redoute. Il est bientôt décidé. Il se débarrasse de son habit, et pour ne pas laisser d'indice de son passage, il se détermine à le jeter dans la rivière. En vidant les poches pour les remplir de pierres qui le fassent aller au fond, il trouve le pain qu'y avait mis Marguerite. Victor n'avait rien pris de la journée; quelque pressé qu'il soit, il sent qu'il a besoin de forces; il mange à la hâte quelques bouchées de pain et boit tout le flacon de vin. Il l'enveloppe ensuite dans son habit, dont il fait un paquet, qu'il lance un peu loin dans l'eau; ensuite tombant à genoux, le cœur plein de confiance et de reconnaissance, il se recommande à la Providence, qui semble protéger son repentir, et se précipite dans la rivière.

Quoique excellent nageur, il eut beaucoup de peine à gagner l'autre bord. Il y parvint enfin; et s'agenouillant sur la pierre blanche qui lui avait servi de fanal, il remercia une seconde fois le ciel, et voua sa vie au travail et à la vertu; puis il se remit en route, soutenu par l'espérance.

Désirant faire disparaître, autant que possible, tout ce qui pourrait le faire reconnaître, Victor s'approcha, au point du jour, d'un village pour tâcher de s'y procurer de mauvais habits de paysan. Une femme à laquelle il s'adressa venait précisément de perdre son père; fort aise de tirer quelque chose de sa défroque, elle l'assura qu'elle en avait de très bons à lui vendre. Il acheta la redingote des dimanches du vieux paysan, où il n'y avait que deux pièces et quatre trous; il s'accommoda de même du reste de l'habillement, jusqu'aux bas, aux souliers et au chapeau (le sien était resté à l'auberge); il aurait même pris la perruque, s'il n'avait pas craint qu'elle ne fît trop contraste avec sa figure jeune, et qu'elle n'éveillât les soupçons. Il se pourvut aussi d'une vieille paire de ciseaux; et lorsqu'il fut un peu loin dans la campagne, il coupa tous ses cheveux, assez longs et frisés, ce qui le changea beaucoup. Ne voulant pas vendre ce qui lui restait de ses habits, toujours de peur qu'on ne les reconnût et qu'ils ne servissent à indiquer sa trace, il mit ceux du vieux paysan par-dessus, ce qui déguisait sa tournure svelte, et lui donnait l'air assez lourd.

Un pain qu'il acheta dans le village, et un gros bâton, complétèrent son bagage et ses provisions de route. Il s'était fait indiquer, par la paysanne, la route à suivre. Son projet était de se rendre à la frontière, dont il savait n'être guère qu'à quinze lieues; il comptait ensuite passer en Suisse : là, il était bien sûr que le travail de ses bras lui fournirait au moins sa subsistance, jusqu'à ce qu'il pût trouver moyen de gagner de quoi s'acquitter et sortir de l'état obscur où il allait se trouver réduit.

Victor savait qu'avec de l'intelligence, de la force et de la résolution on se tire de tout, et le bonheur de se trouver en liberté avait ranimé son courage. Il repassait dans son esprit les conseils du vieillard, et se sentait élevé au dedans de lui-même par l'idée de consacrer toutes ses actions et toutes ses pensées à regagner l'estime perdue. Mais il fallait arriver à la frontière, et Victor commençait à s'inquiéter des moyens d'y parvenir. Ses emplettes ne lui avaient laissé que ce qu'il lui fallait d'argent pour le pain de quelques jours: il ne devait donc pas songer à entrer dans une auberge où il n'aurait pas eu de quoi payer, et où d'ailleurs il aurait couru le risque d'être reconnu, ni à prendre une place dans une voiture. Cependant ses forces commençaient à l'abandonner : à peine sorti d'une maladie assez grave, la souffrance les avait presque épuisées; mais le courage les soutenait encore; enfin il sentit qu'il ne pouvait aller plus loin, et s'arrêta pour délibérer sur ce qu'il avait à faire. Il n'était pas éloigné d'une forêt qui lui parut devoir être assez épaisse; il résolut de s'y rendre, espérant s'y cacher et y dormir en repos, au moins une partie du jour, pour se remettre ensuite en route un peu avant la nuit.

Il était séparé de la forêt par un petit chemin bordé des deux côtés par une haie : il se décide à sauter par-dessus; mais son pied porte sur un caillou, et le malheureux jeune homme vient tomber de l'autre côté de la haie sur le chemin; il veut se relever, mais il ne peut se servir de son pied, il était démis. Victor retombe, et joignant les mains, il s'écrie avec un accent de douleur : « Mon Dieu ! m'abandonnerez-vous? » Dans ce moment, il entend les pas d'un cheval, et aperçoit une carriole couverte qui venait de son côté. Incertain si ce doit être pour lui un motif de crainte ou d'espérance, il hésite à demander du secours, lorsqu'un homme paraît hors de la carriole, et se met à le regarder d'un air de curiosité. Alors se rangeant du mieux qu'il peut pour laisser passer la voiture, Victor baisse la tête et feint de manger un morceau de pain. Mais le conducteur descend de sa carriole et s'approche de lui. Victor, dans un mouvement de désespoir, saisit son bâton comme pour se défendre; sentant bientôt l'inutilité de son projet, il se laisse retomber et se résigne à son sort.

« Qu'avez-vous, mon ami? » lui dit le conducteur de la voiture; « vous me paraissez souffrant. »

Frappé de cette voix, Victor lève la tête, regarde et pousse un cri; l'inconnu, de son côté, s'écrie : « C'est lui! » C'était le vieillard de l'auberge. « O mon Dieu ! » dit Victor, « vous ne m'avez pas abandonné! » Et des larmes de joie viennent mouiller ses paupières.

« Je ne désespérais pas de vous rencontrer, » dit le vieillard. « J'ai laissé toute l'auberge en émoi en apprenant votre fuite; je ne crois pas que l'on songe en ce moment à vous chercher de ce côté de la rivière; cependant dépêchons-nous. »

Victor lui montra son pied dont il ne pouvait se servir : alors le vieillard prend le jeune homme sous le bras, et, à l'aide de son bâton, parvient à le faire arriver à la voiture, où il monte en s'appuyant sur ses genoux et sur ses mains. M. Leblanc (c'était le nom du vieillard) examine son pied : Quoique je sois un peu médecin, » dit-il, « je n'oserais entreprendre de vous panser; mais nous allons à cinq lieues d'ici, chez un habile chirurgien de mes amis, il vous le remettra bien. C'est à lui qu'appartient le cheval qui nous mène; je retrouverai là le mien qui s'y repose depuis trois jours; il pourra faire ses dix lieues aujourd'hui, et nous serons ce soir chez moi. Le village que j'habite est précisément sur la frontière, mais en dehors et tout à fait suisse : vous y serez parfaitement en sûreté. »

Victor, tremblant à la fois de joie et d'émotion, ne savait comment témoigner sa reconnaissance; il se demandait quel miracle ou plutôt quel excès de bonté avait pu intéresser à ce point M. Leblanc en sa faveur.

« Jeune homme, » dit celui-ci d'un air un peu grave, « ne croyez pas que vous deviez cet intérêt à une pitié mal entendue. Je vous plaignais, mais je ne sais si j'aurais favorisé votre fuite : les lois sont nécessaires et doivent être exécutées; je me suis pourtant réjoui quand j'ai appris votre évasion. D'après ce que j'ai pu entrevoir de votre caractère, vous pouvez, je crois, tirer plus d'utilité de vos bonnes résolutions que de la honte qui aurait abattu votre âme. Maintenant en vous aidant à vous mettre en sûreté, je ne crois pas faire mal Cependant, songez-y bien : si, à compter de ce moment, il vous arrivait de commettre une seule mauvaise action, elle ne retomberait pas seulement sur vous, elle me serait un sévère reproche. » Et il ajouta avec un sentiment profond : « Ce serait le premier que j'eusse mérité. »

Victor laissa tomber sa tête sur les mains de M. Leblanc, en disant d'une voix étouffée : « Ne craignez rien. » Il sentait que cet homme respectable s'était acquis des droits sur sa conduite, et que c'était à lui qu'il en devait répondre; la supériorité qu'il lui reconnaissait ne l'humiliait pas, parce qu'elle était le résultat de qualités éminentes.

Cette dignité que donne la vertu était le seul genre de distinction auquel Victor n'eût jamais songé. Il avait soupiré après l'éclat des richesses; il avait regretté de n'être pas gentilhomme ou placé dans un rang élevé; mais, quant à la considération que donnent un beau caractère et une conduite honorable, il n'y avait jamais songé.

Le malheur des gens qui se livrent à des occupations et à des plaisirs frivoles, c'est qu'ils ne se doutent même pas qu'il existe des intérêts plus importants et plus sérieux, des plaisirs plus nobles que les futilités dont ils remplissent leur vie. Si on leur parle de la joie qu'on éprouve à faire le bien, à se rendre utile, à remplir ses devoirs, à mépriser de petits intérêts ou de misérables succès d'amour-propre, ils sont le plus souvent hors d'état de vous comprendre; ils ne soupçonnent pas qu'ils inspirent une profonde pitié aux personnes douées de sentiments élevés. Victor n'était pourtant pas dans ce cas-là : les événements survenus depuis quelque temps, les impressions qu'il en avait reçues, l'avaient rendu capable de concevoir beaucoup de choses qui, auparavant, auraient peut-être glissé légèrement sur son esprit, rempli alors d'idées toutes différentes.

Ce qui l'étonnait, c'était de se sentir sans embarras auprès d'un homme respectable, qui l'avait pourtant vu réduit au dernier degré d'humiliation, tandis qu'il lui aurait été impossible de supporter la vue de ses camarades, de qui cependant il ne faisait aucun cas. C'est qu'il commençait à trouver en lui-même, dans son repentir et dans les bonnes résolutions qu'il lui suggérait, de quoi mériter encore l'estime de M. Leblanc; ses camarades, au contraire, étaient incapables d'apprécier la sincérité de son repentir et l'énergie de ses résolutions. C'est toujours auprès des personnes vertueuses que devraient se réfugier ceux qui se sont rendus coupables d'une faute : les gens vertueux cherchent l'occasion de faire le bien, et la trouvent toujours. Les gens corrompus, au contraire, ne voient plus dans celui qui a commis une mauvaise action que la mauvaise action commise; c'est pour cela seulement qu'ils le recherchent.

Cependant, quand Victor songeait au mépris qu'il avait encouru, à la manière dont parlaient de lui les gens qui l'avaient connu, à l'humiliation de ses parents, à l'expression de dédain avec laquelle on prononçait son nom, le feu lui montait au visage, il éprouvait une angoisse intolérable. Il était tombé dans une sombre rêverie; M. Leblanc, qui voulait le laisser à ses réflexions, se garda bien de l'en distraire. Enfin, revenant à lui et regardant M. Leblanc : « Vous n'avez pas voulu me tromper, » lui dit-il avec une sorte d'amertume; « mais vous vous laissiez vous-même abuser par le désir de me consoler, quand vous me faisiez espérer que je pourrais retrouver l'honneur; c'est impossible. »

« Attendez donc, » reprit un peu sévèrement M. Leblanc, « que vous ayez retrouvé la vertu. Y avez-vous songé seulement, pour en prétendre déjà régler la récompense? L'honneur est le patrimoine légitime de tout homme irréprochable; il lui suffit de ne le pas perdre pour le posséder; mais celui qui l'a perdu ne peut le regagner que par de grands efforts. — Je le sais; mais quelques efforts que je tente, à quoi aboutiront-ils? L'occasion même se présentera-t-elle? Dans la situation où je suis réduit, quel moyen aurai-je de faire remarquer le peu de bien que j'aurai dû accomplir, quel bien même pourrai-je faire qui mérite d'être signalé? — Quoi! » dit en souriant M. Leblanc, « vous êtes libre, jeune et fort, vous avez le monde devant vous, et vous craignez de ne pas trouver l'occasion d'exécuter une résolution énergique? — Les occasions peuvent s'offrir nombreuses à celui qui a une situation, un état dont les devoirs sont connus. Mais moi, quel état ai-je maintenant dans le monde? — Vous n'en avez aucun; mais êtes-vous le seul dans ce cas? Les gens qui naissent sans état s'en font un; seulement ils restent pour la plupart dans leur position, et il faut que vous sortiez de la vôtre. Rien n'est si aisé que de s'élever au-dessus de son état, quel qu'il soit. Prenez-en un, le plus obscur, n'importe, et essayez ensuite tout ce que peut un homme. — Eh bien! lequel prendrai-je? je vous appartiens; qu'allez-vous faire de moi? — Je l'ignore encore : il faut songer d'abord à vous cacher et à vous guérir. Vous serez en sûreté chez moi; mais il faut aussi que vous y soyez inconnu. Vous avez à recommencer une existence; au moins faut-il la recommencer sans désavantage, et ne pas être exposé à des préventions défavorables; ceux avec qui vous vous trouverez dorénavant en contact doivent vous connaître tel que vous allez être, et ne savoir ce que vous avez été que lorsque personne n'aura plus le droit ni l'envie de vous le reprocher. — Donnez-moi donc le nouveau nom, indiquez-moi le nouvel être que vous voulez me faire adopter. — Vous serez Thomas Burkheim, mon jardinier; celui que j'avais, et qui me servait aussi de domestique, m'a quitté; j'allais à quelques lieues d'ici en chercher un : il m'a manqué, voulez-vous prendre son nom? — Son nom et son emploi; et puisque vous dites que dans tous les états on peut se tirer d'affaire, je veux vous faire convenir bientôt que l'on n'aura jamais eu un aussi bon domestique. »

Victor souffrait beaucoup de son pied. Cependant le médecin, ami de M. Leblanc, n'y trouva rien de démis; c'était une simple entorse, qui demandait un traitement que M. Leblanc se chargea de faire suivre. Ils remontèrent sur-le-champ en voiture, et arrivèrent vers le soir.

La maison de M. Leblanc était propre, gaie, et située au milieu d'un grand jardin rempli de légumes et de plantes médicinales ; quelques champs bien cultivés l'entouraient. Victor fut établi dans une chambre qui ne lui parut pas être celle d'un domestique.

« Ce n'est pas là, » dit-il à M. Leblanc, « le logement de Thomas. — Non ; mais c'est celui des malades, et Thomas, s'il fût arrivé comme vous avec une entorse, y aurait été placé jusqu'à sa guérison. — A la bonne heure ; mais après cela, *Thomas*, et pas autre chose, jusqu'à ce que j'aie mérité mieux, » ajouta-t-il en baisant la main de M. Leblanc. Celui-ci lui serra la sienne avec amitié. « Mon jeune ami, » lui dit-il d'un ton attendri, « du courage et de la persévérance, et je réponds de tout. » Victor avait déjà une telle confiance dans M. Leblanc, qu'il ne douta plus.

La maison de M. Leblanc et toutes ses petites propriétés étaient arrangées de manière à ce qu'il n'y eût pas un coin inutile. On voyait qu'une rare intelligence s'exerçait tous les jours à multiplier dans cet étroit espace les moyens de faire le bien ; car M. Leblanc y employait toute son existence, tous ses moments, toutes ses pensées ; et ce qu'il y avait de remarquable, c'est qu'il était bienfaisant sans aucune apparence d'enthousiasme, avec calme, on eût presque dit avec froideur, si la douce bienveillance empreinte dans ses manières et dans sa physionomie n'eût adouci le déplaisir de ceux que pouvait contrarier la fermeté de sa volonté ; car le bon vieillard apportait dans le bien qu'il faisait une économie sévère, proportionnée aux besoins plutôt qu'aux désirs de ceux qui la sollicitaient.

Il avait fait construire un moulin où les gens des environs venaient faire moudre leur grain : la petite redevance due pour ce service par ceux qui étaient en état de payer suffisait à l'entretien du moulin et aux gages du meunier. Les indigents ne donnaient rien. Peu de jours après l'arrivée de Victor, un homme nouvellement établi dans le village vint demander à M. Leblanc la permission de faire moudre gratis. « Non, » dit M. Leblanc, qui connaissait tout le canton; « je sais que vous n'êtes pas riche, mais vous pouvez payer. — Je viens de m'établir; il m'a fallu acheter des meubles, ce qui m'a mis mal à l'aise. — Si je vous accordais la remise, parce que vous avez acheté des meubles, je ne pourrais l'accorder à votre voisin qui s'en passe faute de pouvoir en acheter. » L'homme voulut insister. « Nous ne nous connaissons pas encore, » dit en souriant M. Leblanc; « autrement vous sauriez ceci : ce que je puis accorder, je l'accorde de suite, sans me faire prier. » Et, comme le solliciteur se retirait un peu embarrassé, M. Leblanc ajouta : « Mon ami, comptez sur moi toutes les fois que vous en aurez véritablement besoin. »

« Il faudra que je le surveille pendant quelque temps, » dit-il à Victor, quand cet homme fut parti; « car il pourrait bien se faire qu'il n'osât plus s'adresser à moi. »

Quelques jours après, ayant su que la sécheresse

avait tari son puits, M. Leblanc lui fit dire de venir puiser de l'eau au sien, et la première fois qu'il y vint il lui parla avec amitié; ce qui les rendit bientôt familiers.

Un autre vint le prier de faire entrer son fils dans une école qu'il avait fondée, où les enfants des pauvres étaient non-seulement instruits, mais entretenus pendant un certain temps. « Non, » dit M. Leblanc; « votre fils est encore trop jeune pour bien profiter des leçons qu'il recevrait à l'école; et si je l'y faisais entrer maintenant, il n'y pourrait demeurer jusqu'à l'âge nécessaire pour compléter son instruction. »

Ce n'était jamais que par des considérations de ce genre qu'il se refusait à accorder ce qu'on lui demandait.

« Il faut du courage, » lui disait Victor, « pour calculer toujours si juste le bien que l'on peut faire. — Il en faudrait bien davantage, » répondit M. Leblanc, « pour supporter l'idée de certaines misères, si l'on ne parvenait à se distraire par les soins qu'on se donne pour soulager celles qu'on peut atteindre. J'eus dans ma jeunesse une maladie de vapeurs, » continua M. Leblanc; « elle était causée, je crois, par le vide et l'inutilité de ma vie. Mon imagination n'était pas occupée, mon activité restait sans emploi. J'avais lu une grande quantité d'histoires et de voyages qui m'avaient représenté d'une manière si vive les maux soufferts par les hommes dans tous les temps, ce qu'ils souffrent encore dans tous les pays, que mon esprit en était resté frappé. Je me disais continuellement : Dans ce moment-ci, il y a sur la terre une multitude d'hommes qui souffrent les douleurs les plus vives, ou qui sont livrés au plus affreux malheur ou à la plus cruelle détresse. Peut-être les uns expirent de fatigue et de soif dans les déserts de l'Arabie; d'autres, à la veille de périr dans un naufrage, appellent en vain un secours qui ne leur arrivera pas. Dans les pays barbares, des malheureux sont condamnés aux plus horribles supplices; et dans nos pays mêmes, sous nos yeux, il y en a qui meurent de faim, de misère, sans que personne seulement s'en aperçoive ou leur jette un dernier regard de pitié. On rapporte à l'un son enfant écrasé par une voiture; un autre perd les siens dans une bataille; la mort naturelle anéantit le bonheur et les espérances d'une foule d'individus; la maladie, les opérations arrachent à quelques autres des cris aigus. Des milliers de personnes sont en proie à cette heure à des douleurs telles que le spectacle d'une seule me serait insupportable; et ces douleurs n'en existent pas moins, quoique je ne le voie pas. Puis-je donc m'en consoler, uniquement parce que je n'en suis pas témoin? Puis-je vivre tranquille un instant, et savoir que dans cet instant il y a tant de gens qui souffrent, qui meurent peut-être dans les angoisses du désespoir?

« Je me serais reproché de chercher à soulager l'affreux serrement de cœur que me faisaient éprouver ces idées : je l'excitais, au contraire, en me créant continuellement des malheurs imaginaires; je n'entendais plus un mot, je ne lisais plus une ligne où ne se trouvât quelque chose qui redoublait le sentiment cruel dont j'étais poursuivi et me faisait éprouver une douleur poignante; je ne pouvais plus supporter de pareils tourments; mes forces s'épuisaient, je me sentais mourir et je m'en félicitais. Un jour, un de ces hommes grossiers, habitués à se vanter de leurs sentiments ignobles, dit devant moi, en parlant d'un malheureux qu'il avait refusé de secourir : « Si on voulait les soulager tous, on n'en finirait pas. » La dureté avec laquelle cet homme parlait de ce qui faisait mon supplice me causa un mouvement de colère. J'allais lui demander un peu vivement si c'était une raison pour ne pas faire ce qu'on peut : je m'arrêtai; je sentis que ma conscience murmurait contre moi. Le reproche que je voulais adresser à cet homme, je l'avais mérité. Parce que j'étais hors d'état de secourir tous les malheureux, je me laissais mourir plutôt que de consacrer ma vie à soulager ceux pour qui je pouvais quelque chose. Soit que la colère où je m'étais mis m'eût rendu quelque mouvement, soit que j'eusse encore plus de vigueur que je ne m'en croyais, je me sentis en ce moment capable d'une forte résolution, et je me promis de la tenir, quoi qu'il dût m'en coûter.

« Je me dis : si je meurs, ce ne sera du moins qu'après avoir fait tout le bien qui sera en mon pouvoir. Je chercherai les malheureux, et si le spectacle de leurs maux augmente le sentiment cruel dont je suis tourmenté, du moins je leur épargnerai une partie de leurs douleurs. Et je souriais à l'idée de souffrir davantage pour que d'autres souffrissent moins; mais je m'étais trompé. Du jour où je m'occupai activement de secourir les malheureux, je fus moins tourmenté de l'idée de leur malheur. J'eus, surtout dans les commencements, des moments terribles. Il me fallut avoir devant les yeux des tableaux de misère et de douleur qui dépassaient tout ce que j'avais jamais imaginé, et cette vue renouvela mes impressions à tel point, que plusieurs fois je crus que j'allais y succomber; quelquefois l'impossibilité où je me voyais de soulager les maux dont j'étais témoin pensa me jeter dans le découragement; mais je m'étais prescrit d'y résister. Je fis sur moi-même des efforts inconcevables pour obliger mon esprit à créer des ressources que je désespérais de trouver, et j'appris par l'expérience que le plus léger soulagement apporté à une grande douleur suspend, au moins pour un moment, la douleur tout entière.

« Le malheureux impotent, qui depuis trois jours n'avait pu donner du pain à sa femme malade et à ses pauvres petits enfants, si je lui apportais de quoi leur sauver la vie pour l'instant, oubliait que le lendemain il n'aurait pas davantage le moyen de les soutenir. Il espérait en moi, sans savoir si j'avais de quoi répondre à ses espérances; mais enfin il n'était plus abandonné; cela lui suffisait pour retrouver du courage et presque de la joie; et quand le malheureux arraché par moi aux dernières extrémités de la misère se croyait heureux parce qu'il n'était plus au désespoir, j'étais heureux comme lui, et tous deux nous retrouvions la force d'arriver au lendemain, qui pouvait nous amener de nouveaux adoucissements. Je m'aperçus bientôt des progrès de ma guérison; mon imagination, au lieu de se fatiguer à se créer des maux auxquels je ne pouvais rien, était constamment occupée à chercher les moyens d'en soulager le plus possible. J'avais l'aisance suffisante pour une ville de province, mais je n'étais pas riche : il me fallait suppléer au peu de ressources que me fournissait ma petite fortune. Je trouvai une foule d'expédients pour faire le bien sans argent, ou du moins avec peu d'argent; le premier, le plus essentiel de tous, était une sévère économie. Ainsi, tout en économisant sur le malheureux que je soulage afin de pouvoir en soulager d'autres, je ménage mes forces et ma santé pour qu'elles ne me manquent pas au besoin.

« En me réduisant moi-même au strict nécessaire, je ne me suis point imposé de privations nuisibles. J'ai soin d'être toujours chaudement et commodément vêtu, de me nourrir et de me loger d'une manière saine. Je me fais servir, parce que le temps et la force que j'emploierais à me servir moi-même, je puis les employer d'une manière plus utile. J'ai un cheval, parce qu'il m'épargne beaucoup plus de temps et de fatigue qu'il ne me coûte d'argent, et qu'en me donnant la possibilité de faire des courses plus éloignées, et par conséquent de voir plus de monde, il multiplie mes moyens d'être utile. C'est par la même raison que je me permets de recevoir quelquefois mes amis. Un homme ne peut presque rien par lui-même : il n'en est pas ainsi lorsqu'il sait se faire aider par les autres. Il est donc bon d'entretenir quelques liaisons, surtout parmi les gens de mérite; d'ailleurs, leur conversation fortifie mon âme, égaie mon esprit, et influe sur la santé.

« Je consacre aussi quelques heures à la lecture; indépendamment des connaissances utiles que j'en tire, l'habitude de l'occupation entretient l'esprit et l'empêche de vieillir; et je veux que le mien me serve longtemps.

« Je suis redevenu calme. Pour prévenir le retour de mon ancienne faiblesse, je tiens mon âme habituellement élevée à la pensée de la Providence, qui ordonne les biens et les maux par des vues infiniment supérieures aux nôtres. Je la bénis chaque jour de m'avoir choisi pour soulager quelques misères; et quand j'ai fait éclore dans le monde un bon sentiment de plus, je crois être quelque chose. » La figure de M. Leblanc était animée. Victor écoutait avec ravissement, il s'abreuvait, pour ainsi dire, de vertu : depuis qu'il la connaissait, il en était avide.

Au bout de quinze jours, il se trouva guéri, et insista pour être absolument chargé du service qu'aurait fait Thomas. M. Leblanc commençait à l'aimer comme son fils. Il éprouvait bien quelque peine à s'en servir comme d'un domestique; cependant la supériorité de sa raison ne lui permettait pas de céder à cette faiblesse; il épargnait presque involontairement une partie du service à Victor, qui s'en aperçut : « Vous oubliez, » lui dit-il un jour, « que je suis, que je dois être votre domestique; sans cela je ne puis exister. J'ai perdu par ma faute ma place au milieu des hommes : je dois la regagner par mon travail. — Dans mon système d'économie, » répondit en souriant M. Leblanc, « je n'aime pas à vous voir faire le valet, quand vous pourriez être beaucoup mieux. — Ce n'est pas mon temps qu'il s'agit maintenant d'économiser, » répliqua Victor, « c'est le vôtre : quant à moi, je n'ai encore qu'un devoir, celui d'acquitter la dette honteuse dont je me suis chargé. J'y dois consacrer tous mes moyens; et puisque je n'ai en ce moment d'autre ressource que votre service, il faut que je vous serve comme un homme obligé de gagner sa vie, et plus que sa vie. Quand vous me verrez faire le valet, » ajouta-t-il avec un sourire, « songez que je remplis un devoir important : je suis sûr que cela n'aura plus rien de pénible pour vous. — Vous avez raison, » dit M. Leblanc, « avec de pareils sentiments on ne peut manquer de dignité. »

A partir de ce jour, M. Leblanc laissa faire Victor; et souvent en le regardant travailler, il éprouvait un plaisir indicible. Victor apportait dans les occupations les moins relevées un air de noblesse et de fierté. On remarquait sur sa figure une sérénité habituelle que lui donnait la certitude de mériter désormais l'estime des gens de bien. Jamais il ne se permettait la moindre gaieté; il n'aurait pu s'y livrer sans penser sur-le-champ à ses parents, aux amis qu'il avait eus; il se retenait comme s'il eût été en leur présence; il aurait craint de leur laisser croire qu'il eût oublié sa faute. Cette loi sévère qu'il s'était imposée, les tristes pensées qui l'occupaient habituellement donnaient quelquefois à son maintien une gravité dont s'étonnaient ceux qui le voyaient chez M. Leblanc en qualité de simple domestique.

Victor partageait son temps entre le travail de la maison et l'étude, particulièrement celle de l'allemand; il le savait déjà un peu, et il jugea utile de s'y perfectionner; ce qui lui était d'autant plus aisé, que dans le village où il demeurait on ne parlait qu'allemand; M. Leblanc, qui en avait pris l'habitude, s'adressait presque toujours à lui dans cette langue. Ses plus doux moments étaient ceux qu'il passait dans la conversation de ce respectable vieillard, tellement nourri de sagesse et de vertu, qu'un seul de ses mots était souvent pour Victor une source infinie de réflexions, de lumières et de bons sentiments. Il se serait trouvé heureux dans cette situation, s'il n'eût pas été impatient de commencer la tâche prescrite. M. Leblanc n'avait pu encore lui procurer, comme il le désirait, un emploi avantageux hors de France, et Victor ne se consolait de ce retard qu'en employant avec activité tous ses moments à se rendre digne de l'emploi dont il pourrait se trouver chargé. Ce qui l'inquiétait encore, c'était de ne point recevoir de nouvelles de ses parents; il leur avait écrit, tout en prenant des précautions pour qu'ils ne pussent deviner où il était; il leur exprimait dans sa lettre son repentir sincère, et prenait l'engagement de payer, aussitôt qu'il le pourrait, le prix de la bague et les dettes qu'il avait laissées dans la ville. Il avait prié M. Leblanc de tâcher de se procurer de leurs nouvelles par une voie indirecte;

mais il n'avait rien appris, si ce n'est qu'ils avaient quitté la ville où leur fils avait été compromis dans une affaire de vol, et que l'on ignorait où ils étaient allés.

Victor avait trouvé le moyen de faire retirer le peu d'effets qu'il avait laissés chez la bonne madame Banier au moment de son arrestation : avec cela et le prix de sa montre qu'il avait vendue, il était parvenu à se procurer les vêtements dont il avait besoin, sans être à charge à son protecteur.

VIII

PENIBLES EMBARRAS

Un esprit engagé dans la voie de l'erreur tourne souvent contre la vérité tout ce qui devrait servir à l'appuyer. Le commencement de l'histoire de Victor avait fait une forte impression sur Raoul, mais non précisément celle qu'on en aurait pu attendre. La violence de ses passions n'avait pu détruire en lui la conviction qu'il n'était pas tout à fait dégagé de ses devoirs d'obéissance envers son père, quelque injuste qu'il lui parût; cependant ces devoirs ne le préoccupaient guère; il se disait : « Si, après tout, je commets une légère faute, de même que Victor, je saurai bien la réparer. » Le courage de son ami avait exalté son imagination; mais, comme il arrive trop souvent, il ne s'arrêtait qu'à ce qui pouvait le flatter, et rejetait tout ce qui lui semblait incommode. Ainsi, au lieu de s'animer, par l'exemple de Victor, à supporter avec fermeté ses peines et la situation où il était tombé par sa faute, il ne songeait qu'à remplir des devoirs imaginaires; et faible contre les difficultés qui lui étaient imposées, il s'enorgueillissait de sa force contre celles qu'il ne connaissait pas encore. Il ne rêvait plus qu'aventures difficiles, dont il sortait toujours avec honneur ; car il n'aurait eu garde de les créer de telle sorte qu'il n'en pût triompher.

Raoul reçut d'Adrienne une lettre pleine de tendresse; elle lui reprochait de ne lui avoir pas écrit; il trouverait son père disposé à se relâcher, s'il consentait à lui témoigner de la soumission et du repentir, surtout si, comme elle l'espérait, il remportait des prix au collége. Elle le conjurait de ne pas laisser passer cette occasion de se réconcilier avec son père, d'autant qu'elle avait été bien triste et bien honteuse, quand la veille, qui était un dimanche, un de leurs voisins était venu dîner et avait demandé pourquoi Raoul n'était pas au château. «Sois sûr, mon cher Raoul,» ajoutait-elle, «que ta résistance ne te fera pas honneur; car désobéir à son père ne fait honneur à personne. Et puisque tout le monde blâme la désobéissance, tu dois être convaincu qu'il est mal de s'en rendre coupable : souviens-toi de ce que disait un jour mon père à ce monsieur qui ne croit pas en Dieu, et qui ne vient plus au château parce qu'il a entendu M. le curé y parler de religion : «Monsieur, quand je n'aurais « pas d'autres raisons de croire en Dieu, j'y croirais, « parce que son idée est en moi, et que lui seul peut « l'y avoir mise. Cette idée de Dieu, tous les hommes « la conçoivent dès qu'ils commencent à penser à « autre chose qu'à se tuer et à se manger les uns les

« autres, dès qu'ils deviennent un peu raisonnables, « c'est-à-dire des hommes. Allez dans un pays in- « connu, où aucun voyageur n'aura pénétré avant « vous : si vous y trouvez des hommes qui vivent « ensemble fraternellement, et non comme des loups, « il est sûr qu'ils croient en Dieu, et quand vous leur « parlerez de Dieu, en leur langage s'entend, ils « vous comprendront; s'il en était autrement, c'est « que des circonstances bien extraordinaires auraient « empêché ces hommes de ressembler aux autres « hommes. » Mon père ajouta : « Cela se voit, puisqu'il « vous arrive à vous, monsieur, et à quelques autres « de ne pas croire en Dieu ; il faut bien que quelque « chose s'oppose au développement de cette croyance « chez certains hommes ; mais je n'en persiste pas « moins à la considérer comme une essence de la « nature humaine, participant en même temps de « la nature divine. »

« Tu te souviens, » continuait Adrienne, « que le soir même j'écrivis ces belles paroles qui, suivant l'opinion de M. le curé, valaient un sermon. Je montrai ensuite à mon père ce que j'avais écrit ; il sourit, et trouva que c'était exact, excepté la dernière phrase qu'il a un peu arrangée, n'ayant trop su moi-même comment la bien tourner. Rappelle-toi ce que tu me dis à cette occasion : « Mon père a « raison ; et quand les hommes, même ceux qui « n'ont jamais communiqué entre eux, sont tous du « même avis sur une chose, il faut que cette chose « soit raisonnable ; ainsi tout le monde sait qu'il ne « faut rien faire d'injuste. Eh bien, mon cher Raoul,

« sans s'être entendus, tous les enfants obéissent à « leur père. »

Raoul sentait bien qu'Adrienne avait raison. On avait appris au collége sa dernière aventure, que des gens du château y avaient racontée; elle avait augmenté l'impression défavorable qui existait déjà contre Raoul; et quoiqu'on ne fût pas disposé à aimer M. de Foligny, il n'était venu dans l'idée de personne, pas même des camarades de Raoul, de donner raison à son fils. On les regardait comme deux caractères également difficiles et incapables de s'accommoder avec personne, encore moins l'un avec l'autre. Les plaisanteries de Joseph devenaient continuelles. Parfois, cependant, les écoliers, s'apercevant que la persécution allait trop loin, la désapprouvaient, mais par une sorte de pitié pour le malheur, ce qui était, aux yeux de Raoul, le plus sensible affront qu'il pût recevoir. Le seul Henri, fidèle à son ami, n'avait cessé un instant de le défendre. Quelquefois, en l'absence de Raoul, la chaleur de son amitié l'emportait même trop loin sur le compte de M. de Foligny; il blâmait sa sévérité un peu vivement et avec les idées de son âge; mais il n'en parlait jamais à Raoul, car il pensait bien qu'il avait aussi des torts.

Raoul lut la lettre d'Adrienne, et la froissa avec colère, contrarié que sa sœur lui présentât comme probable une réconciliation qu'il voulait croire impossible. Henri, qui était assis tout près de lui, aperçut son mouvement d'humeur : « Mon Dieu! Foligny, » lui dit-il, « il ne t'arrive plus rien qui ne te mette en colère. — Oh! j'aurai toujours tort, » répondit Raoul. «Tu me diras aussi, comme Adrienne, de me réconcilier avec mon père. — Mais si cela se pouvait... — Oui, demander pardon bien humblement... à genoux, n'est-ce pas, et les mains jointes? — Comme tu voudras, » dit Henri en se levant, impatienté de la déraison de son ami.

Depuis le matin Raoul était plus tourmenté qu'à l'ordinaire. Les écoliers étaient convenus entre eux de ce qu'il fallait donner pour la fête du principal, et plusieurs avaient déjà mis leur souscription, excepté Henri, qui se tenait à l'écart les yeux baissés. Comme il arrive souvent aux jeunes gens les plus raisonnables, Henri manquait parfois de prévoyance; il avait dépensé un peu trop vite l'argent de sa pension, qu'il ne touchait que tous les trois mois, et s'était réservé seulement une somme suffisante pour cette occasion indispensable; cette somme, il l'avait prètée à Raoul. Celui-ci, rendu injuste par le chagrin, s'imagina que son ami ne désirait le voir réconcilier avec son père que pour sortir lui-mème de la gène où il s'était mis pour l'obliger. Raoul eut un moment l'envie de s'en expliquer; mais la conduite de Henri avait été si délicate, qu'il eut honte de lui adresser un mot de reproche; il s'éloigna sans lui parler.

Après avoir rèvé quelques instants, il se décida à écrire à son père la lettre suivante :

« Mon père,

« Quelle que soit la sévérité dont vous usez envers « moi, et l'humiliation où vous me réduisez vis-à-

« vis même du monde et de mes camarades, je suis « persuadé que vous ne voulez pas mon déshon- « neur. Il en serait ainsi, cependant, si des dettes, « que votre rigueur m'a forcé de contracter dans des « occasions inévitables, n'étaient pas très prompte- « ment acquittées. Je vous prierai donc de vouloir « bien prendre en considération l'honneur de votre « fils.

« Je suis avec respect, etc. »

M. de Foligny n'avait jamais voulu que ses enfants se servissent avec lui de cette formule cérémonieuse; mais, dans cette circonstance, elle parut à Raoul la seule convenable, la seule qu'il lui fût possible d'employer. Il se sentit un peu soulagé de ses inquiétudes après avoir écrit cette lettre; il espérait qu'elle toucherait son père et serait une occasion de continuer avec lui une correspondance qui pourrait insensiblement diminuer la difficulté d'un rapprochement. C'était la première fois que cette idée venait à Raoul, et il se promettait bien, s'il sortait une fois de la situation où il s'était mis, de n'y plus retomber. Il avait beaucoup souffert, et sa courte liaison avec Victor avait déjà fait faire à sa raison des progrès capables de modérer son caractère. Il était donc dans une disposition assez raisonnable, quand il reçut de son père la réponse suivante :

« L'honneur consiste à ne point prendre un enga- « gement sans être certain de le remplir, à ne point « contracter de dettes quand on n'est pas sûr de « pouvoir les payer; et il n'y a point d'*occasions iné-*

« *vitables* pour celui qui se verrait obligé de manquer « à ce devoir de probité. On se trompe grossièrement « quand on croit garantir son honneur en cachant « ses fautes ou en les niant. On ne fait que les accu-« muler, et l'on s'accoutume à vivre dans une « habitude de mensonge avec soi-même et avec les « autres. Cela ne se répare pas avec de l'argent. »

Quoique cette lettre fût extrêmement sévère, cependant, comme elle ne contenait pas un refus positif, Raoul se flatta de l'espoir qu'elle serait peut-être accompagnée d'un envoi; il interrogea le messager : celui-ci n'avait été chargé d'apporter autre chose qu'une lettre de M. de Foligny au principal. Raoul conserva encore un reste d'espérance; mais le principal ne le fit point appeler; il passa dans la cour, vit Raoul, et ne lui dit rien. Malheureusement, c'était le jour où l'on devait composer pour le prix de version grecque. Pendant tout le temps consacré à la composition, Raoul fut incapable de fixer ses idées; il était sans force d'attention, sans énergie de pensée; les mots ne lui venaient pas; enfin, il fit une composition si pitoyable, que lui-même en eut honte; il la déchira en sortant, disant qu'il ne composerait pas. Il était au désespoir. Il crut s'apercevoir que, probablement en raison de la lettre de son père au principal, on le surveillait avec plus de soin qu'à l'ordinaire; dès qu'il causait un instant avec Henri ou un autre écolier, aussitôt un maître passait et repassait plusieurs fois auprès d'eux, jusqu'à ce qu'ils fussent séparés. Le sang lui bouillait de colère et de douleur : en même temps son cœur était abattu : il ne savait plus que faire. S'adresser à Adrienne pour lui demander de l'aider sur ses petites épargnes, c'était une idée qui le révoltait; d'ailleurs, il n'était pas sûr qu'on laissât parvenir une lettre adressée même à sa sœur. Son sommeil était agité, interrompu par des rêves pénibles; il avait la tête remplie de l'histoire de Victor; il rêvait que lui-même était poursuivi par des gendarmes, qui, tout d'un coup, se trouvaient avoir la figure de son père. Puis il voulait descendre par une fenêtre au moyen d'une poulie; mais la corde se retirait quand il était prêt à la saisir; ou bien elle se détachait, et il fallait des peines infinies pour la rattacher; ce n'était qu'obstacles renaissants, frayeurs terribles de ne pouvoir se sauver à temps. D'autres fois il lui semblait qu'il tombait du haut de la fenêtre; puis il se réveillait en sursaut.

Enfin arriva le jour où se fermait la souscription pour la fête du principal. Ce jour-là Raoul se leva encore plus malheureux qu'à l'ordinaire. Il ne savait comment il s'y prendrait pour cacher sa situation.

Après la classe, Henri l'appela dans un coin. « Tu n'as pas d'argent pour la fête du principal? » Raoul pâlit : « Non, » répondit-il, les dents serrées et en frappant de son poing l'arbre qui se trouvait près de lui. « J'ai encore, » reprit Henri, « une pièce de cinq francs à te prêter. » Raoul, étonné, lui demanda d'où lui venait cet argent. Henri ne voulut pas d'abord le lui dire; mais Raoul ayant déclaré qu'il ne l'accepterait pas, force fut donc à son ami de lui avouer qu'un externe de sa classe, nommé Roussel, bon écolier, mais mauvais sujet, avait vendu avantageusement un de ses prix de l'année précédente. L'idée était venue alors à Henri de se tirer d'embarras lui et Raoul en vendant un très beau *Télémaque*, doré sur tranche, avec des gravures, qui lui avait été donné pour ses étrennes. Roussel s'était en effet chargé de cette vente, et venait de lui remettre dix francs. Raoul, heureux dans ce moment qui le tirait d'une si mortelle angoisse, ne put que serrer la main de Henri, en lui disant : « Terville, je te remercie. » Puis il courut porter sa cotisation, et alla ensuite chercher un fort joli exemplaire des *Vies de Plutarque*, qu'il voulut faire accepter à Henri; celui-ci se fâcha et le refusa. Raoul n'osa insister; mais il se promit bien de le lui faire accepter, s'applaudissant d'autant plus de cette résolution, qu'elle était un vrai sacrifice; car il venait de former le projet de faire vendre par Roussel ses livres et même la plupart de ses effets, s'il pouvait en disposer, pour se faire une petite somme qui lui servirait en cas de besoin. Sans confier à Henri ses projets, il lui raconta ce qui s'était passé entre lui et son père, et la cause du dénûment où il se trouvait. Henri s'affligea, s'indigna avec son ami; malgré sa raison et sa droiture, il n'était pas d'âge à sentir tous les torts de Raoul, à comprendre la nécessité et les moyens de les redresser; il ne voyait que l'excessive sévérité dont on usait envers lui. Raoul, surveillé comme il l'était, n'osait se hasarder de parler lui-même à Roussel; il pria Henri de se charger de lui remettre un très bel exemplaire d'un Voyage en plusieurs volumes, ornés de gravures, en lui recommandant bien de l'emporter à différentes fois, pour qu'on ne s'aperçût de rien.

L'intention de M. de Foligny était de payer les dettes de son fils; mais il avait voulu, auparavant, lui faire sentir le tort grave qu'il avait eu de les contracter dans une situation comme la sienne; il n'était pas fâché, d'ailleurs, qu'il souffrît quelque temps de cette situation, espérant l'amener ainsi à se soumettre et à implorer son pardon. Désirant connaître la nature de ces dettes, il avait prié le principal de prendre des informations à ce sujet, et c'était ce qui avait causé ce redoublement de surveillance dont s'était aperçu Raoul.

Roussel, deux jours après, apportait à Henri quinze francs du livre de Raoul. Celui-ci se crut riche, et se promit bien de ne rien dépenser de cette somme, qu'il grossissait déjà en espérance du produit de la vente de presque tous ses effets. Mais le libraire, à qui Roussel avait vendu les livres, eut des soupçons qu'ils provenaient du collége; il crut donc devoir en avertir le principal. Celui-ci pensa que Roussel devait les avoir pris à quelqu'un de ses camarades, ou les avait acquis par des marchés trop avantageux, ce qui paraissait d'autant plus vraisemblable qu'il avait déjà été soupçonné de quelques actions peu délicates. Roussel fut interrogé; il nia tout d'abord; mais, convaincu par le témoignage du libraire, il finit par déclarer qu'il avait vendu les livres pour le compte de Henri de Terville. Cette déclaration causa une grande surprise : Henri avait une si bonne réputation, qu'on ne pouvait le croire coupable d'une faute de ce genre. Le principal le fit appeler, et lui demanda s'il était vrai qu'il eût chargé Roussel de vendre ses livres, et quel motif l'avait porté à s'en défaire, en opposition aux règles de la maison, qui défendaient de rien emporter sans l'aveu des maîtres. Henri répondit qu'ayant eu besoin d'argent, il avait effectivement chargé Roussel de la vente de quelques volumes. On s'étonna que, n'ayant rien à dépenser, il ne pût se suffire avec l'argent que lui envoyaient ses parents. On voulut savoir à quel usage il avait employé celui qu'il avait retiré de la vente de ses livres : il ne répondit point : on insista ; il refusa nettement de s'expliquer. Le maître chargé de visiter les armoires où les écoliers serraient leurs effets fut appelé : il reconnut bien le *Télémaque* pour avoir appartenu à Henri ; mais quant au Voyage, il déclara ne l'avoir jamais trouvé dans les effets d'aucun autre écolier ; cet ouvrage, il est vrai, avait été apporté avec les effets de Raoul que M. de Foligny venait de renvoyer au collége ; et le surveillant, empêché par une indisposition, n'avait pu encore les visiter. On demanda à Henri si ce livre lui appartenait ; il répondit négativement ; s'il l'avait fait vendre pour son compte et de qui il se l'était procuré ; Henri garda le silence.

On était consterné ; tous les maîtres étaient tellement accoutumés à louer Henri, qu'il leur paraissait aussi pénible qu'étrange d'avoir à l'accuser, à le traiter sévèrement. Le pauvre Henri, de son côté, était bien éloigné de toute idée d'indiscipline; ses devoirs lui semblaient toujours simples et faciles, et il les accomplissait en quelque sorte sans y songer; il se trouvait donc dans une situation aussi nouvelle qu'embarrassante. Raoul et lui avaient été élevés, dès leur enfance, dans un grand mépris pour le mensonge, et s'étaient fortifiés mutuellement dans cette disposition, qui leur avait valu plusieurs fois des éloges en présence de leurs camarades souvent moins scrupuleux; ils se seraient crus dégradés par la moindre déviation de la vérité. Mais trahir son ami, ou bien manquer à ses devoirs envers ses maîtres, c'était pour Henri une si cruelle alternative, qu'il n'imaginait aucun moyen d'en sortir. Il se voyait d'ailleurs soupçonné d'une faute bien grave, et il avait le droit de tenir à sa réputation. Son cœur était pressé d'angoisses; de temps en temps des larmes, qu'il s'efforçait en vain de retenir, se faisaient un passage entre ses longues paupières baissées, et semblaient déposer contre lui; mais, quand une accusation trop formelle portait atteinte à son honneur, il se relevait avec indignation, et sa fierté était celle de l'innocence.

Les élèves apprirent bientôt qu'Henri subissait, chez le principal, un sévère interrogatoire; on disait aussi que Roussel y avait été mandé, et venait d'en sortir fort triste. Raoul ne tarda pas à deviner la vérité; il aperçoit Roussel, et court à lui: « Est-ce pour les livres? » Roussel lui fait un signe de tête affirmatif. Raoul se précipite vers l'appartement du principal, et rencontrant son professeur à la porte:

« De quoi accuse-t-on Henri ? » lui demanda-t-il avec une extrême vivacité. Le professeur, pensant que Raoul pourra donner quelques éclaircissements, lui répond qu'il est question d'une vente de livres, et lui demande à son tour s'il sait quelque chose. « Oui, je sais tout ; je vais tout expliquer. Pauvre Henri ! » Et entrant aussitôt chez le principal avec le professeur : « Monsieur le principal, » dit-il, « les livres ont été vendus pour moi. — Est-ce qu'ils vous appartenaient ? — Oui, certainement, » reprend Raoul avec fierté ; « le Voyage m'a été envoyé cette année par ma tante ; on l'a apporté du château, la dernière fois que j'en suis revenu. Quant au Télémaque, il était bien à Terville ; mais c'est aussi pour moi qu'il l'a fait vendre, » ajouta-t-il en tournant vers Henri des regards d'affection et d'attendrissement. Henri lui pressa la main, et ses yeux se relevèrent avec l'aimable douceur de leur expression ordinaire. Il était justifié ; il voyait avec satisfaction son ami Raoul faire son devoir, quelque chose qu'il en dût arriver.

Le principal insista pour savoir de Raoul la raison qui l'avait engagé à se défaire de ses livres, et pourquoi il avait accepté le prix de ceux de son ami.

Raoul répondit qu'il avait des dettes, et pas d'argent pour les payer. Le principal le savait ; mais désirant profiter de cette occasion pour exécuter la commission de M. de Foligny, il dit à Raoul avec assez de sévérité : « Il me paraît fort étonnant, monsieur de Foligny, que vous ayez été dans la nécessité de faire des dettes ; il faut assurément que vous ne les ayez pas contractées pour des motifs honorables, puisqu'au lieu de les avouer à M. votre père, vous êtes contraint d'employer de semblables moyens pour les payer. »

Raoul répondit d'un ton amer : « Mon père le sait, monsieur le principal, et vous pouvez vous informer auprès de lui si j'ai d'autres moyens de m'acquitter. — Monsieur, » reprit le principal plus sévèrement encore, « votre père désapprouve sans doute vos dettes, puisqu'il vous laisse dans une situation aussi humiliante que celle de ne pouvoir les payer. »

Raoul rougit; il se rappela la lettre sévère de son père, et ne répondit rien.

Cependant Henri, qui n'y voyait plus d'inconvénient, avait expliqué tout bas à un professeur quelle avait été l'occasion de ces dettes; celui-ci fit un signe au principal, qui renvoya les jeunes gens, ajournant leur punition après une composition qui se faisait ce jour-là. Instruit de la vérité des choses, il pensa que cette punition devait être légère, car il n'y voyait de vraiment répréhensible que l'infraction aux règles de la discipline; les deux jeunes gens s'étaient comportés noblement, et la bonne conduite habituelle de Henri, ainsi que la position malheureuse de Raoul, devait engager à quelque indulgence en leur faveur.

Roussel fut renvoyé; on sut d'ailleurs qu'il avait gagné sur la vente des livres, et cette circonstance amena la découverte de plusieurs bassesses qu'on n'avait fait que soupçonner.

Le principal ne voulut pas que sa fête, qui avait été l'occasion d'une fâcheuse aventure, fût célébrée autrement que par un acte de bienfaisance. L'argent fut donc donné aux pauvres de la ville, excepté celui de Raoul, que le principal mit en séquestre; M. de Foligny, en retirant la pension de son fils, n'avait probablement pas entendu lui laisser les moyens de se procurer le plaisir de la générosité; et, comme cette privation devait être une punition extrêmement sensible pour Raoul, le principal pensa qu'il ne pouvait l'en exempter sans une autorisation expresse de son père.

Ainsi, l'on sut et l'étendue de la disgrâce de Raoul et le dénûment où il se trouvait; ce qui acheva de l'humilier. D'un autre côté, il n'était pas sans inquiétude sur les quinze francs qui devenaient son unique ressource. Le principal, d'après la dépense faite, avait facilement calculé ce qui devait lui rester, et lui en avait demandé le compte. Raoul avait avoué ce qu'il possédait; mais, pour gagner du temps, il avait prié le principal de ne prendre aucune décision avant d'avoir consulté son père, qui songerait peut-être aux inconvénients de réduire son fils à employer d'aussi tristes ressources.

Le principal ne voulut pas aggraver les effets de la rigueur de M. de Foligny; il n'approuvait pas entièrement cette rigueur, et la trouvait un peu sévère, ou du moins intempestive.

Pour Raoul, il savait bien que la décision de son père ne se ferait pas attendre, et il la redoutait. Il tremblait de se voir encore plus resserré, et même de ne pouvoir plus causer en particulier avec Henri. En même temps son dégoût et son découragement s'en augmentaient. Déjà abattu par le triste résultat de sa première composition, il avait fait la seconde sans ardeur, et n'en espérait aucun succès : il n'ignorait pourtant pas que son père avait le projet de lui faire doubler sa seconde, et avait laissé entrevoir qu'il ne se relâcherait de sa sévérité que dans le cas extraordinaire où Raoul parviendrait à remporter tous les premiers prix de sa classe.

Jusqu'à ces derniers temps, Raoul, encouragé par ses précédents succès, s'était flatté de remplir la condition prescrite, et même, trop enorgueilli de ce qu'on ne l'en avait pas cru incapable, dans un accès de vanité il en avait parlé à quelques camarades, et ne s'apercevait pas que ses espérances blessaient ceux qui pouvaient avoir de justes prétentions : maintenant, Raoul n'avait plus d'espoir ; et, comme tous les caractères plus ardents que forts, après avoir manqué deux prix, à peine se sentait-il en état de disputer les autres.

Raoul était donc déchu de la hauteur où il avait prétendu se placer; il se voyait déjà un objet de risée pour ses camarades; sa chute ne manquerait pas d'étonner le public, accoutumé à le voir couronner chaque année à la distribution des prix.

De temps en temps sa fierté reprenait le dessus; il se ranimait, et s'indignait de laisser si facilement la victoire à de moins forts que lui; mais la désolante pensée qu'il ne pouvait plus satisfaire à la condition imposée par son père, qu'il resterait encore un an dans sa classe, monument de la jactance humiliée, et au-dessous de tous les camarades sur lesquels il avait prétendu l'emporter, au-dessous de Joseph, qui allait passer avec eux dans la classe supérieure pour devenir ensuite un homme du monde, lancé dans les affaires, quand lui ne serait encore qu'un écolier; ces pensées venaient tout d'un coup anéantir son courage.

Tout semblait donc pousser Raoul vers le funeste et coupable projet d'évasion dont il avait eu le malheur d'entretenir l'idée. Il ne fut distrait de ces tristes préoccupations que par l'histoire de Victor que l'on continua à lire en commun chez le principal, ainsi qu'on le verra dans le chapitre suivant.

IX

SUITE DE L'HISTOIRE DE VICTOR

CHOIX D'UN ÉTAT

Environ six mois s'étaient écoulés depuis que Victor résidait chez M. Leblanc, lorsqu'un jour il rencontra un homme dont la figure ne lui était pas inconnue, quoiqu'il ne sût dire qui il était. La vue de cet homme lui fit éprouver, sans qu'il s'en rendît bien compte, une impression pénible. L'homme, de son côté, le regardait fixement. Victor, alarmé de ce regard investigateur, se garda bien de rentrer, ne voulant pas laisser voir où il logeait ; mais l'homme, se plaçant tout à coup devant lui, s'écria : « Eh oui ! c'est M. Victor. » Et Victor reconnut aussitôt Collet, le brocanteur à qui il avait vendu la bague ; le rouge lui monta au visage et un frisson parcourut tout son corps. « Eh bien ! » lui dit Collet en riant, « nous avons fait ensemble de bonnes affaires. Je vois, monsieur Victor, » continua-t-il en parcourant des yeux ses vêtements, « que vous ne vous en êtes pas trop bien trouvé. Quant à moi, j'en suis sorti avec assez de bonheur. Au fait, je vous avais bien payé, et ce n'était pas ma faute si la bague ne vous appartenait pas. »

Victor suffoquait de colère; mais il avait déjà l'habitude de se contenir. Collet prit son silence pour de l'embarras. « Vous voilà bien penaud pour un petit malheur. Pour moi, je ne me déferre pas pour si peu. J'ai repris mon commerce comme si de rien n'était. Vous qui êtes établi en ce pays-ci, ne pourriez-vous pas me procurer des connaissances? pourquoi ne ferions-nous pas ensemble quelques petites affaires? »

L'indignation de Victor était à son comble; mais avait-il le droit d'exiger que Collet eût de lui une meilleure opinion? Il sentit qu'il ne devait pas irriter un homme qui possédait son funeste secret. Ces idées traversèrent en un instant son esprit, et lui donnèrent la force de se composer; il se contenta de répondre froidement : « Non, je vous remercie. » Et il s'éloigna.

Après avoir été quelques moments à se calmer, Victor réfléchit sur ce qu'il avait à faire. Il était évident que Collet avait le projet de se fixer dans le pays; c'était pour Victor un motif suffisant de le quitter, car il avait à craindre que Collet n'instruisît ses parents et ses connaissances du lieu de sa résidence, ou qu'il ne parlât dans les environs. Il résolut de partir, et peut-être ne fut-il pas fâché de la nécessité qui le forçait à se décider. Cependant, avant de se jeter ainsi dans le monde sans moyens d'existence, il se consulta, repassa en lui-même les diverses vicissitudes auxquelles il pouvait être exposé; et après s'être bien sérieusement convaincu qu'il était capable de supporter, sans se laisser abattre, les dernières extrémités d'un malheur qui ne pèserait que sur lui, il ne songea plus qu'à choisir la route qu'il avait à prendre. Quoiqu'il comptât bien ne rien faire sans prendre l'avis de M. Leblanc, il voulut, avant de l'aller trouver, avoir une résolution à peu près arrêtée, qui pût le mettre en état de répondre à ses objections, et l'aider à vaincre le chagrin qu'éprouverait son protecteur en le voyant s'éloigner sans lui avoir assuré quelques ressources.

Victor était occupé de ces réflexions, lorsqu'il croit entendre derrière lui les cris d'un homme en colère; il se retourne, et aperçoit deux hommes à cheval galopant à travers les champs; l'un, en costume militaire, poursuivait l'autre cavalier le sabre à la main, proférant des menaces et des jurements épouvantables. Il était près de l'atteindre, favorisé d'ailleurs par un ruisseau fort large qui paraissait devoir les arrêter. Victor, qui se trouvait entre eux et le ruisseau, court au-devant du militaire, pare de son bâton le coup de sabre qu'il veut lui porter, le désarme, et saisit la bride de son cheval. L'autre cavalier profite de cette circonstance, enfonce les éperons dans le ventre de son cheval, arrive au bord du ruisseau, le lui fait franchir d'un seul bond, et sautant aussitôt à terre, lui donne un grand coup de fouet en disant : « Cours après maintenant. » Puis, il s'en va tranquillement, regardant d'un air moqueur le militaire, qui écumait de colère, et, toujours retenu par Victor, tâchait de faire passer son cheval sur lui; celui-ci l'évita avec beaucoup d'adresse, en se défendant avec son bâton, mais sans lâcher la bride, de peur que son adversaire ne fondît sur lui; enfin, Victor parvient à faire détourner le cheval, et prenant son temps, s'élance sur un tronc de saule qui s'avançait presque horizontalement sur le ruisseau; d'un second saut il est de l'autre côté. Pendant ce temps, le militaire, que la crainte de perdre son cheval rendait plus furieux encore (car ce cheval lui appartenait), essayait inutilement de faire franchir le ruisseau à celui qu'il montait : l'animal eut peur et s'y refusa absolument. Victor, laissant le capitaine maudire à son aise bêtes et gens, se mit à courir après l'autre cheval qui se sauvait à travers la plaine, dans la direction d'un petit bois situé à quelque distance; prenant un chemin plus court, Victor pénétra dans le bois, et y trouva le cheval, qui s'y était arrêté à manger des feuilles. Il n'eut pas de peine à s'en emparer; il monta dessus, et le conduisit à l'auberge de la poste, où il pensait bien qu'on viendrait le réclamer. Chemin faisant, il rencontra l'homme qu'il avait sauvé; celui-ci lui témoigna sa reconnaissance, et lui apprit que le cavalier à qui il avait eu affaire était un capitaine westphalien au service de France, qui venait de faire la guerre en Espagne, et allait rejoindre en Autriche le régiment dans lequel il devait entrer; l'homme ajouta qu'il était son domestique, et que, sur une querelle qu'ils avaient eue en route, son maître, le plus colère des hommes, avait voulu lui passer son sabre au travers du corps; qu'il en avait assez de son service, et s'en allait de son côté. Victor lui souhaita bon voyage, et se rendit à l'auberge, où le capitaine arriva peu de temps après lui, jurant et tempêtant. Comme il descendait de cheval, toujours en colère, il aperçut Victor qui tenait celui de son domestique par la bride; aussitôt il se mit à crier : « Ce coquin-là veut encore me voler mon cheval ! » et il allait courir sur Victor. On eut beaucoup de peine à le retenir et à lui faire entendre raison. La joie de retrouver son cheval l'adoucit un peu, il se contenta de dire : « De quoi diable te mêlais-tu ? Pourquoi m'as-tu empêché de tuer mon coquin de domestique? — Plaignez-vous donc, » répondit Victor, « sans moi, vous auriez un cheval de moins et fait une sottise de plus. »

Le capitaine se mit à rire; et après avoir parlé à l'aubergiste : « Veux-tu entrer à mon service ? » dit-il à Victor : « Où allez-vous, capitaine? — A Vienne. — Quand partez-vous? — Dans deux heures. — Soit : je vous suivrai tant que cela se pourra. »

Ils convinrent de leurs conditions, et Victor courut informer M. Leblanc de tout ce qui venait de se passer.

Celui-ci, comme Victor l'avait prévu, éprouva un serrement de cœur en apprenant que son élève voulait le quitter; mais les âmes fortes savent soumettre leurs sentiments à la raison : M. Leblanc, surmontant les siens, approuva la résolution de Victor : « Nous pouvions espérer trouver mieux, » dit-il, « mais c'est faiblesse que de trop sacrifier à l'espérance. Il ne faut maintenant regarder que ce qui se présente devant nous. Mon ami, vous êtes-vous formé un plan de conduite pour votre situation actuelle? — Aucun, » dit Victor, « si ce n'est de ne jamais reculer devant le travail, quelque dur qu'il soit, ni devant une occasion de faire le bien. »

M. Leblanc l'embrassa étroitement. « Allez, mon fils, la bénédiction du ciel soit avec vous... Que vous faut-il pour votre voyage?—Rien,» répondit Victor; « à compter de ce moment, je veux tout devoir à moi-même. » Puis, serrant avec attendrissement la main de M. Leblanc : « Si je n'étais pour vous qu'un objet de pitié, j'aurais droit aux secours que vous donnez aux malheureux; mais je suis votre fils, je dois vous aider à économiser pour eux. » Il ajouta d'un ton ferme : « Je n'ai réellement besoin de rien; à mon âge, on peut toujours gagner sa vie, et s'il m'arrivait un moment de détresse insurmontable, je sais où vous trouver. — Autant que vous le pourrez, » dit M. Leblanc, « ne me laissez jamais ignorer où vous serez. — Je voyagerai sous l'œil de la Providence et sous le vôtre. »

Après s'être embrassés, ils se séparèrent comme des amis, espérant se revoir en des temps plus heureux, et pleins d'une sainte confiance dans la Providence.

X

SUITE DE L'HISTOIRE DE VICTOR

LE DOMESTIQUE

Après avoir pris congé de M. Leblanc, Victor s'empressa d'aller rejoindre son maître, qui lui avait donné deux heures pour se préparer ; et quoiqu'il fût en avance d'un quart d'heure, le capitaine n'en jurait pas moins en l'attendant ; il l'apostropha même avec des expressions de colère. Victor, pour toute réponse, lui montra l'heure, et l'irrita encore davantage ; mais il laissa tranquillement passer la bourrasque; après quoi il lui dit d'un ton très froid :

« Mon capitaine, je suis exact, mais je ne sais pas faire qu'une heure trois quarts soit deux heures. Vous ne me trouverez jamais en faute. Si cela ne vous suffit pas, veuillez me le dire, pour que je cherche une autre condition. — Allons, allons, » répondit le capitaine, « tu fais le fier parce que j'ai besoin de toi. — Mon capitaine, au moment où j'aurai le plus besoin de vous, il n'en sera ni plus ni moins. »

Le capitaine donna l'ordre à Victor de se prépare.

à partir, et ils se mirent en route. Ils voyagèrent pendant huit jours en assez bonne intelligence. Victor était si exact, si actif, et même si zélé à remplir ses devoirs, que son brutal de capitaine l'aurait pris en amitié, s'il n'avait été contrarié de son air froid et réservé, qui le gênait dans les accès de violence auxquels il aimait à se livrer à propos de rien. Victor ne lui répondait que lorsque cela était nécessaire, et toujours d'un ton extrêmement respectueux, mais où l'on entrevoyait la détermination de ne pas se laisser maltraiter injustement; en sorte que le capitaine, qui criait toujours, se sentait contenu malgré lui et obligé de mettre fin à ses emportements. Le plus souvent ils se passaient sans que Victor eût l'air d'y prendre garde, continuant son service comme à l'ordinaire, à moins que le capitaine, furieux de crier tout seul, ne lui ordonnât absolument de répondre. Alors Victor prenant un ton tranquille: « Vous savez bien, mon capitaine, que je n'ai rien à répliquer à cela. » Et comme c'était la vérité, il fallait bien en finir; mais le capitaine en conservait quelquefois une impatience sourde, et ne cherchait que l'occasion de recommencer. Dans d'autres moments, l'activité, l'adresse de Victor, l'aisance avec laquelle il se tirait de tous les petits embarras d'un voyage, le lui rendaient si agréable, qu'il éprouvait pour lui une sorte d'affection.

Comme ils voyageaient par étapes, le capitaine ne manquait pas, chaque fois qu'il arrivait dans la maison où on devait le loger, d'entrer en fureur contre la chambre qu'on lui donnait, contre l'écurie où l'on mettait ses chevaux, contre le maître et les servantes. Aussi Victor prenait-il presque toujours les devants avec les billets de logement, pour faire tout préparer le mieux possible. Lorsque le capitaine trouvait à son arrivée la bouteille d'eau-de-vie sur la table, le maître de la maison lui offrant de trinquer avec lui, ce commencement d'attentions et de bons procédés le disposait bien; et s'il se fâchait ensuite, c'était toujours moins brutalement. Cependant, si Victor trouvait des hôtes mal disposés, qui, se souciant fort peu de contenter des gens qu'ils logeaient malgré eux, le recevaient lui-même assez mal, il ne s'emportait pas, mais il leur disait simplement : « Je doute que vous vous en tiriez avec mon maître aussi bien qu'avec moi. » Et quand le capitaine, en arrivant, entrait dans ses fureurs habituelles, tirait son sabre et voulait tout briser, que le maître et lui étaient près de se prendre à la gorge, alors la femme et les enfants tout en pleurs appelaient Victor, qui finissait, tant bien que mal, par apaiser le trouble. Pour sa part, il n'exigeait rien, se prêtait à tout, comme un homme au-dessus de ces sortes de choses. Toujours prêt à rendre service, il ne montrait dans son obligeance rien de servile ni d'empressé. Comme il n'était familier avec personne, personne ne l'était avec lui, et on l'avait à peine vu une heure, qu'on ne s'avisait plus de le traiter comme un domestique ordinaire.

Ils eurent à traverser un jour un pays si pauvre, qu'ils ne purent trouver un gîte passable pour se reposer; le temps était affreux : ils furent toute la journée exposés à la pluie, à la neige, à la grêle, et avec cela des chemins détestables; le capitaine, désespéré, aurait donné tout au monde pour avoir une occasion de s'emporter contre quelqu'un. Enfin ils arrivèrent à la couchée. Le logement qu'on leur indiqua était au bout d'une longue rue boueuse, inégale, où les chevaux enfonçaient à chaque instant dans des trous dont ils avaient grand'peine à se tirer. Le capitaine enrageait; et comme il n'avait que son cheval à maltraiter dans un moment de colère il lui donna de tels coups d'éperons, que l'animal d'un bond le lança par-dessus tête à six pieds devant lui, dans une ornière heureusement pleine de boue, où il ne se fit aucun mal. Après ce beau coup, le cheval s'enfuit, et tandis que Victor courait après, le capitaine se releva dans un état de fureur difficile à exprimer. Il se rendit au plus vite chez les gens qui devaient le loger, et là fit éclater la colère qui bouillonnait depuis si longtemps. Quand Victor arriva avec le cheval qu'il avait rattrapé, il trouva tout sens dessus dessous, les enfants cachés, leur mère d'autant plus effrayée que son mari était absent pour un voyage de deux jours, le valet, la servante ne sachant où donner de la tête ni par quel bout s'y prendre pour servir plus tôt le capitaine, qui gesticulait au milieu d'eux, jurant, menaçant, le sabre à tout moment levé. En voyant arriver son cheval, une partie de sa colère se tourna fort heureusement sur lui; pendant qu'il l'assommait de coups, on acheva de préparer une chambre; il se lassa enfin de frapper son cheval, regrettant, disait-il, qu'il lui eût coûté trop cher pour se donner le plaisir de lui casser la tête.

Il se rendit dans sa chambre avec Victor, cherchant de tous côtés une occasion d'exhaler sa colère. En passant près d'un rideau, son pied heurte contre quelque chose; il écarte le rideau avec violence : c'était un berceau dans lequel était couché un enfant qu'on n'avait apparemment pas eu le temps d'enlever. « Jette-moi cela par la fenêtre! » dit-il à Victor d'un ton furieux. « Je vais plutôt les avertir de l'emporter. — N'y va pas! » crie le capitaine en s'élançant vers la porte pour empêcher Victor de sortir. « N'y va pas! Je veux que tu me jettes cela par la fenêtre. — Non, mon capitaine, je n'en ferai rien. — Si tu ne m'obéis pas, je l'y jetterai, moi! — Ni l'un ni l'autre, mon capitaine. » Et se plaçant devant le berceau, il étend les bras pour empêcher le capitaine d'approcher. Alors celui-ci s'élance sur un fouet pour en frapper Victor, qui saisit un des pistolets de voyage déposés sur la cheminée. « Misérable! » crie le capitaine, « tu veux m'assassiner! — Non, capitaine; voici l'autre, défendez-vous. » Et prenant le pistolet par le canon, il le lui présente. « Me défendre contre un coquin de ton espèce! ta cervelle va d'abord sauter. » Il se jette sur le pistolet. « Si vous tirez, » dit Victor, « ayez soin de me tuer, ou vous êtes mort. »

Ces mots prononcés avec sang-froid, la contenance assurée de Victor, qui tenait toujours son pistolet armé, font reculer le capitaine; il s'aperçoit que ses menaces ne produisent aucun effet; il commençait déjà à se calmer, tout en murmurant quelques injures, quand une servante entre dans la chambre; voyant deux hommes le pistolet à la main, elle s'enfuit en poussant un cri qui fit accourir la maîtresse et plusieurs voisins attirés par le bruit des premières menaces du capitaine. En un instant, la chambre fut remplie de monde.

« Que me veut cette canaille? » s'écrie le capitaine, dont la fureur ne connaît plus de bornes; et toujours le pistolet à la main, il veut s'élancer sur la foule, qui s'enfuit épouvantée. Un enfant, venu avec les autres, tombe en travers de la porte. Le capitaine, ne se possédant plus, va marcher sur lui; Victor le repousse violemment. Dans ce moment, le capitaine laisse partir son pistolet, mais n'atteint personne: se sentant désarmé, il veut sauter sur son sabre; Victor, plus leste que lui, s'en empare, et se plaçant en travers de la porte : « Maintenant, mon capitaine, je suis le maître; capitulons et finissons tout ceci. »

Le capitaine se répand en injures, mais il n'est pas le plus fort. D'ailleurs les fuyards, que le coup de feu avait attirés de nouveau, reviennent doucement regarder à travers la porte. Victor tâche inutilement de faire entendre raison à son maître; il le tient en respect, et l'empêche de s'avancer vers la foule des voisins, des femmes et des enfants, que ses moindres mouvements font reculer. Enfin le bourgmestre, qu'on était allé chercher, arrive, et tous ceux qui étaient là, rassurés par la présence de leur magistrat, entrent avec lui dans la chambre.

Le bourgmestre, voyant Victor armé, croit que c'est lui qui a excité ce tumulte, et se dispose à l'arrêter; mais tous s'écrient qu'il a cherché au contraire à les défendre; le capitaine lui-même trouve mauvais qu'on veuille arrêter son domestique et se mêler de ses querelles; il s'emporte contre cette canaille, contre le bourgmestre qui l'a si mal logé; et une nouvelle dispute allait s'élever, quand quelqu'un s'écrie : « Eh! c'est le capitaine Friedmann. »

C'était un homme de sa connaissance qui revenait de France; connaissant aussi le bourgmestre, il s'était arrêté chez lui en passant, et l'avait suivi par curiosité au moment où l'on était venu le chercher. Il présente le capitaine au bourgmestre, qui alors se confond en politesses, et lui propose de venir loger chez lui. Enchanté, et dans l'espoir d'un meilleur gîte, le capitaine accepte avec empressement, et s'imaginant qu'on oublie ses fureurs, comme il les oublie lui-même, ordonne à Victor de le suivre.

« Capitaine, » dit Victor, « je ne suis plus à votre service. — Ah! coquin, tu vas aussi t'aviser de me quitter comme les autres! veux-tu bien me suivre? — Non, mon capitaine, » répond Victor d'un ton ferme; « et si je vous quitte, c'est précisément pour n'être pas exposé à des insultes que je ne supporterais pas. Ainsi, finissons-en sans colère; payez-moi ce que vous me devez, et séparons-nous bons amis. — Ce que je te dois! Oses-tu bien me réclamer ce que je te dois? — Le prix de quinze jours de service, capitaine. Cet argent, vous me le devez; ainsi, il est juste que vous me le payiez, » ajouta-t-il d'un ton qui prouvait combien cette nécessité lui était pénible.

Le capitaine s'emporte, jure que, s'il le quitte, il n'aura rien : l'ami du bourgmestre, pour tout concilier, dit au capitaine : « Je vous trouverai un autre domestique. » S'adressant à Victor : « Soyez tranquille, mon garçon, on vous payera. — Ce n'est pas à vous, monsieur, que j'ai l'honneur d'avoir affaire, » reprend Victor d'un ton fier; et mettant la main sur la valise du capitaine, que celui-ci se préparait à emporter : « M. le capitaine doit me payer, et je ne suppose pas que M. le bourgmestre soit venu pour empêcher qu'on ne me rende justice. »

Le bourgmestre se trouvait embarrassé, ainsi que le capitaine, qui aurait voulu pour beaucoup être hors de cette maison, où il avait joué un assez triste rôle; d'ailleurs on commençait à murmurer autour de lui. Il prend donc son parti, fait en grommelant le compte de Victor, lui jette l'argent de ses gages sur la table, et descend dans la cour, où l'on s'empressait de harnacher ses chevaux; il monte sur le sien, donne celui de Victor à l'ami du bourgmestre, et disparaît. Les gens de la maison, enchantés d'être débarrassés du capitaine, proposent à Victor de souper et de coucher chez eux, ce qu'il accepte de grand cœur.

Les fatigues du jour l'avaient profondément endormi, lorsque, vers la fin de la nuit, il est réveillé par un grand cri : au feu! Il se lève, et voit la chambre éclairée par la lueur d'un embrasement. Dans le désordre occasionné par l'arrivée du capitaine, on avait, sans y prendre garde, jeté derrière le poêle des objets combustibles : ils s'étaient insensiblement échauffés, et avaient communiqué le feu à la maison, presque toute bâtie de bois; elle était déjà à moitié embrasée, lorsqu'une servante, éveillée par l'odeur de la fumée, se hâta de jeter l'alarme. Un vent froid et sec avait succédé à la pluie de la journée et augmentait la violence de l'incendie. Victor passe à la hâte un vêtement, se précipite hors de sa chambre, et rencontre la maîtresse de la maison tenant dans ses bras l'enfant qu'elle nourrissait; elle était à genoux et presque évanouie au pied de l'escalier à moitié embrasé qui conduisait à la chambre où couchaient les deux aînés. Vivement ému par les cris du plus âgé, qui implore des secours, Victor ne consulte que son courage; il s'aperçoit que les marches, atteintes déjà par les flammes, offrent encore un espace suffisant pour y poser le pied; il s'élance en disant : « Ne craignez rien. » Et la pauvre mère, ranimée par ce sublime dévouement, jette un cri d'espérance et d'effroi.

Victor traverse les flammes, qui n'avaient pas encore gagné le haut de l'escalier; il trouve l'aîné des enfants, âgé de dix ans, qui se tordait les bras dans un accès de désespoir. « Viens! » lui dit Victor, « nous nous sauverons par la fenêtre. » L'enfant, que la vue d'un sauveur a rendu à la vie, entre avec lui dans la chambre, dont le plancher brûle déjà en dessous et laisse échapper une épaisse fumée. Victor court au lit, où le plus jeune, âgé de quatre ans, gémissait, le visage tourné contre son matelas pour échapper à la fumée qui l'étouffe et l'aveugle; il arrache les draps et les noue ensemble, afin de s'en servir pour descendre. Les flammes l'éclairent; l'aîné des enfants l'aide à décrocher un rideau; leurs vêtements, les cordes de leurs toupies, tout ce qui peut servir à allonger le lien est employé. Victor y attache le plus jeune des enfants, et le porte à la fenêtre. L'aîné veut descendre avec son frère; mais il est impossible que le lien les supporte tous deux; l'enfant va se jeter sur le lit, et pousse des cris déchirants; Victor sent que le danger augmente : il n'y a pas une minute à perdre; déjà le plancher lui brûle les pieds; déjà il en sort, par intervalles, des bouffées de flammes qui éclairent la chambre d'une affreuse lueur, et arrachent au malheureux enfant des cris de douleur. Ce que Victor éprouve, on ne pourrait le rendre; cependant, il fait son devoir, et affermit son courage par l'idée de la nécessité; il ne demande au ciel que le temps d'achever l'œuvre qu'il a commencée.

Enfin le plus jeune des enfants est parvenu en bas. « Viens, c'est ton tour, » crie Victor à l'aîné. Celui-ci se précipite sur la fenêtre; plus fort que son frère, il glisse et descend le long des draps. Victor le suit des yeux, et veut profiter, à son tour, du même moyen de salut; mais, au moment où l'enfant allait toucher à terre, le lien que Victor avait à peine eu le temps de fixer à la fenêtre, se détache et lui échappe des mains. Au même instant un affreux craquement se fait entendre, le plancher s'enfonce; Victor a eu le temps de sauter sur la fenêtre, des

Lefèvre del.

Mlle ... sc.

Il se recommande à Dieu et s'élance.

P. 1 ... pièce

tourbillons de flammes l'enveloppent; des pans de murs s'écroulent autour de lui avec un fracas horrible, celui qui le soutient encore va bientôt céder : Victor n'a plus qu'un parti à prendre, il se recommande à Dieu, et s'élance à terre.

Dieu l'a protégé : des matelas, des bottes de paille et de foin, jetés dehors pour que la violence du feu n'en soit pas alimentée, ont formé à quelque distance de la fenêtre un tas assez élevé ; Victor tombe dessus, et se relève sans blessures ; on l'avait cru perdu, on l'entoure en poussant des cris de joie. La pauvre mère, ivre de bonheur au milieu de toutes ses calamités, se jette à ses genoux qu'elle embrasse; et Victor, retraçant dans son esprit tous les événements de sa vie passée, remercie le ciel, remercie M. Leblanc de lui avoir conservé des jours qu'il a déjà su rendre utiles.

Cependant il se hâte d'aller se joindre aux gens du village, accourus pour tâcher d'arrêter les progrès de l'incendie. La direction du vent en avait jusqu'alors préservé les habitations voisines; d'ailleurs elles ne communiquaient à la maison enflammée que par des constructions basses et de peu d'importance. Ces communications furent bientôt coupées : au bout de quelques heures tout fut éteint, mais tout était consumé. On avait cependant sauvé le bétail de la malheureuse famille, quelques meubles, quelques provisions d'hiver. Les habitants du village, enchantés d'avoir échappé à l'incendie, s'empressaient de recueillir les incendiés et de leur procurer tous les soulagements en leur pouvoir.

Victor était l'objet de la reconnaissance générale; il s'était exposé plusieurs fois avec un courage, un dévouement qu'on n'aurait pu attendre des gens du pays. Grâce à son extrême agilité, il n'avait reçu qu'une légère blessure : un morceau de bois enflammé lui était tombé sur l'épaule, et lui avait fait à la main une brûlure qui présentait peu de gravité; mais l'argent et les quelques effets qu'il possédait avaient été perdus dans les flammes; ce qu'il portait même sur lui était à demi consumé. Chacun venait lui faire des offres; mais Victor, en montrant la pauvre famille, disait : « Faites pour eux ce que vous voudriez faire pour moi. »

Le capitaine était parti; il avait même été obligé de s'éloigner assez précipitamment, ayant été averti qu'on l'accusait dans le village d'avoir mis le feu. L'ami du bourgmestre, le même qui avait reconnu le capitaine, était resté; il était un de ceux qui avaient travaillé avec le plus de zèle et de courage à éteindre l'incendie. Il s'appelait Spalberg : c'était un homme d'environ trente ans, d'une figure spirituelle, actif et dégagé, ce qui est assez peu commun chez les Allemands. La manière dont Victor s'était conduit en deux occasions différentes avait inspiré à Spalberg du penchant pour lui; et quoique leur situation parût différente, la part commune qu'ils avaient prise aux mêmes travaux les avait rendus familiers. D'ailleurs Spalberg avait l'air de ce qu'on appelle un bon enfant, ne s'arrêtant pas beaucoup à la différence des conditions. Quand le feu fut entièrement éteint, il s'approcha de Victor, qui se reposait sur une pierre, tout en mangeant un morceau de pain que lui avait donné un des habitants.

« Entrons là-bas, » lui dit-il en lui montrant de loin une espèce d'auberge, « nous nous rafraîchirons. » Victor lui répondit en souriant : « Je n'entre pas dans les endroits d'où je ne puis sortir sans payer. — Soyez tranquille, » dit Spalberg en lui frappant sur l'épaule, « vous n'y resterez pas faute d'argent. — Soit; il faut bien que, pour aujourd'hui, l'on se charge de moi. Demain, j'aurai peut-être trouvé à gagner le pain de la journée. — Je m'en charge, venez. »

Victor, touché de sa bienveillance, le suit; ils entrent dans l'auberge, où Spalberg se fait donner ce qui se trouve de plus passable, et se met à table avec Victor, qu'il traite familièrement et en camarade. Victor s'en étonnait un peu; car, enfin, Spalberg l'avait vu au service du capitaine Friedmann, et ne pouvait savoir s'il s'élevait au-dessus de son état apparent, au moins par l'éducation, qui fait la véritable distinction des hommes. Si Spalberg lui eût dit : « Vous vous êtes conduit en homme de cœur, en homme de bien; il y a des occasions où nous sommes tous camarades, » Victor aurait trouvé cela tout simple; mais la familiarité de Spalberg lui paraissait tenir beaucoup moins à l'élévation et à la générosité des sentiments qu'à l'insouciance de son caractère. Spalberg ne s'embarrassait pas si Victor avait mérité son estime; il lui avait plu, et cela lui suffisait.

« Camarade, » lui dit-il en déjeunant, « vous ne

me paraissez pas très riche. — Je le suis autant qu'un homme qui n'a rien, » répondit Victor. « Rien que des dettes, » ajouta Spalberg d'un ton léger, « car il me semble que je vous l'ai entendu dire au capitaine. Ah! cela ne charge pas en voyage. — C'est cependant ce qui me pèse le plus. — On allége beaucoup ce poids-là, en laissant les dettes d'un côté, et en courant le monde d'un autre. Quelque part que je sois, je ne connaîtrai jamais qu'un seul moyen de m'en débarrasser. — A la bonne heure, mon cher, chacun a son goût. Mais, dites-moi, comment se fait-il qu'à votre âge et avec de l'esprit vous vous trouviez sans autre bien qne des dettes, réduit à servir un brutal comme Friedmann? — Ce serait trop long à raconter. Toujours est-il qu'il m'a fallu quitter mon premier métier pour prendre celui qui se présenterait. — Bon! on quitte un métier, on en prend un autre, tout cela n'est rien; j'en ai fait plus de dix. Mais savez-vous que devant le feu vous ne reculez pas? — J'ai fait comme vous; ces pauvres gens, il fallait bien les secourir. — Ma foi, mon cher, je n'ai guère songé à cela. — A quoi donc songiez-vous? — Je ne saurais trop le dire. J'ai bien été quelquefois au feu; je me suis jeté à l'eau, comme un autre, pour sauver des gens qui y étaient tombés; le diable m'emporte si jamais je me suis occupé de ceux qui se brûlaient ou se noyaient; non : on va là comme on va partout, comme j'ai été à des batailles où je n'avais que faire, parce qu'il n'est pas naturel de rester en place. »

En ce moment, une députation des gens du village

vint les trouver. Le bourgmestre avait dressé une supplique, au nom des incendiés, pour qu'il leur fût accordé quelques secours; mais, plusieurs des emplois du pays étant alors occupés par des Français, on aurait désiré que la supplique fût présentée en français, et le bourgmestre n'en connaissait pas un mot : on supposait que Spalberg devait le savoir. « Ma foi, » dit Spalberg, « je parle tant qu'on veut le français, l'italien, l'espagnol; mais le diable m'emporte si je sais aucune de ces langues! »

Victor se proposa; et au lieu de traduire la supplique du bourgmestre, il leur en fit une autre beaucoup plus touchante, qu'il leur expliqua en allemand, et qu'ils emportèrent.

Spalberg avait remarqué l'écriture de Victor; elle était très belle, mais ne ressemblait nullement à l'écriture allemande. «Camarade,» lui dit-il aussitôt que les paysans furent partis, «vous parlez singulièrement bien l'allemand pour un Français; et vous écrivez mieux encore le français pour un Allemand : de quel diable de pays êtes-vous donc? — Qu'importe le pays de celui qui ne possède rien? — Ma foi, vous avez raison, je serai du pays qu'on voudra. Il faut pourtant que je termine mes affaires dans celui-ci. Mais venez, que nous trouvions à vous nipper un peu mieux; quelque brave que l'on soit, encore, pour se montrer, faut-il avoir des vêtements décents. »

Victor en convint en souriant, et suivit Spalberg chez le bourgmestre. Tout en marchant, il réfléchissait sur le caractère singulier de son nouveau compagnon, qui lui paraissait être un assez mauvais sujet, et pourtant assez brave homme. Victor, en toute autre occasion, ne se fût certainement pas adressé à Spalberg pour lui demander des services ; mais, en ce moment, il n'avait pas à hésiter : il sentait bien que, quelles que soient ses liaisons, un homme ferme est toujours le maître de sa conduite. D'ailleurs Spalberg lui montrait une sorte d'affection dont il lui savait gré.

En arrivant, Spalberg ouvrit sa malle. Victor ne voulut prendre qu'une mauvaise veste de voyage. « Quelle diable d'idée ! » dit Spalberg en la lui retirant des mains. Puis, lui présentant un habillement propre et complet : « Tenez, mon cher, endossez-moi cela ; puis faites-vous appeler *Monsieur Burkheim*, ou même *Monsieur de Burkheim*, si vous l'aimez mieux, et vous serez le garçon le mieux tourné pour faire fortune. — Je ne demande pas mieux que de faire fortune, » dit Victor avec un sourire; mais avant tout, il faut avoir de quoi manger. C'est, je crois, ce que Thomas Burkheim, avec des bras et du courage, trouvera partout. Mais sous cet habit-là, M. Burkheim serait obligé d'être un peu difficile. — Il ne faut pas l'être, mon cher : c'est une sottise; quelquefois pourtant il n'y a pas de mal d'en avoir l'air. Quand on ne demande que du pain, personne ne vous offre autre chose. Ne vous occupez de rien, je vous mettrai dans le bon chemin. — Comment cela? — Nous verrons : laissez-vous seulement conduire. — Je ne me laisse pas conduire, » dit Victor d'un ton sérieux, « à moins de savoir où l'on me mène. »

Comme on le voit, Victor se méfiait beaucoup des moyens de fortune que pourrait lui trouver Spalberg. « Ma foi, si je vous le disais, » répondit Spalberg avec humeur, « vous en sauriez autant que moi. — A la bonne heure, chacun a son goût, comme vous le disiez tantôt. Trouvez donc bon que je suive le mien, » continua-t-il en voulant reprendre la vieille veste ; « vous m'aurez toujours rendu un bien important service. — Ce sont là des sottises, des enfantillages, » dit Spalberg en colère, et en lui arrachant la veste, qu'il jeta à l'autre bout de la chambre ; « si votre goût est pour les guenilles, le mien n'est pas de faire de ces présents-là. »

En parlant ainsi, Spalberg marchait dans la chambre avec agitation, partagé entre le dépit de ne pas trouver Victor tel qu'il l'aurait voulu, et le penchant qu'il se sentait pour lui. Victor, de son côté, appuyé sur le dos d'une chaise, le regardait sans dire mot, assez embarrassé de ce qu'il avait à faire. Il lui répugnait de désobliger Spalberg, qui avait été bon et serviable pour lui ; mais il ne voulait pas contracter des engagements trop sérieux avec un homme dont la morale lui était au moins suspecte.

Enfin Spalberg, s'étant arrêté, lui dit : « En finirez-vous ? — Monsieur Spalberg, je vous dois déjà trop, ne fût-ce que pour la bonne volonté que vous me témoignez ; mais, puisque je ne puis rien reconnaître de ce que vous feriez pour moi, permettez-moi de n'accepter que ce qui m'est indispensable. — Il n'est pas question de reconnaissance, » dit brusquement Spalberg, « tout cela ne signifie rien. Au reste, » ajouta-t-il après un instant de réflexion, «vous pouvez, si vous le voulez, me rendre un service. Mes comptes d'Espagne, pour des fournitures que j'ai faites au régiment dans lequel servait Friedmann, ne sont pas encore terminés; il y a des pièces perdues; c'est le diable à démêler. Ils refusent, en attendant, de me payer ce qu'ils me doivent. Venez avec moi à Cassel, vous m'aiderez à débrouiller tout cela, et puis nous trouverons peut-être moyen de vous placer.»

Victor accepta : il y aurait eu de l'ingratitude et de la déraison à refuser une chose qui paraissait obliger Spalberg, et ne l'engageait lui-même à rien de contraire à ses principes.

Spalberg reprit sa bonne humeur; ils convinrent de partir dès que son cheval aurait mangé, et Victor alla prendre congé des pauvres incendiés.

Il les trouva sur l'emplacement où était naguère leur maison, occupés à chercher s'ils ne retrouveraient pas dans les décombres quelques débris qui pussent leur être utiles. Après le premier moment de consolation que lui avaient fait éprouver l'assistance de ses voisins et le bonheur d'avoir conservé ses enfants, la pauvre mère avait perdu tout courage. Elle pleurait amèrement, serrant dans ses bras le plus jeune de ses fils, et songeant à la douleur de son mari, lorsqu'à son retour il trouverait sa maison brûlée. Victor tâchait de la consoler, en lui parlant des soins qu'il se donnerait à Cassel pour lui obtenir des secours; mais elle ne pouvait se livrer à l'espérance, et lui montrant ses enfants à demi couverts de méchants vêtements qu'ils devaient à la compassion des voisins : « Ah! monsieur, je vous dois beaucoup de me les avoir sauvés; mais, s'il faut que je les voie dans la misère!... » Et ses larmes redoublaient.

En ce moment une voiture de poste traversait le village; le voyageur, voyant du monde rassemblé et les débris fumants d'une maison, fit arrêter les chevaux et s'informa de ce qui était arrivé; on s'empressa de lui raconter les événements de la nuit. On voyait, à la vivacité que chacun mettait à l'intéresser au sort des incendiés, l'espérance qu'avait fait naître chez ces pauvres gens la présence d'un homme qui paraissait jouir des avantages de la fortune. Il était descendu de voiture, suivi de sa fille, jeune personne d'une figure aimable et douce. Le père se faisait aussi remarquer par un air de bonté répandu sur sa physionomie et dans toutes ses manières. Il s'approcha de la mère, et bientôt les yeux de cette pauvre femme exprimèrent la consolation et la joie. Elle lui montra Victor, qui, en ce moment, retenait près de lui les deux enfants pour les empêcher d'approcher trop près des chevaux. L'éloge de Victor fut aussitôt dans toutes les bouches. L'étranger vint à lui, et appelant sa fille qui caressait le petit enfant dans les bras de sa mère : « Hélène, toi qui aimes tant les gens courageux, voilà monsieur qui, au péril de sa vie, a sauvé la nuit dernière ces deux pauvres enfants. » Hélène regarda Victor avec un mélange de timidité et d'affection, dont celui-ci fut extrêmement touché. « Vous avez perdu, dans cet incendie, tout ce que vous possédiez? » continua l'étranger. « Ce que je possédais, » dit Victor en souriant, « était si peu de chose! — Serais-je assez heureux pour qu'il fût en mon pouvoir de vous être utile? — Je vous remercie, » dit Victor, qui en ce moment sentait quelque regret d'être engagé avec Spalberg; « mais vous me rendrez, monsieur, un véritable service, en venant au secours de ces pauvres gens. C'était un poids bien lourd que celui de ce malheur auquel je ne pouvais plus rien. Permettez que ma reconnaissance compte pour quelque chose, au milieu de leurs bénédictions. — Je voudrais pourtant bien, » dit l'étranger avec effusion, la mériter par quelque chose qui vous fût personnel et qui vous prouvât l'estime que je porte à un brave jeune homme comme vous. » Victor ne répondit que par une inclination. « Eh bien! » dit l'étranger, « ce que je pourrai ajouter au peu que j'ai fait pour eux, ce sera à votre intention, je veux qu'ils vous le doivent. » Un sourire de Victor exprima sa reconnaissance.

« Mon Dieu, » dit la jeune fille avec une extrême vivacité, mais en rougissant, « je leur ai donné tout ce que j'avais; je voudrais pourtant bien trouver encore à leur offrir quelque chose pour vous. » Elle réfléchit un instant, dit précipitamment quelques mots à l'oreille de son père, qui parut l'approuver, et courant à la voiture, elle en rapporta une petite boîte qui contenait deux couverts d'argent. Alors s'arrêtant tout embarrassée : « Ils sont à moi, » dit-elle : « c'est un cadeau de ma grand'maman, quand je suis entrée en pension. » Confuse de ce qu'elle venait de faire, à peine osa-t-elle jeter un regard timide sur Victor, en lui offrant la petite boîte, qu'il remit sur-le-champ à la pauvre femme. Ému de l'action d'Hélène, de la grâce touchante qu'elle y avait mise, il ne put que lui dire avec attendrissement : « Dieu vous bénisse comme vous le méritez et comme je le désire. » Et la jeune fille parut sensible à son remerciement.

Ils se séparèrent. L'étranger remonta en voiture; Victor alla rejoindre Spalberg; content d'avoir contribué à secourir et à consoler la pauvre famille, mais le cœur un peu serré en pensant qu'il avait manqué l'occasion de former peut-être des relations avec des personnes dont les sentiments lui paraissaient si conformes aux siens, et dont il se croyait capable de gagner l'estime.

Ces idées l'attristèrent. En revoyant Spalberg, il fut encore plus frappé de son ton léger et décousu, et du défaut de dignité qu'il avait déjà remarqué dans ses manières. Il se sentit comme un poids sur la poitrine. Mais il n'était pas homme à se laisser aller à la faiblesse : il se dit que, dans le genre d'existence où il se trouvait jeté par sa propre faute, il devait essuyer bien des peines, bien des privations et des mécomptes; l'unique ressource qu'il eût contre l'adversité, n'était-ce pas de s'accoutumer à rester indifférent à la bonne comme à la mauvaise fortune? Voué uniquement à la vertu, nul autre intérêt ne devait lui être permis.

Ces idées avaient toujours le pouvoir d'élever Victor à un degré surprenant de force et de résignation; il sourit à son propre chagrin, et reprit toute sa sérénité.

XI

UNE RESOLUTION

Henri et Raoul s'étaient tellement intéressés aux aventures de Victor, qu'après la lecture, durant tout le reste de la journée, son histoire, ses divers sentiments, faisaient le sujet de leurs entretiens. Ils vivaient pour ainsi dire avec lui, et il était devenu pour eux l'objet d'une affection véritable.

Jules commençait à trouver ennuyeux d'écouter aussi longtemps; les conversations de M. Leblanc avaient paru un peu sérieuses; et bientôt il avait pris le parti de ne plus sacrifier sa récréation à entendre des récits qui ressemblaient un peu trop à une leçon.

Quant à Joseph, il prit le parti, presque dès les premières lectures, de tourner tout en ridicule; en sorte que la dernière surtout, à laquelle le principal n'avait pas assisté, avait été très pénible pour les deux amis, par les lazzis que Joseph s'était amusé à y entremêler presque à chaque ligne, contrefaisant avec emphase le ton de Raoul, quand quelque chose l'animait et donnait à son accent plus de vivacité, parodiant l'expression des sentiments les plus honnêtes, et cherchant à donner une couleur burlesque aux actions les plus nobles. Il en était même résulté une violente querelle, à la suite de laquelle Henri avait été presque aussi vif que Raoul; et, malgré le respect dû au lieu où ils se trouvaient, cette querelle se serait probablement terminée comme toutes les autres, si Raoul, le poing à demi levé, ne s'était retenu, en disant brusquement à Joseph : « Lâche que tu es! tu en prends à ton aise, parce que tu nous vois deux contre un. » Joseph se mit à rire, et la séance fut terminée; mais Henri et Raoul se proposèrent de prier le principal de leur confier le manuscrit pour l'achever ensemble; d'autant plus que ces réunions commençaient à être remarquées des écoliers et des professeurs, et que les deux jeunes gens, souvent interrogés par leurs camarades, redoutaient de se voir exposés à compromettre le secret de leur ami par leur silence autant que par leurs réponses. Ils mettaient donc un grand intérêt à faire cesser le plus tôt possible ce sujet de curiosité, craignant avec raison, si les questions se multipliaient, de ne pouvoir compter longtemps sur la discrétion de Jules, et encore bien moins sur celle de Joseph. Déjà, plus d'une fois, il lui était échappé des allusions si claires, que, pour des gens qui auraient eu le moindre soupçon de la vérité, elles auraient équivalu à une révélation du secret qu'il avait promis de garder.

Raoul, indigné de cette espèce de trahison, avait

sans cesse à dévorer les brusques mouvements d'une colère qui aurait trop bien servi la malignité de Joseph; celui-ci d'ailleurs ne cherchait à l'exciter que pour en obtenir une indiscrétion qui l'aurait débarrassé de la responsabilité du secret. C'était pour Joseph une grande satisfaction que de voir l'impétueux Raoul réduit à se taire, les yeux baissés, tandis que son sang s'allumait dans ses veines, qu'une vive rougeur couvrait son visage. Aussi Henri avait-il craint plus d'une fois que la patience de son ami n'y pût résister. Alors Jules, que Joseph avait facilement mis dans son parti, riait comme un espiègle qui voit faire une malice; les autres écoliers se demandaient ce que cela voulait dire, et Joseph les renvoyait à Raoul; celui-ci n'osait pas même se permettre de décharger sa colère sur les élèves qui lui faisaient cette question; aussi, son ressentiment contre Joseph était-il parvenu à un degré de violence qui devait nécessairement se manifester bientôt par quelque explosion.

Le lendemain du jour où ils avaient fait leur dernière lecture, comme les écoliers étaient à déjeuner dans la cour, on avait parlé d'un vol dans la ville; Joseph avait malignement observé que c'était probablement à bonne intention, et il ajouta avec une affectation d'ironie très marquée, en regardant Raoul et en appuyant sur chacun de ses mots : « Il y a des voleurs très vertueux, infiniment estimables,... et même fort aimables; n'est-ce pas, Foligny? »

Pendant ce temps, Raoul, les yeux fixés à terre, et tenant à la main un poinçon, dont il venait de se servir pour ouvrir un noyau de pêche, déchiquetait, avec une colère concentrée, l'écorce de l'arbre contre lequel il était appuyé; Joseph remarquait son agitation et se plaisait à l'augmenter. Henri n'était pas là. Enfin Raoul n'y tient plus, et, levant brusquement le bras et serrant avec force son poinçon : « Malitort! » s'écrie-t-il d'une voix altérée par la colère, « n'abuse pas plus longtemps de ma patience! — Ah! ta patience, » reprend Joseph d'un ton moqueur, « il faut pourtant bien que tu la conserves, et aussi longtemps qu'il me plaira. »

A ces mots, Raoul ne se connaît plus, il s'élance le poinçon levé sur Joseph, qui fait un saut de côté; plusieurs écoliers se jettent entre eux, retiennent Raoul, tandis que Joseph lui crie d'un ton railleur : « Il ne faut pourtant pas m'assassiner, Foligny : jusqu'à présent je ne te croyais d'admiration que pour les voleurs. »

Ces mots ont fait monter à son comble la fureur de Raoul; un violent effort le délivre des mains de ses camarades; un professeur âgé et respectable accourt et veut le désarmer; Raoul résiste, le poinçon tombe à terre; pour le ramasser, Raoul repousse et renverse le professeur, puis court à Joseph, qui n'avait vu d'autre parti à prendre que de se réfugier derrière un arbre. Tandis qu'il tourne alentour pour éviter son ennemi furieux, on se jette sur Raoul, on lui arrache son poinçon. Le principal est absent, les professeurs se rassemblent et questionnent les écoliers sur la cause de la querelle; aucun ne peut donner des explications; Henri ne veut pas dire ce qu'il sait, et Jules est retenu par la crainte. Raoul, interrogé, et commençant à se calmer, garde un profond silence. On questionne aussi Joseph. « C'est à Foligny à parler, » dit-il avec une affectation ironique d'hypocrisie; « je ne m'y oppose pas. Je dirai même là-dessus tout ce qu'il voudra. » Puis, s'adressant à Raoul : « Te convient-il que je raconte les choses comme elles se sont passées? Parle donc; je n'attends que cela. — Lâche! » lui crie Raoul; et à demi-voix : « Oh! si on était arrivé un instant plus tard... — Quoi! Foligny, » dit Henri en lui serrant vivement le bras, « quoi! sur un ennemi désarmé! »

Raoul tressaille et rougit. Pour la première fois, il s'aperçoit qu'il allait commettre un crime et une lâcheté; il se laisse conduire sans résistance à la prison du collége, où l'on décide qu'il doit rester en attendant le retour du principal, que M. de Foligny, retenu par un nouvel accès de goutte, a fait prier de se rendre au château.

Cette prison était une chambre située au dernier étage, assez mal disposée, parce qu'on s'en servait rarement; il n'y avait même pas eu, depuis le rétablissement du collége, d'exemple d'une faute aussi grave. Raoul s'assit sur la table, qui, avec le bois de lit, composait tout le mobilier; il se mit à réfléchir sur sa conduite depuis quinze jours, sur les fautes accumulées, les humiliations dévorées, les punitions entassées sur sa tête; il sentit que tout cela lui était arrivé faute d'avoir su prendre un parti. Il avait raison; ce qui lui avait manqué, c'était le courage de rentrer dans son devoir; mais ce n'était pas ainsi que l'entendait Raoul. Il prenait les irrésolutions de sa conscience pour des faiblesses, et se dit qu'il serait un lâche s'il laissait aggraver sa position par le nouvel orage qui menaçait d'éclater, et s'il n'exécutait pas le jour même le projet qui, depuis si longtemps, flottait dans son esprit. Cette idée une fois fixée dans sa tête, il repoussa toutes les incertitudes, s'endurcit contre les scrupules, et travailla à s'étourdir d'une sorte d'ivresse de résolution et de courage.

Raoul ne songea plus qu'aux moyens d'exécuter son projet; ce qui lui était facile. La chambre où il se trouvait renfermé était, comme je l'ai dit, assez en désordre; la porte qui donnait sur le corridor était solide et munie d'une bonne serrure; mais il y avait une autre porte ouvrant sur un grenier où l'on faisait sécher le linge, et dont la serrure était depuis longtemps fort délabrée; on n'avait point songé à la réparer, la porte étant assurée du côté du grenier par deux gros verrous qui devaient être toujours fermés, mais qui ne l'étaient presque jamais, parce que la chambre de la prison fournissait aux gens de la maison un passage commode pour aller au grenier porter et chercher le linge, et pour communiquer à d'autres greniers donnant sur celui-là et servant à différents usages. Raoul examina la serrure et vit qu'un léger effort suffirait pour l'arracher; il s'assura avec un brin de paille, à travers une fente de la porte, que les verrous n'étaient pas fermés, et se promit de ne pas éveiller la moindre inquiétude sur sa soumission, de peur qu'on ne songeât à augmenter contre lui les précautions.

Du grenier on descendait par une échelle jusqu'à un escalier étroit conduisant à une très petite cour, qui avait une porte de communication avec la cour de la maison voisine; cette maison était une auberge de voituriers, où il entrait du monde à toute heure. La porte de communication n'avait point été condamnée, parce qu'elle abrégeait beaucoup le chemin pour se rendre en plusieurs endroits de la ville; on la tenait toujours fermée du côté du collége, mais jamais de l'autre côté, qui était une espèce de passage. Il était d'ailleurs extrêmement facile de se cacher dans cette cour, remplie toutes les nuits de plusieurs charrettes chargées.

Raoul avait remarqué toutes ces circonstances, surtout depuis qu'il nourrissait ses projets de fuite, projets que peut-être, sans sa dernière aventure, il n'aurait jamais réalisés. Il avait aussi, dans ces derniers temps, trouvé moyen de s'emparer de la clef du grenier pendant qu'elle était à la porte; on avait mis la disparition de cette clef sur le compte d'un domestique qui avait quitté le collége ce même jour pour suivre un voyageur, et qui devait l'avoir emportée par mégarde, en sorte qu'on ne s'en était pas inquiété; d'ailleurs, comme nous l'avons dit, la personne chargée de la surveillance dans le collége ayant été malade quelques jours, le service avait été négligé.

Raoul était donc à peu près sûr de réussir, sans beaucoup de peine, à s'évader du collége; quant à ses projets ultérieurs, voici, après bien des hésitations, à quoi il s'était arrêté. Quelques années auparavant, il avait accompagné son oncle, qui était allé, pendant les vacances, visiter la houillère de Petelange, auprès de Sarreguemines, dans le département de la Moselle. Cette visite avait singulièrement intéressé Raoul. Il avait examiné avec beaucoup d'attention le travail de la mine, et avait souvent répété qu'il pourrait être un très bon mineur. Selon son estimation, pour se rendre à Petelange, il y avait près de cinquante lieues à faire ; mais cette distance ne l'effrayait pas. Il se souvenait très bien de la route, savait le nom et se rappelait l'aspect de tous les endroits par où il avait passé, et se croyait sûr d'y retourner sans s'égarer. Il avait le projet, s'il y pouvait parvenir, de s'y engager comme ouvrier mineur, et de demeurer pendant un mois ou six semaines caché dans la mine parmi les ouvriers; il pensait se mettre ainsi à l'abri des recherches. On supposerait sans doute qu'il devait s'être éloigné, et l'on renoncerait à l'espoir de le trouver dans les environs; alors il devait quitter la mine et sortir de France. Cette partie de l'exécution de son projet, ainsi que les moyens de se rendre à la mine, étaient restés dans le vague, par la difficulté qu'il éprouvait à prévoir comment il pourrait trouver moyen de les réaliser. Il comptait sur son agilité, sur sa prudence, ou sur quelque hasard favorable ; car il n'osait espérer en la Providence.

Une fois hors de France, Raoul avait le dessein de se rendre dans un port de mer et de s'engager comme matelot sur quelque navire destiné à un grand voyage, ou à des découvertes.

C'est à partir de cet instant que son imagination commençait à travailler : après s'être présenté sous l'extérieur d'un homme du commun, il devait étonner tout le monde par son esprit, par son courage et par ses connaissances ; il ne pouvait manquer de s'élever rapidement, et comptait revenir ensuite couvert de gloire, possesseur peut-être d'une fortune considérable. Et comme cette perspective apaisait toutes ses amertumes, il songeait à se réconcilier avec son père, en se montrant plein de respect pour lui, alors qu'il n'aurait plus à redouter son autorité. Il se représentait l'étonnement et un peu aussi l'embarras de son père, quand il verrait ce fils tant maltraité revenir l'honneur de sa famille. Pour lui, il en usait en fils généreux, ne se rappelant le passé que pour convenir qu'il pouvait avoir eu quelques torts.

En ce moment de triomphe, disposé à l'attendrissement et à l'affection, il pensa qu'il ne serait pas bien d'avoir l'air de rompre tout à fait avec sa famille, et de partir sans faire connaître ses motifs, ni donner des espérances de retour. Il avait toujours sur lui un encrier, des plumes et du papier, surtout depuis qu'il s'occupait de projets de fuite. Il écrivit donc à son père la lettre suivante :

« Mon père,

« J'ai encouru votre disgrâce par de grandes fautes, j'en conviens ; « et je sens que vous avez dû me ju-

« ger bien coupable, pour me retirer, comme vous « l'avez fait, votre affection. Je ne puis vivre privé de « toute espérance de la regagner; je prends donc le « parti d'aller chercher loin d'ici quelque occasion « où je puisse me distinguer ; je tiens à vous prou- « ver que je ne suis pas indigne de partager la ten- « dresse que vous avez pour ma sœur, et qu'elle mé- « rite si bien par une douceur et une docilité qui ne « sont pas dans mon caractère.

« Je suis avec respect, etc. »

Il écrivit ensuite à Adrienne :

« Si je n'ai pas répondu à ta dernière lettre, ma « chère Adrienne, c'est que j'étais tout occupé d'un « grave projet, que je me suis enfin déterminé à « exécuter. La vie d'écolier ne peut plus me conve- « nir. Tu m'as souvent répété que tu désirais me « voir acquérir beaucoup d'honneur; que rien ne te « faisait autant de plaisir que d'entendre dire du « bien de moi : j'espère te donner un jour cette sa- « tisfaction, et te raconter les aventures où je me « serai trouvé. Peut-être aussi pourrai-je te rappor- « ter de mes voyages ou t'envoyer quelques jolies « choses; tu les recevras, j'en suis sûr, avec une « grande joie, comme marque du souvenir de ton « frère, qui ne cessera jamais de t'aimer, et qui t'em- « brasse de tout son cœur.

« RAOUL DE FOLIGNY. »

Il entendit monter, comme il achevait ces lettres; il les cacha soigneusement dans sa chemise. On venait le chercher pour le conduire chez le principal, de retour du château de Foligny.

Raoul s'empressa de satisfaire aux questions qui lui furent faites, et raconta les faits comme ils s'étaient passés. Le principal comprit bien que les premiers torts venaient de Joseph; mais, quoiqu'ils fussent de nature à lui attirer le blâme, la faute de Raoul demandait une punition qui servît d'exemple aux écoliers et rassurât les parents contre le danger de voir se renouveler de pareilles scènes. Cependant il ne fit pas à Raoul des reproches très sévères, mais il lui dit que cet événement était d'autant plus regrettable, qu'il était revenu de chez M. de Foligny avec l'espérance de l'engager à pardonner à son fils.

En effet, le principal, homme de sens et connaissant parfaitement le caractère des enfants, était parvenu, en évitant de heurter les idées de M. de Foligny, à lui faire comprendre qu'à l'âge de son fils quelque adoucissement était nécessaire; qu'il ne fallait pas courir le risque d'irriter trop violemment un esprit que l'on pouvait encore ramener à la raison, mais qui manquait de la force nécessaire pour la trouver par lui-même.

Cette nouvelle fut souverainement désagréable à Raoul; rien ne pouvait le contrarier davantage en ce moment comme de se voir l'objet d'une indulgence qui aurait jeté de l'incertitude dans ses projets; il se contenta donc de remercier assez froidement le principal de ses bontés, et l'assura que cette réconciliation était beaucoup plus difficile qu'il ne pensait. Il se retira assez inquiet de la douceur du principal, tourmenté de la crainte qu'on ne voulût le traiter plus favorablement qu'il ne l'avait espéré d'abord.

Comme on reconduisait Raoul, Henri se trouva sur son passage. Il était pâle, ses yeux étaient gonflés de larmes qu'il avait cherché à retenir. Raoul, ému jusqu'au fond du cœur, lui tendit la main; Henri la lui serra fortement, et y glissa un papier, que Raoul lut en arrivant dans la prison.

Henri avertissait son ami qu'on paraissait décidé à le renvoyer du collége. Bien que satisfait d'avoir une raison de plus pour se confirmer dans ses desseins, Raoul frémit de l'idée d'un pareil affront; il ne fut pas sans inquiétude lorsque, quelques instants après, Henri vint frapper doucement à sa porte et lui apprit qu'on venait d'envoyer un exprès à M. de Foligny pour l'instruire de ce qui s'était passé, et de la décision qu'avait cru devoir prendre le principal. Raoul craignait que son père ne l'envoyât chercher sur-le-champ, ce qui aurait dérangé toutes ses mesures. Mais Henri revint au bout de deux heures : au moyen d'un papier qu'il glissa sous la porte, il apprit à son ami que M. de Foligny avait écrit qu'il tâcherait de se rendre le lendemain au collége, priant qu'on suspendît jusqu'à ce moment l'exécution et même la publication de la sentence; ce qui faisait croire que M. de Foligny voulait tâcher d'obtenir quelque commutation de peine.

Tranquillisé par la pensée qu'il avait le temps d'exécuter sa résolution, Raoul continua de s'occuper de ses préparatifs. Il écrivit à Henri la lettre suivante :

« Terville, tu as toujours été mon plus cher, mon « meilleur ami : aussi est-ce avec une grande peine « que je me sépare de toi, et probablement pour bien « longtemps. Si tu avais été libre, mon cher Ter- « ville, je t'aurais demandé de partir avec moi : nous « aurions partagé ensemble les dangers, nous secou- « rant mutuellement, comme deux véritables frères « d'armes qui ne doivent se séparer qu'à la mort. « Conçois-tu, mon cher Terville, combien nous au- « rions été heureux ! Mais il ne faut pas y songer.

« Quand tu seras maître de ton sort, en quelque « endroit que je me trouve, viens partager ma for- « tune. C'est dans cette espérance que je me console « de partir sans toi. En attendant, je te promets de « ne pas oublier un seul instant notre amitié ; tu « en verras la preuve dans mon testament, que je « joins à ces lettres. J'ai eu soin de te mentionner « comme le devait faire ton fidèle ami,

« RAOUL DE FOLIGNY. »

Raoul joignit, en effet, à ces lettres une espèce de testament, qu'il enferma dans un papier plié, et dont la suscription portait :

« Ceci est mon testament ; je prie mon père de vou- « loir bien le faire exécuter ; c'est la dernière faveur « que lui demande son fils, après celle de son estime « et de son amitié qu'il espère mériter un jour. »

Le testament était conçu en ces termes :

« 1° Je donne et lègue à mon intime ami, Henri de « Terville, tous mes livres. Le *Plutarque* lui appar- « tient déjà à bien juste titre, quoiqu'il n'ait pas « voulu l'accepter ; mais à présent il le gardera, j'es- « père, avec les autres livres, comme un souvenir.

« *Nota.* Ce n'est pas que je veuille renoncer à « l'étude; mais je ne puis, quant à présent, m'en « occuper sérieusement, ni emporter beaucoup de « bagage; quand j'aurai le loisir d'étudier, j'aurai « sans doute les moyens d'acheter de nouveaux « livres.

« 2° Je donne et lègue aussi à Henri de Terville « le joli fusil dont mon oncle m'a fait présent, il y « a environ un an, le jour anniversaire de ma nais- « sance, et qui est resté au château.

« *Nota.* Je prie Terville, quand il se servira de ce « fusil, de penser que son ami Foligny est peut-être « aussi en ce moment le fusil sur l'épaule, engagé « dans quelque entreprise périlleuse. Mais je pro- « mets de ne faire usage de mes armes que d'une ma- « nière honorable.

« 3° Je donne et lègue à ma chère sœur Adrienne « mon petit secrétaire de bois d'acajou : il est plus « grand et plus joli que celui qu'elle reçut encore « tout enfant. Il pourra lui servir jusqu'à son ma- « riage, que le hasard m'apprendra peut-être un « jour dans les pays étrangers. Je sais bien cepen- « dant le mariage que je désirerais pour elle, s'il ne « contrariait pas les projets de mon père. Il n'est pas « impossible qu'avec le temps cela ne s'arrange;

« d'autant plus qu'Adrienne est bien jeune, et que « mon père a le dessein de ne pas la marier trop tôt.

« 4° Je voudrais bien laisser quelque souvenir aux « domestiques du château; mais mon père sait que « j'ai peu d'argent; j'emporte, pour toute ressource, « ma montre, et quinze francs provenant de la vente « de mon livre; cette somme me sera, à la vérité, « suffisante jusqu'à ce que je trouve les moyens de « vivre de mon travail.

« *Nota.* Si mon père se sentait disposé à quelque « bonté pour moi, surtout quand il verra que je ne « suis pas parti pour l'offenser, mais parce que je ne « pouvais faire autrement, peut-être croira-t-il de- « voir leur donner à tous quelque chose sur l'argent « de la pension qu'il me destinait, afin qu'ils ne « s'imaginent pas que je les ai oubliés et que j'ai « renoncé pour toujours à ceux qui habitent la maison « de mon père.

« 5° Je donne et lègue à Roussel tout le reste de « mes effets, désirant le dédommager, autant qu'il « est en moi, du malheur que je lui ai causé. Je ne « demande pas à mon père de rien faire pour lui : je « sais que cela n'est pas possible; mais si jamais « Adrienne apprenait qu'il est dans le malheur, je la « prie, pour l'amour de moi, de venir à son secours.

« Je demande pardon à M. Passerat (c'était le « professeur qu'il avait renversé), de l'offense que je « lui ai faite : j'espère qu'il consentira à l'oublier, « d'autant plus que je m'en suis rendu coupable « bien malgré moi.

« M. le principal voudra bien recevoir mes remer-« ciements pour ses bontés et ses bienveillantes in-« tentions pour moi.

« Je remercie tous mes professeurs des soins qu'ils « m'ont donnés ; je les prie de me pardonner les fautes « que je puis avoir commises. J'espère leur montrer « un jour que j'ai profité de leurs leçons.

« Je ne puis pardonner à Joseph Malitort, parce « que ce n'est pas moi seul qu'il a offensé. Cependant « je suis bien aise qu'on m'ait arrêté quand je cou-« rais sur lui ; car dans ce moment je ne me possédais « plus, et j'aurais pu ne pas m'apercevoir qu'il était « sans armes. Je promets pourtant, si par hasard je « le rencontrais dans ses voyages, de ne pas lui cher-« cher querelle, à moins qu'il ne m'attaque le pre-« mier et ne recommence à insulter bassement un « homme que j'estime, que je respecte, comme il est « digne de l'estime et du respect de tous les honnêtes « gens. Joseph saura bien de qui je veux parler.

« Je nomme et institue, pour mon exécuteur testa-« mentaire, M. le comte de Foligny, mon père.

« Fait dans la prison du collége, le 28 juillet 1817.

« RAOUL DE FOLIGNY. »

Raoul n'écrivit point à Victor : comme il savait qu'il en serait désapprouvé, il ne voulait se rappeler à son souvenir que lorsqu'il aurait fait quelque chose qui pût mériter son estime. Il s'affligea en pensant que, dans le trouble de leur dernière entrevue, il avait oublié de lui faire demander son adresse ; mais il espéra trouver des indications suffisantes dans la fin de son histoire, dont il avait heureusement gardé le manuscrit, le principal ayant consenti le matin même à le lui remettre, afin qu'il pût le lire en particulier avec Henri.

Après avoir fini ses préparatifs, comme il restait encore deux heures de jour, Raoul crut devoir les employer à achever la lecture de l'histoire de Victor.

XII

SUITE DE L'HISTOIRE DE VICTOR

UNE SEPARATION

Spalberg avait chargé le bourgmestre de lui faire parvenir ses effets à Cassel, comptant achever son voyage à cheval; mais comme il n'en avait qu'un pour lui et Victor, ils s'en servaient alternativement, et chacun à son tour faisait route à pied à côté de son camarade. Spalberg mettait dans tous leurs rapports une égalité qui ne pouvait que toucher Victor, eu égard à sa situation. Pourtant, lorsqu'il fallait payer à l'auberge, Victor éprouvait un mouvement pénible de voir Spalberg se charger de la dépense; mais il n'en pouvait être autrement, et Victor sentait bien qu'il lui fallait supporter cette nécessité comme toutes les autres.

Chemin faisant, Spalberg chercha plusieurs fois à savoir les aventures de Victor; mais celui-ci éludait ses questions; enfin pressé davantage de lui apprendre qui il était: « Tenez, » dit-il franchement, « tout cela ne vous ferait nul plaisir à entendre, et il me serait très pénible de vous en entretenir. — Comme vous voudrez, je n'y tiens que fort peu. »

Alors, sans se le faire demander, Spalberg lui raconta plusieurs de ses aventures. Victor les eût trouvées assez amusantes, si certains détails n'eussent pas blessé ses sentiments et ses nouvelles habitudes. La conversation de Spalberg n'était pas dépourvue d'esprit, mais cet esprit avait presque toujours pour mobile des intérêts ignobles. La franchise de son langage consistait à exprimer sans déguisement des idées contraires parfois à la délicatesse ; et s'il passait sur le récit d'actions assez peu honorables, c'est qu'elles ne lui paraissaient pas valoir la peine d'être mentionnées ; mais ce qu'il disait de lui suffisait bien pour faire craindre d'en apprendre davantage. On voyait clairement que Spalberg manquait tout à fait de principes ; qu'il était décidé à n'en pas avoir, précisément parce qu'il les trouvait gênants.

Il niait les bons mouvements dont il était susceptible, et prenait soin de les attribuer à toute autre cause qu'à des sentiments honnêtes ; car, s'il se fût avoué à lui-même qu'il pouvait être sensible à la justice, à la générosité, il aurait fallu convenir aussi du mérite de ces vertus. Il avait détruit ce qu'il pouvait avoir d'élévation dans le caractère, à force de se répéter que l'intérêt conduisait tous les hommes, qu'il n'y avait de raisonnable au monde que de suivre son intérêt. C'était pour lui une maxime tellement arrêtée, qu'il ne se donnait pas la peine de la soutenir, et qu'il aurait haussé les épaules si quelqu'un eût imaginé de la discuter ; se souciant d'ailleurs fort peu qu'on l'estimât, parce qu'il n'estimait pas les hommes, pas plus lui-même que les autres ; car l'estime est le prix de la vertu, et il ne voulait pas croire à la vertu.

Victor avait plu à Spalberg par son courage et par sa fermeté. Il avait cru trouver en lui un bon compagnon, un aventurier déterminé, à qui sa figure, son esprit, donneraient de grands moyens pour réussir. Les réponses de Victor à ses propositions avaient un peu contrarié ses premières idées; mais, comme la plupart des gens de sa sorte, ne connaissant pas les hommes, il n'avait pas attaché une grande importance à ce qu'il regardait comme un langage de convenance qui se démentirait à la première occasion; il avait compris, par les discours de Victor, qu'il n'était pas fait pour une condition si misérable, et qu'il n'y était tombé que par sa faute; il en concluait que ses principes n'étaient pas toujours intraitables. D'ailleurs, ces principes qu'il regardait comme des chimères, cette fierté qui lui avait causé de l'humeur, contribuaient encore à augmenter le goût que lui avait inspiré Victor : tant il est vrai que certaines qualités ne manquent presque jamais de faire sentir leurs effets à ceux mêmes qui nient le plus opiniâtrément leur existence. Aussi, à moins d'être arrivés au dernier degré de la perversité, les hommes, corrompus par de fausses doctrines, tombent souvent dans des inconséquences continuelles; en même temps qu'ils tournent en ridicule ce qui est bon et honnête, ils se trouvent naturellement portés à le préférer toutes les fois que leurs intérêts ne sont pas engagés, indice certain que ce sont leurs intérêts seuls qui les en éloignent.

Spalberg avait donc insisté pour emmener Victor avec lui, sans trop se rendre compte de ce qu'il en voulait faire : les hommes comme Spalberg s'embarrassent peu des suites, même de leurs bonnes actions, sachant très bien qu'ils n'hésiteront jamais à abandonner leurs projets dès qu'ils ne leur conviendront plus. Ils portent ainsi dans leurs amitiés la même irréflexion que dans ce qui leur est personnel, l'amitié n'étant jamais pour eux un engagement, non plus que le devoir un obstacle. Du reste, Spalberg était d'un commerce facile ; insouciant, gai dans les embarras, courageux dans les événements, par indifférence et par tempérament ; il laissait même souvent apercevoir, comme malgré lui, un fonds de bon naturel qui rendait moins pénible à Victor le sentiment des obligations contractées avec lui.

La route se fit assez gaiement ; cependant, depuis l'incendie, Victor avait presque toujours éprouvé une sorte de malaise, qu'il attribuait au passage subit d'une grande chaleur à un froid excessif occasionné par l'eau dont il avait été inondé en travaillant Le temps, qui continuait à être mauvais, avait rendu le voyage fatigant ; la dernière journée, il se sentit véritablement malade ; mais il n'en dit rien à Spalberg, craignant qu'il ne lui proposât de se servir plus longtemps du cheval.

En arrivant à Cassel, Victor fut saisi d'une fièvre violente, qui empira la nuit ; un médecin, que fit appeler Spalberg, déclara que c'était une fluxion de poitrine.

Victor fut plusieurs jours en très grand danger :

pendant ce temps, Spalberg prit soin de ne le laisser manquer d'aucun des secours nécessaires; il lui donna même, à sa manière, des marques d'affection auxquelles Victor fut très sensible. Cependant le caractère de Spalberg ne lui permettait pas d'avoir avec lui l'abandon d'un ami qui reçoit les services sans les compter. Aussitôt que la convalescence lui eut rendu quelque usage de ses facultés, il se sentit impatient de commencer à payer sa dette, et persécuta Spalberg pour qu'il lui remît ses comptes à débrouiller; mais, soit négligence, soit pour toute autre cause, Spalberg retardait toujours : tantôt il n'avait pas toutes les pièces; puis il promettait et oubliait. Victor perdait patience; son inaction lui causait un ennui que son manque de forces aurait changé en abattement, si l'empire qu'il avait l'habitude de prendre sur lui-même depuis quelque temps ne l'eût aidé à relever sans cesse un courage bien souvent près de l'abandonner.

Incapable encore de sortir, Victor n'avait que Spalberg qui pût lui tenir compagnie; mais sa conversation avait peu d'attrait pour lui, qui avait vécu dans l'intimité de M. Leblanc. Dans les commencements de sa longue convalescence Victor avait reçu la visite de quelques amis de Spalberg; mais ses amis valaient encore moins que lui. Avec les mêmes principes, ils manquaient de ce fonds de bonne nature que Victor avait conservé, et comme ils avaient moins d'esprit, leur corruption était encore plus repoussante. Spalberg, qu'ils amusaient, s'imagina d'abord qu'ils pourraient produire le même effet sur

Victor, et l'engager ainsi dans le genre de vie qu'il désirait lui voir prendre. Par complaisance et pour ne pas désobliger Spalberg, Victor se prêta autant qu'il le put à leurs conversations, ne croyant pas utile de contrarier leurs principes : d'ailleurs ils ne l'auraient pas compris, et lui ne prétendait pas faire montre des siens, convaincu que, pour avoir le droit de parler hautement de la vertu, il faut n'y avoir jamais manqué; autrement on n'en peut prononcer le nom qu'en témoignant de son repentir. Et pour donner de la noblesse à ce repentir, Victor savait qu'on doit le montrer beaucoup moins par de vaines paroles qui rappellent l'humiliation de la faute, que par des actions qui prouvent qu'on sait la réparer.

Victor n'était donc ni pédant ni intolérant; mais, en laissant aux autres leur liberté, il conservait toute la sienne; il n'en exprimait pas moins son opinion, lorsqu'il le jugeait nécessaire, pour qu'on ne le soupçonnât pas de partager des principes qu'il désapprouvait. Les amis de Spalberg se disaient : « C'est un original. » Ils comprirent bientôt que cet orgueil ne pouvait leur convenir, et qu'eux lui conviendraient moins encore. Ils le laissèrent donc seul; Victor s'en consola. Le maître de l'auberge où il logeait l'avait pris en amitié et lui procura quelques livres. Victor se remit à l'étude; il y trouva les premiers moments de calme et de consolation qu'il eût connus depuis son départ de chez M. Leblanc.

Un matin il entra chez Spalberg, et le trouva assez soucieux et occupé à examiner des papiers. « Sont-ce vos comptes? » lui demanda-t-il. — Oui, » dit Spalberg; « je voudrais bien qu'ils me rendissent un peu d'argent. J'en ai diablement besoin. » Victor lui proposa de l'aider. « Vous ne vous en tireriez pas, » dit Spalberg. Victor insista. Spalberg, avec son insouciance ordinaire, lui livra les papiers, et sortit. Pendant plusieurs jours Victor travailla à les débrouiller, obtenant à peine quelques explications qui n'éclaircissaient rien, se trouvant sans cesse arrêté par des difficultés qui semblaient avoir été entassées pour embarrasser et obscurcir la vérité. Enfin, il finit par entrevoir qu'au lieu d'avoir quelque chose à réclamer, Spalberg était débiteur d'une assez forte somme reçue en avances et dont il ne pouvait rendre compte. Victor l'en avertit : Spalberg, reprenant les papiers, lui répondit négligemment qu'il n'avait sans doute pas examiné toutes les pièces. Victor assura les avoir toutes vérifiées; mais il avait été obligé d'en rejeter un grand nombre qui lui avaient paru inutiles, ou mal en règle, ou insuffisantes. « Étiez-vous donc chargé de les apprécier? » demanda froidement Spalberg. Victor répondit qu'il aimait à faire le mieux possible la besogne qu'il entreprenait, et qu'un compte devait toujours être régulier. « Quant à moi, » ajouta-t-il, « je n'en sais pas faire d'autres. — Je vous avais bien dit, » reprit Spalberg, « que vous ne vous tireriez pas de celui-là. » Et il sortit en sifflant.

Victor vit alors clairement ce dont il s'était depuis longtemps douté, c'est que la probité n'était pas une des vertus de Spalberg, et dès ce moment il résolut de ne plus ajouter à ses obligations envers lui, et de vivre de son travail comme il le pourrait; d'ailleurs ses forces commençaient à revenir, et la volonté ne lui manquait pas. Tandis qu'il était à réfléchir sur ce qu'il avait à faire, M. Filmer, le maître de l'auberge, entra. C'était un homme fort bon, poli et révérencieux, mais timide, quoique dans ce moment il parût assez échauffé. Cependant, comme la colère ne changeait rien aux formes de ses discours, après beaucoup d'excuses et de *si j'osais*, prononcés seulement d'un ton un peu plus vif qu'à l'ordinaire, il dit à Victor qu'il lui apportait la note de ce que Spalberg et lui avaient dépensé depuis qu'ils étaient chez lui; il y joignit celle des remèdes fournis à Victor pendant sa maladie et des visites du médecin, etc. Spalberg n'ayant rien payé, M. Filmer s'était enfin décidé à lui demander de l'argent; outré de n'avoir obtenu pour toute réponse qu'une plaisanterie à laquelle il ne s'était pas senti le talent de répliquer, il était monté chez Victor pour lui exprimer son mécontentement.

Victor éprouva une joie secrète d'apprendre que Spalberg n'avait rien payé pour lui : il était pour ainsi dire délivré d'un tourment auprès duquel les nouveaux embarras où il allait se trouver lui paraissaient bien peu de chose. M. Filmer, qui avait surmonté sa timidité, ne tarissait pas sur le compte de Spalberg; il s'échauffait à mesure qu'il parlait, et ses périphrases toujours plus courtes et moins polies finissaient par amener des vérités plus fâcheuses et des épithètes plus dures. Victor en apprit plus qu'il ne voulut sur le compte de son compagnon, qui, adonné au jeu et à toutes sortes d'excès, dépensait d'une manière extravagante l'argent qu'il se procurait, disait-on, par des voies peu honorables.

Lorsque M. Filmer se fut calmé, il dit à Victor qu'il lui *demandait bien pardon d'avoir osé*... et pour s'excuser il allait recommencer; Victor l'interrompit en lui disant qu'il ne se croyait nullement le droit de s'offenser d'un discours qui ne lui paraissait que trop fondé. «Et c'est moi malheureusement,» ajouta-t-il, «qui vais avoir à m'excuser vis-à-vis de vous.» Ces mots jetèrent M. Filmer dans la confusion; il s'était emporté, parce qu'il avait supposé que Victor s'emporterait aussi; il ne savait plus comment répondre à sa douceur. Victor interrompit de nouveau ses apologies, et lui posant la main sur le bras: «Permettez-moi, mon bon monsieur Filmer,» lui dit-il d'un ton affectueux, «de vous expliquer ma situation.» M. Filmer se tut, et Victor continua:

«Je n'ai connu jusqu'à présent Spalberg que par les services qu'il m'a rendus.» M. Filmer allait encore interrompre par un: *pardonnez-moi d'avoir osé;* mais Victor reprit un peu vivement: «Monsieur Filmer, il s'agit de vos affaires et des miennes; laissez-moi achever.» Ces paroles et le ton dont elles étaient prononcées firent taire M. Filmer, qui consentit à l'écouter. «Spalberg ne me connaissait pas non plus quand il m'a trouvé pauvre, dénué de tout; il m'a offert ses secours avec une cordialité qui m'ôtait presque le droit de le refuser: j'ignorais les torts dont il a pu se rendre coupable. Je vous dis cela, monsieur Filmer, parce que j'ai besoin que vous ayez confiance en moi. — Oh! monsieur Burkheim, je suis bien sûr, si j'ose le dire, qu'il ne tiendra pas à vous que M. Spalberg ne me paye. — Quant à ce qu'il vous doit pour son compte, je ferai ce que je pourrai; pour ce qui me regarde... — Oh! monsieur Burkheim, je ne me permettrai pas d'oser entrer dans vos arrangements avec M. Spalberg; il s'est chargé de tout, pardonnez-le-moi, c'est à lui que j'aurai affaire. — Non, monsieur Filmer, Spalberg ne peut ni ne doit payer pour moi. Il m'a tiré généreusement de la détresse où j'étais plongé; il m'a peut-être sauvé la vie en m'amenant chez vous, où j'ai trouvé les soins que réclamait ma maladie; c'est plus d'obligations que je n'en puis reconnaître. Je suis également résolu à n'oublier jamais ce que je lui dois, et à ne lui devoir jamais rien de plus. C'est vous, monsieur Filmer, qui pouvez maintenant me rendre un grand service. » M. Filmer l'assura qu'il serait fort heureux de l'obliger. « Donnez-moi, » dit Victor, « du temps pour m'acquitter envers vous, et aidez-moi à m'en procurer les moyens. »

M. Filmer parut croire qu'il ne s'agissait que d'attendre que Victor eût fait venir de l'argent de chez lui. « Non, monsieur Filmer, » dit Victor, « je n'attends rien, je n'espère rien que de mon travail. Aidez-moi à trouver de l'occupation, » continua-t-il du ton le plus animé : « quelle qu'elle soit, je l'accepte. » M. Filmer était touché; mais il ne savait quel genre de travail pouvait convenir à Victor. « Peu m'importe, je vous le répète. Partout on trouve à porter des fardeaux, à tailler ou à monter des pierres; si je n'ai pas d'autre moyen de vivre indépendant et de parvenir à remplir mes engagements, je n'hésiterai pas à prendre celui-là. »

M. Filmer se récria sur ce que de pareils métiers ne pouvaient convenir à un homme d'une aussi bonne éducation. Les livres que lui avait empruntés Victor lui avaient donné une haute idée de son savoir. « Je ne vois pas, » dit Victor, « qu'un homme bien élevé soit obligé de rester dans l'embarras, tandis que celui qui ne saurait ni lire ni écrire se tirerait d'affaire. Je ne pense pas non plus qu'une meilleure éducation donne le droit de rester à charge aux autres, quand celui qui n'a que ses bras sait suffire à sa propre existence. Je conviens qu'on doit chercher à tirer de ses moyens le parti le plus avantageux; mais il ne faut pas perdre son temps à cette recherche. J'attendrai, en faisant ce que je puis, le moment où je pourrai faire mieux. »

Victor pria ensuite M. Filmer de lui trouver quelques écoliers, pour leur enseigner l'écriture et le calcul, ou le français, et même l'allemand, s'il se trouvait à Cassel des Français qui voulussent l'apprendre. Il lui dit qu'il se chargerait aussi de faire des copies, qu'il travaillerait chez des gens d'affaires; enfin, il le conjura de s'intéresser à lui et de lui procurer quelque occupation de ce genre. « En attendant, » dit-il, « je vais chercher un emploi qui puisse me donner du pain. Je suis décidé à ne pas vivre une heure de plus aux dépens de Spalberg ni aux vôtres. » Et il se leva pour sortir.

« Eh bon Dieu! un petit moment donc, » lui dit M. Filmer, croyant déjà lui voir la truelle à la main ou un paquet sur l'épaule, et se creusant la tête à trouver le moyen de l'empêcher de prendre un parti désespéré. Pendant qu'il y rêvait, on l'appela. Alors son embarras fut extrême : il craignait que Victor ne sortît. « Un petit moment ! » criait-il à celui qui l'appelait ; « un petit moment ! » disait-il à Victor. Celui-ci, voyant l'anxiété où le mettait sa bonté pour lui, lui promit de l'attendre.

« Oui, oui, » dit M. Filmer, « attendez-moi ; il ne faut pas vous aller casser le cou comme cela. Tout ne sera pas perdu pour quelques repas de plus que vous ferez chez moi. » La chaleur de ses sentiments avait en ce moment coupé court aux périphrases.

Victor fut profondément attendri de l'intérêt que lui portait M. Filmer, qui ne le connaissait, pour ainsi dire, que comme son débiteur. Il n'en était pas moins déterminé à prendre le parti que lui prescrivait la raison, quand M. Filmer rentra d'un air joyeux : « C'est un coup du ciel ! La personne pour qui l'on m'appelait est une maîtresse de pension de ma connaissance, qui désire un maître de français pour ses élèves. Elle m'a fait quelques difficultés sur ce que vous êtes Allemand ; mais je lui ai assuré que vous parlez français comme un Français. » Victor lui dit qu'il pouvait l'affirmer en toute conscience, et descendit avec lui pour se présenter à la maîtresse de pension. C'était une bonne femme, mais un peu pédante. Après avoir parlé français quelques instants avec Victor, elle lui fit des observations critiques sur sa prononciation. Celui-ci retint un sourire, et se contenta de lui répondre modestement qu'il prendrait le plus grand soin de la satisfaire ; mais M. Filmer prit vivement parti pour la prononciation de Victor, et la défense était encore plus plaisante que la critique. Victor garda son sérieux tant que dura la discussion. Ses manières avaient plu à la maîtresse de pension ; d'ailleurs, l'autorité de M. Filmer était d'un grand poids. Il fut convenu que Victor donnerait ses leçons trois fois par semaine : on ne disputa point sur le prix ; il était modique, mais suffisant pour assurer au jeune maître le strict nécessaire. Pour la première fois, enfin, Victor allait gagner par son travail de quoi vivre indépendant ; la joie qu'il en ressentit fut peut-être la plus vive qu'il eût jamais éprouvée. Il remercia M. Filmer avec une chaleur qui redoubla l'amitié que cet honnête homme avait déjà conçue pour lui.

Comme Victor ne voulait pas que l'on demandât rien à Spalberg pour son compte, il se rendit chez les personnes avec qui il s'était endetté, la garde, l'apothicaire, le médecin ; il leur demanda du temps, et leur promit, sans les tromper toutefois sur sa position, de les payer aussitôt qu'il le pourrait. La garde montra d'abord un peu d'humeur ; mais Victor l'adoucit sans beaucoup de peine. L'état dangereux où elle l'avait vu l'intéressait ; il y avait d'ailleurs dans les promesses de Victor une bonne foi qui la persuada. M. Filmer offrit sa garantie à l'apothicaire, qui s'en contenta facilement. Pour le médecin, il reçut Victor avec bonté et politesse, causa avec lui, et fut satisfait de sa conversation ; touché de le voir dans une telle situation, il lui demanda s'il ne pourrait pas lui être utile. Victor le pria seulement de lui procurer des écoliers ou de l'ouvrage, et en obtint la promesse la plus formelle qu'il s'en occuperait.

Victor s'en retourna à son auberge, le cœur soulagé et rempli d'espérance. Il songeait combien il avait été heureux jusqu'alors de trouver des gens bienveillants, disposés à l'obliger. Les hommes d'une âme élevée ressentent, lorsqu'ils rencontrent des sentiments honnêtes, goûtent le même plaisir que l'on éprouve en revoyant sa famille ou un ami; Victor était vivement touché des bons procédés que l'on avait pour lui; mais ces bons procédés ne lui causaient aucune surprise, pas plus que les mauvais n'excitaient son indignation; il comprenait les uns et se trouvait au-dessus des autres. D'ailleurs, il reconnaissait, par expérience, une vérité qu'il avait pressentie : c'est que celui qui va droit au bien, sans parade comme sans exagération, trouve facilement à se faire connaître et apprécier. Une fois qu'il a obtenu la confiance, la bienveillance va presque toujours de compagnie.

Déterminé à n'accepter que ce qui était absolument nécessaire à ses besoins, Victor eut à se défendre de l'amitié de M. Filmer, qui ne pouvait consentir à lui donner la plus petite et la plus vilaine chambre de sa maison, à lui faire porter un morceau de pain et de fromage, au lieu de le voir manger à la table d'hôte. Victor montra, quoique avec douceur et reconnaissance, une fermeté à laquelle il fallut céder. Cependant, M. Filmer avait de temps en temps de bons marchés; il ne manquait pas de dire à Victor que ce serait un meurtre de n'en pas profiter. Tantôt c'était un panier de fruits qu'il avait reçus directement de la campagne, tantôt un poisson, une pièce de gibier qu'il avait eue presque pour rien, et qu'il se chargeait de faire accommoder si simplement, que cela ne valait pas la peine d'en parler. Victor devinait bien le secret de ces marchés si avantageux, et il aurait voulu pouvoir s'y refuser, non qu'il lui fût pénible de devoir quelque chose à la généreuse affection de M. Filmer; mais il avait cet enfantillage des hommes courageux qui voudraient goûter pleinement le plaisir de se soutenir par eux-mêmes, et ne peuvent recevoir des secours étrangers sans en être contrariés. Aussi, quoiqu'il consentît par condescendance à se laisser tromper, c'était avec un air de doute qui obligeait M. Filmer à garder une certaine réserve, et à ne pas hasarder trop souvent de pareils prétextes.

Victor n'avait pas cru devoir changer de genre de vie sans en parler à Spalberg : jusqu'alors tout avait été commun entre eux, le linge, les habits, la table. De pareils procédés étaient pour Victor un engagement auquel il était incapable de manquer; le regret sincère qu'il éprouvait de voir Spalberg vivre dans la dissipation lui faisait sentir combien il aurait été porté à aimer celui à qui il devait des services si réels et rendus avec tant de cordialité.

En sortant de chez le médecin, Victor vint trouver Spalberg, et lui dit : « Mon cher Spalberg, j'ai trouvé condition. »

Spalberg l'en félicita de bon cœur. Victor, de toute manière, commençait à l'embarrasser; mais, lorsqu'il eut appris son arrangement avec la maîtresse de pension, il s'écria : « Quelle diable d'occupation pour un homme comme vous, de montrer à épeler à des petites filles! Tenez, Burkheim, vous vous perdez par des exagérations. — Non, » dit Victor en souriant, « il n'y a rien d'exagéré dans le parti que j'ai pris : j'ai calculé qu'il fallait dîner tous les jours, voilà tout; cela me paraît d'une réalité qui n'a rien de romanesque. — Bon! est-ce qu'on ne dîne pas toujours? — J'ai dû le croire jusqu'à présent, » répondit Victor; « mais une autre vérité que j'ai reconnue, c'est qu'il faut payer son dîner quand on le doit; faute de quoi, on ne trouverait plus même à l'emprunter. Je vous conseillerai, mon cher, d'entrer un peu dans ces raisons-là. A l'égard de M. Filmer, il commence à prendre de l'humeur. — Qu'il aille au diable avec son humeur! Mais, vous, monsieur Burkheim, vous me chagrinez : choisir le métier de maître d'école à votre âge; le beau moyen de fortune que vous avez trouvé là! »

Victor lui répondit avec un peu de tristesse : « La vôtre avance-t-elle beaucoup à celui que vous faites? — Oh! pour moi, je ne ferai jamais fortune à aucun métier. Mais, vous, qui êtes un garçon réglé, rangé, c'est tout différent. Si vous aviez voulu... qui sait?... ce serait peut-être vous qui me prêteriez de l'argent aujourd'hui. »

Spalberg avait dit cela d'un ton moitié plaisant, moitié inquiet, qui donnait à penser qu'il n'était pas content de la situation de ses affaires.

« Mon cher Spalberg, » lui dit Victor avec sensibilité. « je donnerais mon sang pour être à même de vous rendre seulement la moitié des services que j'ai reçus de vous. Mais j'ai peur qu'il ne vienne un temps où personne ne pourra plus vous être utile. » Puis il reprit d'un ton plus ferme : « Je ne prétends pas vous rien apprendre là-dessus ; ce que je vous demande, c'est que vous me laissiez embrasser une carrière où je puisse songer au lendemain sans trouble, et à la veille sans regret. — Ma foi, vous avez peut-être raison ; cette détermination est bonne quand on commence ; mais aujourd'hui... » Spalberg s'arrêta quelques moments, puis il ajouta : « Aujourd'hui, vogue la galère ! »

Ils se séparèrent ; depuis ce moment, Victor le fréquenta peu. Lorsqu'il le rencontrait, il le trouvait toujours sombre, embarrassé. Il apprit bientôt de son hôte que Spalberg s'était associé à une bande de jeunes gens dont la probité au jeu était plus que suspecte, en sorte que M. Filmer, chez qui il amenait souvent fort mauvaise compagnie, l'avait obligé de sortir de sa maison, non sans retenir ses effets jusqu'à ce qu'il l'eût payé. Victor ne put s'empêcher de le plaindre, et son âme, pénétrée de l'amour de la vertu, s'éleva vers le ciel avec un profond sentiment de reconnaissance.

Le médecin avait tenu parole : il avait trouvé deux écolières ; celles-ci en procurèrent d'autres. Victor eut aussi des copies à faire, des lettres à rédiger en français. Ce genre de travail avait sans doute peu d'attrait pour un homme en qui s'étaient formés, depuis quel temps, l'habitude et le goût des études les plus élevées; mais Victor était doué d'une volonté ferme, qui le portait à s'attacher avec plaisir à tout ce qui pouvait avancer l'exécution de ce qu'il avait décidé; calme et patient, il ne s'affligeait ni ne s'inquiétait de la lenteur des moyens par lesquels il devait parvenir à son but, et comptait le temps pour rien, pourvu qu'il fût employé d'une manière utile.

A force d'économie et de travail, au bout de six mois Victor avait payé ses dettes à Cassel. M. Filmer vint un jour, plein de joie, lui annoncer qu'on avait nommé un de ses amis à une place assez importante, et qu'il espérait trouver moyen, par la protection de cet ami, de procurer à Victor quelque emploi qui le mît au moins à portée de se faire connaître. Victor accueillit cette espérance avec une grande satisfaction, et n'en poursuivit pas moins de donner ses leçons avec assiduité.

XIII

SUITE DE L'HISTOIRE DE VICTOR

UN GRAND EFFORT

Un jour Victor rencontra Spalberg donnant le bras à un jeune homme qu'il avait vu plusieurs fois chez une de ses écolières. Ce jeune homme, fils d'un riche négociant de Nuremberg, s'appelait Frédéric Milnung. Son père l'avait envoyé à Cassel pour quelques affaires. Frédéric n'avait guère plus de dix-huit ans; aimable et d'un caractère plein de candeur et d'honnêteté, il avait inspiré de l'amitié à Victor, qui, d'ailleurs, avait cru trouver en lui de la ressemblance avec cette bonne Hélène, à laquelle il ne pouvait penser sans un doux plaisir. Il fut contrarié de le voir avec Spalberg. Frédéric le reconnut, et l'appela; Victor s'aperçut, à l'air de Spalberg, que leur rencontre ne lui plaisait que médiocrement. Ils furent bientôt rejoints par un des jeunes gens que ce dernier avait amenés chez Victor pendant sa convalescence. Celui-ci surprit, entre Spalberg et le nouveau venu, un signe d'intelligence qui le frappa; il fut étonné surtout du tour que prit la conversation; elle était beaucoup plus décente que d'ordinaire; et lorsque Frédéric soutenait quelques-unes des idées morales dont il était redevable à son éducation, loin de les tourner en plaisanterie, on y répondait avec complaisance; le camarade de Spalberg prenait même quelquefois un ton de gravité tout à fait ridicule pour qui le connaissait.

Spalberg se ménageait davantage; il était clair que la présence de Victor le gênait. Frédéric, sans entendre finesse à rien de tout cela, se livrait avec confiance et plaisir; son âme ouverte à la bienveillance ne cherchait qu'à s'épancher; il voulait croire tous les hommes bons comme lui et rien n'était plus facile que de le tromper en affichant les principes et les sentiments dans lesquels il avait été nourri dès son enfance. Spalberg, qui s'était lié avec lui par hasard, avait promptement démêlé cette disposition, et cherchait à la mettre à profit en entraînant Frédéric, par une pente insensible, dans des désordres que ses camarades et lui devaient partager.

Victor, à son tour, entrevit facilement le projet de Spalberg, et en conçut de l'inquiétude : il savait bien que Frédéric n'était pas de force à résister aux piéges que pouvaient lui tendre des hommes tels que Spalberg et ses associés.

Ils se promenèrent quelque temps. Victor sut attirer à lui la conversation et la rendre animée, intéressante. Spalberg et son camarade, hors d'état de soutenir, même avec Frédéric, un entretien sur des sujets sérieux, ne savaient comment s'en tirer. Victor voyait leur embarras et leur contrariété. Frédéric était enchanté; il se félicitait d'avoir trouvé des amis aussi aimables, et les invita tous trois à déjeuner pour le lendemain. Victor fut obligé de refuser, prétextant qu'il avait des leçons à donner précisément à cette heure. Il s'aperçut que son refus causait un certain plaisir à Spalberg, qui lui dit adieu très froidement.

Le lendemain, Victor, se trouvant devant la maison qu'habitait Frédéric, y monta, curieux d'apprendre comment s'était passé le déjeuner. Il était terminé, mais les têtes étaient peu échauffées. Deux nouveaux camarades que Spalberg avait invités se livraient à la gaieté la plus folle, et Frédéric y prenait part avec l'abandon de son caractère. L'arrivée de Victor lui causa un redoublement de joie. Il n'en fut pas de même pour les autres, surtout pour Spalberg; c'était le seul qui eût assez d'esprit et qui connût assez Victor pour comprendre à quel point sa présence pouvait déranger leurs projets. Par un instinct naturel, ils éprouvaient de l'éloignement pour lui. Ils imaginèrent de l'assaillir par des moqueries sur ses plaisirs de la matinée. Frédéric, très choqué, allait se fâcher. Victor ne lui en laissa pas le temps : il prit la chose en plaisantant, avec la supériorité d'un homme au-dessus de ces sortes d'attaques. La vivacité dédaigneuse et piquante de ses reparties eut bientôt mis ses adversaires hors de combat; ils cessèrent de s'attaquer à lui, et n'en furent pas plus heureux : il ne laissait passer aucun de leurs fades quolibets, de leurs grossières saillies; tout était saisi, tourné en ridicule. Pour se débarrasser de lui, ils proposèrent d'aller jouer au billard : Victor les suivit. On se garda bien, en sa présence, de proposer à Frédéric de jouer gros jeu; on convint qu'on mettrait en commun l'argent perdu pour payer un dîner à la campagne. Comme Victor ne jouait pas, on pensait que ce serait un moyen de l'exclure du dîner; mais il arriva, et c'était peut-être arrangé entre ces messieurs, que Frédéric gagna tout. D'après les conventions, ce devait être à lui de commander le dîner. Spalberg, prévoyant qu'il engagerait Victor à être de la partie, et que celui-ci, dont il devinait très bien les intentions, ne manquerait pas d'accepter, parla de louer des chevaux pour se rendre à un village assez éloigné et d'un aspect très pittoresque. Frédéric, passionné pour tout ce qui lui promettait quelque chose d'extraordinaire, accepta avec les transports d'un enfant. « Vous viendrez? » dit-il vivement à Victor. « Non! » répondit celui-ci de manière à faire comprendre à Frédéric, qui connaissait sa position, combien il était ridicule de lui proposer de ces sortes de dépenses. Frédéric parut consterné.

« M. Burkheim n'aime que les plaisirs gratis, » se mit à dire un des amis de Spalberg, nommé Reichburn : c'était celui que Victor avait le plus maltraité par ses répliques et ses plaisanteries. « J'en conviens, » dit Victor en se tournant à demi vers lui d'un air moqueur; « cependant, quand je trouve bon de payer, je paye comptant. »

Reichburn se tut. Frédéric prit le bras de Victor

et entra avec lui dans un jardin attenant à la salle du billard. « Mon cher Buckheim, » lui dit-il, « je suis bien assez de vos amis pour que vous me permettiez de vous fournir un cheval.—Non, je vous remercie,» répondit Victor.

Frédéric parut étonné et blessé : « Je ne crois pas avoir mérité que vous me refusiez votre amitié. — Dieu me préserve de vous la refuser, mon cher Frédéric : je désire du fond du cœur obtenir la vôtre; mais, pour être certains d'une amitié mutuelle, il faut s'en être donné des preuves. — Quelles preuves voulez-vous? » dit vivement Frédéric. « C'est à l'occasion à nous les fournir, » répliqua Victor.

On vint les interrompre : ce tête-à-tête ne plaisait pas. « Partons, partons! » cria Spalberg; « nous n'avons pas de temps à perdre. » On cherchait à étourdir Frédéric avec les arrangements d'une partie de plaisir. Mais il ne s'en souciait plus, et objecta qu'il était bien tard pour se transporter si loin; on n'avait pas encore les chevaux, il fallait se les procurer; ils ne pourraient guère arriver qu'à la nuit.

Tout cela était vrai, on n'avait rien à y répondre; on ne se décidait pas : on commençait à éprouver cet ennui, cet embarras qui se glisse, au moindre incident, entre des gens décidés à se divertir. Spalberg cherchait inutilement à renouer la partie. Reichburn insistait pour qu'on remît la cavalcade au lendemain de bonne heure; mais Spalberg craignait que Victor ne trouvât, d'ici là, moyen d'en être ou de déjouer les plans. Victor, de son côté, tenait surtout à empêcher qu'on n'emmenât Frédéric trop loin de Cassel;

il le considérait comme un enfant dont il fallait surveiller toutes les démarches; mais, comme le but principal était de se débarrasser de sa présence, il voyait bien que rien ne se terminerait tant qu'il resterait. « Arrangez-vous, je m'en vais, » dit-il. « Quoi! vous ne seriez pas des nôtres? » s'écria Frédéric en le retenant. « Je ne puis. — Encore quelque leçon à donner? » dit en ricanant Reichburn. Victor reprit froidement et négligemment, en le regardant à peine. « C'est à cela qu'il faudrait passer sa vie! »

Spalberg enrageait de la sottise de Reichburn; mais Frédéric n'y prenait pas garde. Préoccupé de son idée : « Cette leçon est-elle donc si importante, » dit-il, « que vous ne puissiez y manquer? — Importante comme tous les devoirs, » répondit Victor. On ne pouvait l'accuser de pédanterie, car il parlait simplement, et seulement quand il s'y croyait obligé; aussi l'on n'osait plus se moquer de lui. Victor prit congé de Frédéric, qui lui dit en le quittant : « Combien tout cela me contrarie! » Il paraissait véritablement affecté; Victor n'eut pas l'air de s'en apercevoir et se contenta de répondre : « Quand vous serez convenus du lieu où vous devez passer le reste de la journée, dites-le ici, je viendrai le savoir, et j'irai vous rejoindre. »

Victor s'en alla, assez inquiet de connaître l'emploi que prétendait faire Spalberg du reste de la journée, mais déterminé à user de tout l'ascendant qu'il pourrait prendre sur Frédéric pour l'éloigner d'une société si dangereuse.

A peine Victor fut-il parti, que la gaieté se ranima. On entraîna Frédéric chez un restaurateur hors de la ville; là il oublia ses contrariétés de la matinée. Cependant Victor lui manquait, quoiqu'il fît des efforts pour n'y pas penser. Frédéric avait une imagination vive, mais il était d'un caractère très faible; aussi était-il facile de l'entraîner, surtout depuis que le goût du plaisir s'était emparé de lui. Retenu jusqu'alors dans l'intérieur d'une famille aimable et affectueuse, où l'on ne connaissait qu'une vie simple et des amusements paisibles, il se voyait pour la première fois libre et jeté dans une ville où se rencontraient des divertissements de toute nature; il était incapable d'y résister, il n'y songeait même pas; car rien n'avait pu encore lui donner l'idée du mal. Il trouvait dans la société de Victor tout l'attrait des idées morales qu'il était accoutumé à chérir; mais il ne s'apercevait pas assez que la plupart de ses amis manquaient de conduite. Trop dominé par l'impression du moment, trop facile avec quiconque cherchait à prendre de l'empire sur lui, il avait besoin d'être soutenu dans les vertus qui lui étaient naturelles. Les conseils de Victor pouvaient lui être d'un grand secours, car il s'était fait de l'amitié une idée exaltée, qui tenait presque de l'enfantillage. Ce que Victor lui avait appris le préoccupait, surtout lorsqu'il songeait à la situation peu heureuse de celui dont il se croyait déjà l'ami; mais Victor n'était plus là.

On parla d'une partie de jeu très intéressante, qui devait avoir lieu, le soir même, chez un Français de la connaissance de Spalberg. Frédéric n'avait jamais vu jouer gros jeu; on lui proposa d'y venir par curiosité; il y consentit, oubliant le rendez-vous donné à Victor. Celui-ci ne tarda pas à revenir, et s'en retournait assez contrarié de n'avoir pas trouvé son jeune ami, lorsque, dans un groupe de jeunes gens qui marchaient à quelque distance devant lui et que l'obscurité naissante ne lui avait pas permis d'abord de reconnaître, il distingua la voix de Frédéric et celle de Spalberg. Hâtant le pas pour les rejoindre, il les vit entrer dans une maison bien éclairée et qui paraissait remplie de monde. Victor se douta que ce devait être une maison de jeu. Les réponses des voisins qu'il interrogea ne le confirmèrent que trop dans ses appréhensions. « Jeune homme, » lui dit un bon bourgeois qui fumait, assis devant sa porte, « c'est une maison où ne doivent pas mettre le pied ceux qui ont des mœurs et une réputation à conserver. »

Victor était désolé d'y savoir Frédéric, et, malgré sa répugnance, il se détermina à entrer.

Cette maison était une espèce de café public; il s'y faisait plusieurs parties de jeu, quelques-unes même très élevées. Victor fut quelque temps sans découvrir Frédéric. Il l'aperçut enfin debout derrière une table où l'on jouait très gros jeu, et suivant la partie avec beaucoup d'intérêt. A ses côtés étaient Spalberg et Reichburn, et près d'eux un homme que Victor reconnut aussitôt : c'était Collet. Il paraissait un des agents subalternes de cette indigne maison, et avait l'air assez familier avec Reichburn.

Victor vit d'un coup d'œil le danger qu'il courait; il comprit que le secret de son nom, de sa faute, allait devenir la proie de gens intéressés à le décrier; qu'en faisant quelques pas de plus en avant, il s'exposait à perdre son repos, son honneur, peut-être ses moyens d'existence. Collet ne l'avait pas encore aperçu, il lui était facile de se retirer; mais son devoir lui défendait de fuir ainsi lâchement, d'abandonner Frédéric à sa perte. Le sentiment de sa conscience l'éleva pour un instant au-dessus du sentiment même de ses torts. Le plus grand effort de vertu auquel puisse prétendre un homme de cœur, c'est de s'exposer volontairement à subir une honte méritée. Victor raffermit son courage; et, envisageant d'un œil ferme ce pénible devoir, il s'avança vers Frédéric, qui, dans ce moment, venait de se laisser engager à parier sur un coup très important.

« Milnung, » dit-il en lui frappant sur l'épaule, et du ton d'un doux reproche, « je suis plus habile à vous retrouver que vous n'êtes exact à m'attendre. »

Frédéric tressaillit et rougit. En ce moment, il se rappelait sa légèreté, rendue plus inexcusable encore par le soin qu'avait pris Victor de le venir chercher.

« Mon cher Burkheim, » dit-il en lui serrant la main, « que j'ai de reproches à me faire! »

Mais le coup l'occupait fortement, il se remit à le suivre. Pendant ce temps Collet avait reconnu Victor; allant à lui avec un sourire ironique : « N'est-ce pas à M. Burkheim que j'ai l'honneur de m'adresser? — Vous le connaissez donc? » interrompit

Reichburn. « Mais, je le crois, » répond Collet, feignant de n'être pas sûr de son fait ; « cependant je pourrais me tromper. » Et s'approchant davantage de Victor comme pour mieux le voir : « Monsieur Victor, » lui dit-il de manière à n'être entendu que de lui, « apprenez-moi ce que je dois dire ! — Ce qu'il vous plaira, » répondit froidement Victor et sans cesser de suivre le coup.

Cependant l'arrivée de Victor avait mis en émoi la société de Spalberg. On appelle Collet ; après quelques minutes de conférence, il se rapproche de Victor, et lui dit tout bas : « Ne vous mêlez pas de nos affaires, on ne saura rien des vôtres. — Je vous le répète, faites ce qu'il vous plaira. »

Ces derniers mots ne permettaient plus à Victor de douter des projets qu'on avait sur Frédéric. Il le voyait déjà s'échauffer et s'engager ; le premier pari avait été de peu d'importance, mais les autres allaient doublant, et Frédéric venait d'en perdre un assez considérable, « Milnung ! » lui dit Victor à voix basse avant qu'il eût eu le temps d'en proposer un nouveau, « il faut me donner en ce moment une grande preuve d'amitié : venez avec moi. — Où cela ?... pourquoi, mon cher Burkheim ? » répond Frédéric, qui voudrait être à la fois au coup et à ce que lui dit Victor. « Je vous l'expliquerai, venez. — Eh bien !... un instant encore... je vous suis. — Non ! » dit Victor, lui arrêtant le bras au moment où il allait jeter sur la table un nouvel enjeu ; « sur-le-champ, ou jamais ! »

Frédéric le regarda d'un air étonné. « Si j'ai trop

demandé, » ajouta Victor d'un ton modeste mais ferme, « si j'ai trop osé présumer de votre amitié, avouez-le moi, Milnung, et tout est fini entre nous. — Je n'y conçois rien... » dit Frédéric impatienté, mais hésitant encore. « Adieu, Milnung! » Et Victor s'éloigna avec un air de mécontentement mêlé d'une sorte de sévérité.

Frédéric courut après son ami, et lui dit d'un ton d'humeur : « Vous m'expliquerez cette étrange plaisanterie. — Je n'ai jamais eu moins envie de plaisanter, » répondit Victor. « Eh bien! que me voulez-vous donc? — Vous le saurez; venez. — Non, Burkheim, il faut que tout ceci finisse sur-le-champ. »

Quoique cette conversation eût eu lieu à voix basse, elle avait attiré l'attention; Collet surtout, placé à peu de distance, en paraissait extrêmement occupé. Victor s'approche de l'oreille de Frédéric, et lui dit : « Si vous saviez qui m'écoute, vous ne me demanderiez pas à vous expliquer ici. »

Frédéric, extrêmement surpris, regarde autour de lui, et dit à Spalberg et aux autres joueurs : « Je reviens. » Et il sortit avec Victor. A peine dans la rue : « Burkheim, » dit-il d'un ton assez altéré, « vous me devez une explication sur cette bizarre conduite. — C'est bien mon intention. — Rien ne paraît plus ridicule que la manière brusque dont vous me faites quitter mes amis. — Si ce sont vos amis, j'ai tort, » dit Victor avec un sourire dédaigneux. « Quelle idée vous en faites-vous donc? » reprend Frédéric très vivement. « Tenez, Burkheim, j'ai déjà soupçonné que ce n'était qu'une scène inventée pour m'éloigner de cette maison; s'il en est ainsi, je remercie la sollicitude de votre amitié; mais je ne suis plus un enfant, et je n'aime pas qu'on me joue, fût-ce même pour mon bien. » Il prononça ces derniers mots d'un ton très piqué.

Victor s'était arrêté, et prenant un air imposant : « Il est singulier, » dit-il, « qu'on s'empresse ainsi de juger, sans se donner la peine d'entendre celui qu'on a prétendu estimer assez pour le traiter d'ami. — Mais aussi, mon cher Burkheim, vous conviendrez que tout ce mystère a quelque chose de si extraordinaire... — Donnez-vous un instant de patience, Milnung, et vous conviendrez qu'il a pu m'en coûter quelque effort pour vous éclairer sur ce que vous appelez un mystère. »

Ils s'étaient remis à marcher en silence. Ils arrivèrent bientôt à une promenade voisine; là ils s'assirent, et Victor prenant la parole : « Pour comprendre ce que j'ai à vous expliquer, Milnung, il faut que vous commenciez par me connaître. Vous ne savez ni mon nom ni mon véritable pays. Je suis Français. Mon nom, il vous importe peu. Il n'était qu'obscur, je l'ai déshonoré par une faute tellement grave, que je ne saurais prendre sur moi de vous le faire connaître. Je suis décidé à ne le reprendre jamais, si par ma conduite je ne puis parvenir à lui rendre l'honneur. »

Après avoir prononcé ces paroles péniblement, Victor fit une légère pause : « Mon cher Burkheim, que je vous plains! » dit Frédéric ému et lui serrant la main.

Victor lui rendit cette marque d'amitié avec une expression de reconnaissance, puis il reprit : « Voilà ce que j'avais à vous révéler, et sans perdre de temps. » Alors il raconta à Frédéric la rencontre avec Collet, et son étrange proposition, qui prouvait évidemment les projets qu'on avait formés.

« Voilà quels sont les hommes dont j'ai voulu vous écarter, » continua Victor. « Un instant plus tard, ils pouvaient, en me déshonorant à vos yeux, vous ôter toute confiance en mes paroles; mes avis, alors, ne vous paraissaient plus que de lâches récriminations. J'ai saisi le seul moment où je pusse m'appuyer encore auprès de vous du mérite de mon sacrifice. Il est réel, Milnung, il est grand, car il m'était facile de m'y soustraire. Je ne prétends plus que votre amitié en soit la récompense. — Ah! je vous la dois plus que jamais, » dit vivement Frédéric. « L'amitié n'est pas le prix des services, » reprit Victor, « elle est celui de l'estime : si mes aveux m'ont fait perdre la vôtre, je ne m'en plaindrai pas. — Burkheim! Burkheim! » s'écria Frédéric en se jetant dans ses bras et les larmes aux yeux, « seriez-vous capable de le croire? — Eh bien! non, je ne le croirai pas, » dit Victor attendri : « mais ce que vous devez, non pas à mon amitié, non pas à la vôtre, mais à mon sacrifice, c'est d'avoir confiance en moi; c'est de penser que je ne me suis pas laissé déterminer par des craintes chimériques; enfin, c'est de ne pas rendre stérile la peine que je me suis donnée pour vous sauver de l'abîme. — Non, mon cher Burkheim, vous n'aurez point à souffrir de ce que vous avez fait pour moi. Je vais retrouver Collet, je saurai bien l'obliger à se taire; et s'il avait parlé, Spalberg et Reichburn apprendront de moi qu'il faut respecter l'ami que j'aime et que j'honore plus que jamais. — Leur demander grâce pour moi, Milnung! Ne m'humiliez pas à ce point, » reprit Victor avec fierté; puis il ajouta d'un ton plus doux : « Et vous ne vous abaisserez pas, pour me servir, jusqu'à leur devoir quelque chose. — Burkheim, » dit Frédéric presque d'un ton de reproche, « je m'étonne de votre opinion sur Spalberg. — Et moi je m'en afflige. J'aimais Spalberg; je lui ai des obligations, je lui reconnais des qualités; mais l'habitude du désordre et le défaut de principes l'ont lié avec des hommes plus corrompus que lui. Ce n'est pas à vous, Milnung, à grossir de pareilles sociétés. — Quoi que vous en puissiez penser, mon cher Burkheim, croyez bien qu'elles sont sans danger pour moi. — On ne croit au danger que lorsqu'on y a succombé : il ne tient pas à des circonstances que l'on connaisse, mais à des dispositions, à des passions que l'on ne connaît pas, parce qu'on ne les a pas encore senties. Vous ne pouvez descendre aussi bas que moi, Milnung. Je n'avais pas, à l'âge que vous avez, des sentiments aussi bons, aussi élevés que les vôtres; mais si, la veille du jour où j'ai commis la faute qui pèsera sur ma vie entière, on m'avait dit que j'en fusse capable, j'aurais cru plus aisé de me jeter dans un précipice. »

Victor s'arrêta un moment, comme oppressé par ce souvenir; il reprit : « Enfin, mon cher Milnung, vous voulez que je compte encore sur votre amitié : je vous en remercie du fond du cœur; mais il faut que je renonce à cette amitié, si entre vous et moi peuvent se trouver Spalberg et ses associés. »

Frédéric parut surpris; Victor continua : « Irais-je vous chercher au milieu d'eux, maintenant qu'ils vont se croire le droit de me faire rougir; ou bien m'assujettirais-je, pour vous aller voir, à observer timidement les heures où je ne craindrai pas de les rencontrer chez vous? Non, Milnung, je ne subirai volontairement ni l'humiliation de me trouver avec eux, ni celle de les fuir; et comme vous seul pouvez m'y exposer, je le dis avec douleur, mais avec une détermination inébranlable... — Mon cher Burkheim, » interrompit Frédéric, « vous ne me ferez pas l'injure de supposer que je puisse hésiter entre eux et vous, quand même je ne les jugerais pas aussi rigoureusement. Laissez-moi seulement le temps de rompre sans que cela paraisse bizarre, et surtout, » ajouta-t-il d'un ton affectueux, « de m'assurer que votre généreux sacrifice ne vous aura pas coûté aussi cher que vous vous l'imaginez. »

Victor voulut en vain le détourner de ce projet; Frédéric promit qu'il saurait bien ne pas le compromettre; il parut affligé, blessé même de l'opposition de son ami. Alors celui-ci le laissa aller, sentant bien que le seul moyen de conserver quelque empire sur lui, c'était de ne pas lui montrer trop de méfiance. Au bout d'une heure, Frédéric revint d'un air joyeux trouver Victor. « Collet n'a point parlé, » lui dit-il, « j'en étais bien sûr. » Et il ajouta d'un air significatif : « Soyez certain, mon cher Burkheim, qu'il sera discret : ainsi, votre secret demeurera entre nous deux. J'espère bien que vous ne regretterez jamais de me l'avoir confié? »

Victor pressa la main de Frédéric, et le remercia affectueusement, sans être aussi convaincu du succès de sa démarche, quoiqu'il lui répétât qu'il était dans la ferme résolution de ne communiquer en aucune manière avec Spalberg et sa société. « Ni vous ni moi n'en avons besoin, mon cher Burkheim, » dit Frédéric avec l'enthousiasme de l'amitié, augmenté encore, en ce moment, par l'idée du service qu'il venait de rendre à Victor; il lui promit de fuir, autant qu'il le pourrait avec convenance, des gens qui avaient au moins le tort d'être suspects à son ami. Ils se quittèrent ensuite avec les plus vives démonstrations, et Victor rentra satisfait d'avoir empêché que cette journée ne devînt funeste à Frédéric, mais peu rassuré pour l'avenir.

Les jours suivants, Frédéric quitta peu Victor dans les moments de liberté que lui laissaient ses occupations; il regardait comme un devoir de le consoler, de le tranquilliser, et sa générosité naturelle en faisait pour lui un motif d'attachement de plus. Victor fut vivement touché de la bonté de son cœur. Mais bientôt Frédéric le recherchа moins souvent; il lui fallait des plaisirs plus variés que ceux d'une amitié solide et d'une conversation intéressante; il parut moins à l'aise avec Victor; et enfin celui-ci fut plusieurs jours sans recevoir sa visite.

Frédéric avait de nouveau rencontré Spalberg et

Reichburn au spectacle et dans les autres lieux publics qu'ils fréquentaient; ils l'avaient plaisanté sur ce qu'ils appelaient son enlèvement, et il avait bientôt reconnu à leurs discours, surtout à ceux de Reichburn, que Collet n'avait pas été aussi discret avec eux qu'il le lui avait fait espérer. Affligé de cette découverte, il les engagea à taire ce qu'ils savaient. Ils le lui promirent; et cette condescendance, jointe à la manière dont Spalberg lui parla de Victor, qu'il accusait seulement d'exagération dans les idées, gagna tout à fait le cœur du bon Frédéric, qui ne douta plus que Victor ne se fût entièrement trompé. Cette disposition le rendit moins scrupuleux à tenir sa parole. Bientôt il fut entraîné dans des plaisirs dispendieux; et, trompé par de dangereux exemples, il crut trouver au jeu un moyen de réparer le désordre qui s'était introduit dans ses finances.

De ce moment, la honte l'avait éloigné de Victor, qui savait le deviner, et dont le cœur saignait pour le faible mais bon jeune homme que n'avaient pu garantir ses soins et ses sacrifices. Pour conserver son empire, l'amitié doit conserver sa dignité; et la position de Victor ne lui permettait pas de rechercher Frédéric, qui l'abandonnait ainsi.

Un jour, en allant donner leçon à celle de ses écolières chez laquelle il avait rencontré Frédéric, dont elle était parente, Victor trouva la mère de cette jeune personne assez triste. Cette dame, remplie d'estime pour lui et le sachant lié avec son parent, dont il lui avait parlé plusieurs fois avec amitié, le prit à part, et lui confia le sujet de son chagrin. Le matin, lui dit-elle, Frédéric était venu trouver le caissier de son mari, banquier chez lequel il avait un crédit ouvert; il lui avait demandé trois mille florins jusqu'au lendemain matin, le priant de n'en point parler à son patron. Le caissier, étonné de cette demande, avait trouvé un prétexte pour remettre la somme à une autre heure, et en avait prévenu le banquier. Comme on avait vu plusieurs fois Frédéric dans la maison de jeu, et notamment la veille, on supposait qu'il avait perdu cette somme, et qu'espérant la regagner le soir, selon la coutume des joueurs, qui comptent toujours sur un retour de la fortune, il avait remis au lendemain, pour n'être pas obligé d'avouer l'emploi de cet argent. La femme du banquier aimait beaucoup Frédéric ; aussi l'avait-elle attendu pour avoir avec lui un entretien ; mais l'heure indiquée était passée. Peut-être Frédéric avait-il soupçonné la raison pour laquelle le caissier ne lui comptait pas sur-le-champ la somme qu'il avait demandée, ou aimait-il mieux s'en passer que de s'exposer aux reproches de ses parents. On craignait qu'il n'eût recours à toutes sortes de moyens pour se procurer de l'argent, et qu'il ne se fût laissé entraîner

Victor éprouva une véritable douleur en apprenant ces détails ; il comprit que c'était le moment de ne plus rien ménager, et s'offrit d'aller à la recherche de Frédéric. On y consentit. Il se rendit dans tous les lieux où il pouvait espérer de le rencontrer; il ne le trouva point. Il revint à la maison du banquier; Frédéric n'y avait pas paru. Alors il se détermina à l'aller chercher dans la maison de jeu, où il pensait qu'il devait se rendre, s'il n'y était déjà. Il n'y était point venu, non plus que Spalberg et Reichburn. Victor ne douta pas qu'ils ne fussent avec Frédéric. Incertain s'il devait l'attendre ou l'aller chercher dans d'autres maisons du même genre, il se décide enfin à sortir.

A peine sur l'escalier, Victor se trouve face à face avec Frédéric, qui montait en donnant le bras à Reichburn. Il était pâle et défait; pourtant sur son visage on remarquait une vivacité factice comme celle que donne le vin, ou l'agitation d'une espérance qu'on croit près de se réaliser. Il rougit en apercevant Victor; celui-ci s'approcha, et lui tendant la main : « Milnung, un mot! » Frédéric se pencha vers lui pour l'écouter, sans quitter le bras de Reichburn, comme s'il eût craint de se séparer de l'appui dont il avait besoin contre l'ascendant de Victor. « Mon cher Milnung, vos parents savent l'embarras où vous êtes; ils sont disposés à vous faciliter les moyens d'en sortir, pourvu que vous vous y prêtiez. — Quoi!... quel embarras?... » dit Frédéric troublé. « Que voulez-vous dire?... » Il avait prononcé ces mots assez haut et en se rapprochant de Reichburn, comme pour éviter la suite de la conversation.

« Vous le savez mieux que moi, » reprend Victor du ton d'un doux reproche; puis jetant sur Reichburn un regard de mépris : « Au reste, je supposais bien que monsieur était dans la confidence. — Pardieu! » dit Reichburn en ricanant, « le feu ne menace-t-il pas la maison, parce que, sur les fonds déposés ici par le père Milnung, son fils aura perdu quelques mille rixdalers? — Je ne prétends pas... » dit Frédéric. « Bon! interrompit Reichburn, « c'est pour lui ce que vous appelez en France *une bague au doigt*, et vous êtes sûrement d'avis, monsieur Burkheim, qu'on peut en disposer. — Reichburn!... » cria Frédéric d'un ton très irrité; Reichburn continua à ricaner, et Victor, sans le regarder, s'adressant à Frédéric d'un ton ferme : « Sacrifierez-vous, Milnung, l'affection de vos parents à la société de quelques misérables? — Voilà de beaux embarras! » dit Reichburn; « ce qu'on perd un jour, on le regagne le lendemain. »

En même temps Reichburn cherche à éloigner Victor pour l'obliger à les laisser monter; mais celui-ci, le saisissant avec force, le repousse si vigoureusement, qu'il le contraint à sauter cinq marches et à quitter le bras de Frédéric; de son autre main Victor retient son jeune ami et l'empêche d'être entraîné par la secousse. « Il ne vous convient pas de suivre ce malheureux, » lui dit-il. « Ce qui ne me convient pas, » répliqua Frédéric en se précipitant entre eux deux pour arrêter Reichburn qui revient sur Victor, « c'est de souffrir que mes amis se querellent. — Vos amis! » dit Victor en reculant avec fierté, « vous n'en avez qu'un ici : lui ou moi! » Puis, s'adressant à Reichburn, qui s'efforçait de s'échapper des mains de Frédéric : « Monsieur Reichburn, il n'y a plus qu'une manière de traiter entre nous deux : sortez, nous nous expliquerons. »

Reichburn feint de ne pas entendre, et cherche toujours à se débarrasser de Frédéric. « Qu'est-ce donc que tout cela? » crie Spalberg, qui, en ce moment, paraissait au bas de l'escalier; d'autres joueurs, attirés par le bruit, sortent d'une pièce voisine. De ce nombre était Collet; apercevant Spalberg et Reichburn, il descend précipitamment, et leur dit à voix basse : « Falkart est là-haut; on vous attend depuis une demi-heure. » Victor s'approche aussi de Reichburn, et lui parlant à l'oreille : « Vous êtes le dernier des lâches, si vous ne sortez sur-le-champ avec moi! — Ce sera aussi bon demain, » dit Reichburn; et, s'échappant des mains de Frédéric, il monte l'escalier en ajoutant : « J'ai pour le moment des affaires plus pressantes. — Et vous le suivrez! » dit Victor à Frédéric avec un sourire amer. Frédéric ne répondait rien; la turpitude de celui qu'il venait d'appeler son ami le pétrifiait. Spalberg les regarde un instant; puis se mettant à rire : « Bonsoir; arrangez-vous. Ma foi, mon cher Milnung, vous êtes bien gardé. » En disant cela, il entre dans les salles; les autres joueurs le suivent : Frédéric et Victor restent seuls sur l'escalier.

« Mon cher Milnung, » dit Victor, « au nom de ceux que vous aimez, consentez à m'écouter un instant! » Frédéric, les yeux baissés, demeurait immobile. Victor lui prend le bras. Frédéric troublé se laisse conduire sans résistance. Ils entrent dans un café situé vis-à-vis la maison de jeu; Victor demande un cabinet où ils puissent être seuls. Ils s'y asseyent auprès d'une table; après quelques moments de silence, Frédéric, sans lever les yeux, laisse échapper un soupir, et dit : « Vous faites de moi tout ce que vous voulez. — Et ce que vous voudrez vous-même dans un instant, mon cher Milnung. — Vous pouvez avoir raison, Burkheim ; mais cependant, » ajoute-t-il en se levant et en se promenant dans la chambre avec une sorte de colère, « vous êtes le seul qui puissiez me faire réparer mon malheur. — Vous appelez cela réparer un malheur ! — Enfin, que voulez-vous que je fasse ? » reprend Frédéric avec une violence qui fait déborder son secret. « J'ai perdu deux mille rixdalers, j'en dois mille autres ; où les trouverais-je ? — Il y a sûrement quelqu'un, » dit Victor avec ménagement, « qui aimerait beaucoup mieux, s'il était ici en ce moment, payer trois mille rixdalers, que de vous laisser tenter de les regagner par le moyen que l'on vous propose. — Mon père ? » s'écria Frédéric ; « m'adresser à mon père ? jamais ! — Est-il donc si sévère ? — Lui ! » dit Frédéric en se rasseyant, les yeux mouillés de larmes, et appuyant sur la table ses deux mains jointes, « lui ! c'est la bonté en personne descendue du ciel sur la terre ; il ne m'a jamais adressé un reproche ; il avait trop bonne opinion de moi ! » Le serrement de cœur lui coupa la parole ; puis il ajouta d'une voix oppressée par les larmes : « Mon père a fait lui-même sa fortune ; il disait en nous regardant, Hélène et moi : « Voilà ma noblesse ! »

« Votre sœur s'appelle Hélène ? » demanda Victor, ému par un souvenir touchant. « Cette pauvre Hélène ! » reprit Frédéric, « elle regardait son frère comme le meilleur des hommes: et j'irais leur ôter toute leur joie! Non, non! — Et cependant vous vous exposiez courageusement à les plonger dans un malheur bien plus grand. — On ne perd pas toujours: et d'ailleurs, » ajouta Frédéric avec un peu d'embarras, « il s'offrait une occasion. — Laquelle? » demanda Victor inquiet. « Un certain jeune homme, » reprend Frédéric, toujours plus embarrassé, « qui a de l'argent à jouer et qui a l'habitude de risquer beaucoup... — Ce jeune homme, » interrompit Victor, frappé d'un souvenir subit, « serait-ce Falkart, que j'ai entendu nommer à Collet?... Je le connais: c'est un commis de banque. L'argent qu'il joue ne peut être le sien. »

Frédéric ne répondait pas: il paraissait accablé. Victor joint les mains, et baissant la tête avec une profonde douleur: « Et c'est vous, Frédéric, qui cherchiez à en profiter! — Dieu! » s'écrie Frédéric en se couvrant le visage de ses mains et dans l'angoisse d'une honte inexprimable.

Ils gardent quelques instants le silence; enfin Victor reprend d'un ton un peu plus calme: « Ne parlons plus de vos égarements, Milnung; je suis sûr qu'il vous serait maintenant impossible d'y retomber. Mais supposons que vous ayez eu le malheur de trouver la fortune favorable, auriez-vous tout regagné aujourd'hui? Pensez-vous de bonne foi que ceux qui travaillent avec tant de constance, depuis près de deux mois, à vous entraîner dans l'abîme, vous en eussent laissé sortir ainsi tout d'un coup? Non; on se fût réservé les moyens de vous engager à jouer de nouveau. Si vous jouez demain, vous jouerez après demain. On vous procurera des facilités pour trouver de l'argent; cependant elles auront un terme. Vous figurez-vous le moment où, privé des ressources perfides qu'on ne vous aura procurées que pour vous en dépouiller, obligé de renoncer à vos désastreuses espérances, il vous faudra, comme aujourd'hui, tout déclarer, désordres sur désordres, honte sur honte, emprunts usuraires, dettes avilissantes! et pour résultat, la vieillesse de votre père empoisonnée, ses affaires peut-être dérangées, s'il n'aime mieux profiter du bénéfice de votre âge pour vous livrer à l'opprobre d'avoir emprunté ou risqué ce que vous ne pouviez payer! Enfin, Milnung, voyez quelle sera votre existence dans cette maison dont vous faisiez la joie : les yeux baissés, muet entre votre père et votre sœur, séparé de toute intimité, vous serez pour eux un objet de pitié, et aussi d'embarras, car ils ne pourront vous montrer au monde sans rougir; votre père ne prononcera plus avec plaisir et confiance le nom de son fils. »

En ce moment Frédéric, qui était demeuré la tête appuyée sur ses mains et dans une complète immobilité, poussa un profond soupir. Victor reprit d'un ton doux et affectueux : « Mon cher Milnung, c'est à cette accumulation de fautes et de malheurs inévitables que vous échappez en ne retardant pas davantage l'aveu qu'il vous faudrait faire plus tard. » Frédéric soulevant sa tête avec effort : « Soyez tranquille, j'écrirai à mon père. — Quand? — Laissez-moi respirer! — Respirer! mon pauvre ami! sous le poids d'une faute, sous le poids d'un aveu si difficile! Le malheur vous accablera tant que cet aveu ne sera pas fait; vous n'aurez plus après que le repentir, qui a bien encore ses douceurs lorsqu'il soutient une résolution vertueuse. — Allons, il faut faire ce que vous voulez ! » dit Frédéric avec un soupir.

Victor fit apporter de quoi écrire. « Par où commencerai-je ? » demanda Frédéric avec angoisse. Mais à peine eut-il écrit les premières lignes, que son cœur s'ouvrit, des larmes abondantes inondèrent le papier ; les expressions coulaient rapidement, pleines de repentir, de tendresse, de confiance en la bonté de son père. Il avait eu de la peine à se décider, il semblait ne pouvoir s'arrêter. Cependant il termina sa lettre, la plia et la remit à Victor en lui disant : « Maintenant vous êtes le maître de mon sort. — Mon cher Frédéric, » répondit Victor avec une émotion profonde en prenant la lettre, « vous venez de me donner un des plus heureux moments que je puisse goûter dans ma vie ; je ne l'oublierai jamais. » Frédéric se jeta dans ses bras en s'écriant : « Burkheim, vous êtes mon meilleur ami ! »

Ils furent interrompus par un coup de feu que l'on venait de tirer sous la fenêtre du café. Au même instant on crie, on court ; Victor et Frédéric descendent précipitamment, et apprennent de la foule qui commençait à grossir dans la rue, qu'un homme vient de se brûler la cervelle à la porte de la maison de jeu, d'où il sortait. On apporte des lumières pour s'assurer si cet homme respire encore ; mais il est mort. Victor approche et s'écrie : « C'est Falkart. »

Frédéric pâlit et chancelle; il appuie son visage sur l'épaule de Victor. « Dieu ! si c'était moi qui l'eusse gagné ! » dit-il d'une voix étouffée. Victor l'emmène; il pouvait à peine se soutenir : à quelque distance de là son ami est obligé de le faire asseoir; enfin un torrent de larmes vient le soulager.

« Ah ! quand mon pauvre père saura tout, » dit-il en joignant les mains, « comme il sera pressé de me pardonner ! — Et il apprendra que vous n'avez pas attendu ce terrible avertissement. Remercions-en le ciel, mon cher Milnung. — Ah ! Burkheim ! » s'écria Frédéric en se jetant dans les bras de Victor, et versant des larmes amères; « pourquoi n'avez-vous pas été l'ami de Falkart ! »

Victor, quoique pénétré lui-même d'un chagrin profond, s'efforça de calmer son ami. Comme ils se levaient pour reprendre leur route, ils aperçurent le banquier, parent de Frédéric; il venait d'entendre dire qu'un jeune homme s'était tué en sortant d'une maison de jeu, et il accourait plein d'effroi. Il poussa un cri de joie en voyant Frédéric. « Le voilà ! » dit Victor, allant au devant de sa pensée. Frédéric baissa les yeux; il était confus d'avoir donné lieu à une telle scène ; il reconnaissait que l'imprudence de sa conduite l'avait fait retomber dans une espèce d'enfance, qui donnait à tout le monde le droit de veiller sur lui. « Où en sommes-nous ? » demanda le banquier à Victor, après les avoir embrassés. « J'attendrai les ordres de mon père, » dit Frédéric; et serrant la main de Victor : « Voici l'ami qui voudra bien lui répondre de ma raison pour l'avenir. »

Ils se séparèrent. Victor serait rentré content de sa journée, s'il n'eût eu sans cesse devant les yeux l'image du malheureux Falkart, de ce jeune homme, quelques jours auparavant, plein de vie, d'ardeur et d'espérances; il se rappelait les paroles de Frédéric : « Que n'avez-vous été aussi l'ami de Falkart! » Voué à faire le bien, il lui semblait qu'il avait contracté envers le malheur une sorte de responsabilité. L'amour même de la vertu a quelquefois ses faiblesses; il faut savoir les surmonter, en soumettant sa conscience à l'examen de la raison, pour ne lui accorder que ce qu'elle est en droit d'exiger.

XIV

SUITE DE L'HISTOIRE DE VICTOR

LES BRIGANDS.

Le lendemain, Victor était à peine réveillé lorsque M. Filmer entra le visage renversé; il s'assit sans dire un mot. Victor lui ayant demandé la cause de son chagrin, M. Filmer commença, avec beaucoup d'excuses et de correctifs, à se lamenter de ce que lui Victor avait conservé des liaisons avec un mauvais sujet comme Spalberg, et fréquentait les maisons de jeu. Victor comprit que l'événement de la veille avait fait du bruit, et qu'il était accusé d'y avoir eu part. Falkart avait touché, pour son patron, une somme de quinze mille rixdalers; le lendemain matin, tenté par un mouvement de cupidité, il en avait joué une partie, et s'était tenu caché le reste du jour, résolu de tenter encore la fortune avec le surplus, pour tâcher de regagner au moins ce qu'il avait perdu; il s'était muni d'un pistolet, décidé à se brûler la cervelle s'il ne réussissait pas; en effet, après avoir tout joué, il avait exécuté son funeste dessein. La maison de banque à laquelle il appartenait, et où déjà l'on était étonné de ne l'avoir pas vu reparaître, avait été promptement informée de ce fait et l'avait dénoncé aux autorités; en sorte que, le matin même, on avait arrêté celui qui tenait la maison de jeu et quelques-uns de ses associés. On savait les noms de la plupart de ceux qui avaient paru la veille dans la maison; et ce qui aggravait l'affaire, c'est qu'on avait trouvé des cartes marquées, des dés pipés et plusieurs objets qui prouvaient que le jeu n'était pas toujours loyal. M. Filmer ajouta que l'ami à qui il avait parlé de Victor pour lui obtenir une place venait de l'avertir en secret que son protégé eût à se mettre en sûreté.

Victor, sans nommer ni compromettre Frédéric, expliqua facilement à M. Filmer pourquoi il était allé dans cette maison et ce qu'il y avait fait; il le pria d'aller retrouver son ami pour le consulter sur les moyens de se tirer de là. M. Filmer y consentit; il sortit convaincu qu'il allait arranger l'affaire; mais, au bout d'une heure, il revint tout consterné: « Imaginez, mon cher monsieur Burkheim, qu'ils veulent absolument que vous soyez un Français; je n'ai pu leur persuader le contraire. — Eh bien, » dit Victor en dissimulant son inquiétude, « que leur importe? — Le maître de la maison de jeu, qui est un Français, » reprit M. Filmer, « passe, ainsi que plusieurs de ses associés, pour un des espions que la France entretient auprès des gouvernements étrangers. On n'aime pas ces sortes de gens; cependant on n'ose pas trop leur chercher querelle; mais on est enchanté de les trouver en faute. On va, dit-on, pousser cette affaire avec beaucoup de sévérité, et l'on vous soupçonne de vous entendre avec eux, parce que l'on vous croit Français. Au reste, il ne vous sera pas difficile de vous justifier ; je l'ai dit à mon ami, en l'assurant que vous ne craigniez rien.»

Victor n'était pas sans inquiétude : il rêvait avec anxiété au parti qu'il avait à prendre, lorsque M. Filmer ajouta : « Mon ami m'a dit (excusez-moi, monsieur Burkheim) : Si on pouvait se débarrasser de ces gens-là sans éclat, ce serait le mieux ; il m'a même proposé un passeport pour vous procurer les moyens de sortir du royaume ; mais j'ai pensé que vous n'en voudriez pas. »

Victor saisit avec empressement cette ouverture ; il assura M. Filmer qu'il ne serait pas fâché de s'absenter au moins quelque temps, pour éviter le désagrément de cette affaire ; et le bon M. Filmer, tout en regrettant vivement que son ami Burkheim ne demeurât pas pour faire éclater son innocence, retourna chercher le passeport. Il le rapporta bientôt parfaitement en règle, avec le conseil de ne pas tarder à en faire usage. Victor, bientôt prêt à partir, le chargea de lui envoyer quelques effets qu'il laissait à Cassel, et lui recommanda d'informer Frédéric de son départ, et de l'assurer qu'aussitôt hors du royaume de Westphalie, il lui écrirait pour lui faire part de ses projets et du lieu de sa résidence. Ensuite il se hâta de sortir de la ville. Après avoir marché une partie de la journée, il s'arrêta dans un village où M. Filmer devait lui faire parvenir quelques objets de voyage dont il avait besoin.

Victor n'était pas riche : quelques jours auparavant, il avait envoyé à M. Leblanc deux cents francs, fruit de ses économies, en le priant de les faire passer à M. Delorme, comme une première preuve de son désir sincère de s'acquitter envers lui. Pressé de se donner la satisfaction de ce premier envoi, il avait gardé si juste pour le moment, qu'il lui aurait été difficile de supporter de grands frais de route. Il savait qu'une fois hors de Cassel, il avait une certaine latitude pour sortir du royaume; il prit donc le parti de voyager à pied; ses effets, par un malentendu, ne lui étant arrivés que trois jours après son départ de Cassel, il se remit en chemin le quatrième jour, se dirigeant du côté de Bamberg, où M. Filmer avait un ami pour lequel il lui avait donné une lettre de recommandation.

Victor n'était pas loin des frontières du royaume de Westphalie, lorsqu'un matin il aperçut un voyageur qui venait de son côté. Autant qu'il en put juger à quelque distance, cet homme était un vieillard; il paraissait très souffrant et marchait d'un pas chancelant en s'appuyant sur son bâton; enfin il s'arrêta, et presque aussitôt étendit le bras comme s'il cherchait quelque appui. Victor pressa le pas et arriva à temps pour le soutenir. Le pauvre vieillard paraissait épuisé de fatigue. Victor le conduisit au bout du chemin, et le fit asseoir; mais ils n'avaient ni l'un ni l'autre de provisions de voyage.

Quelques moments de repos ayant un peu remis le vieillard, Victor lui proposa de gagner une maison située à très peu de distance : il s'y laissa conduire. Victor demanda pour lui un verre de vin; mais à peine put-il se faire écouter : les gens de la maison étaient occupés à répondre à deux hommes, dont l'un paraissait le bourgmestre de quelque ville voisine, et l'autre un agent de police qui leur demandait des renseignements sur deux individus que l'on disait avoir vus passer dans le pays, ou y être encore cachés. « Je les ai suivis à la trace jusqu'à trois milles d'ici, » disait l'homme de la police, « puis je les ai perdus. » Après avoir écrit quelques mots d'une espèce de procès-verbal, il se tourna vers Victor et le vieillard qui venaient d'entrer, et les examina curieusement ; Victor surtout était l'objet de son attention. Il lui demanda d'où il venait, et s'il avait des papiers. Victor montra son passeport. « Burkheim ! » s'écria l'autre homme, lorsqu'il eut jeté les yeux dessus. « Ah ! ah ! nous savons : Burkheim Duchamp. »

Victor se crut perdu ; cependant, prenant son parti, il répondit très froidement : « Burkheim est le nom que je porte. — Oui, oui, le nom de guerre. Vous étiez bien un peu de la bande. — Non, monsieur, » répondit Victor avec beaucoup de fermeté et même d'un ton assez fier. L'agent de police continua d'examiner son passeport, puis il l'invita à passer avec lui dans une chambre voisine. Là, il lui demanda d'un ton menaçant le lieu où s'étaient cachés Spalberg et Reichburn, que l'on cherchait ; mais Victor lui répondit avec tant de simplicité et de fermeté, qu'il commença à s'adoucir. « Je vois que vous savez qui je suis, » lui dit Victor. — Peu m'importe : mon affaire à moi, c'est de trouver ceux que

je cherche; je vous conseille pourtant de ne pas rester trop longtemps dans le pays : nous vous aimons mieux dehors que dedans, entendez-vous? »
Et il lui remit son passeport.

Victor promit à l'agent de police de mettre son conseil à profit; il rentra dans la pièce où était le vieillard, qui venait d'éprouver un nouvel évanouissement, causé par la peur que lui inspirait l'agent de police. Le bourgmestre tâchait de le rassurer, en lui répétant que rien de tout cela ne le regardait. Cependant l'agent de police lui fit quelques questions; le vieillard, de plus en plus intimidé, se trouva hors d'état d'y répondre; on lui demanda ses papiers; il les présenta d'une main tremblante, et se sentit défaillir de nouveau : « Messieurs, messieurs! » disait-il d'une voix à peine intelligible, « au nom du ciel, ne me rendez pas responsable! Mon pauvre fils n'a jamais reçu de moi que de bons exemples et de sages conseils. » Victor jeta les yeux sur le passeport : il lut le nom de *Falkart de Nuremberg;* c'était le père du malheureux Falkart.

Quel tableau déchirant présentait cet infortuné père, accablé sous le double poids de la mort et du crime de son fils, et se croyant encore l'objet de poursuites! Le bourgmestre, homme humain et sensible, se hâta de le tranquilliser, et l'agent de police le quitta en l'assurant qu'il allait faire ses diligences pour trouver ceux qui avaient contribué à la mort de son fils.

Victor, resté seul avec le vieillard, s'aperçut qu'il le regardait avec quelque méfiance; il s'empressa de la dissiper en lui témoignant de la sympathie pour son malheur. Il lui dit qu'il avait connu son fils, sans lui avouer cependant qu'il eût été en quelque sorte témoin de sa mort, craignant de réveiller la douleur du pauvre père; il lui parla des bonnes qualités qu'il avait cru reconnaître en son fils. Et le malheureux vieillard, quoique chaque parole lui déchirât le cœur, trouvait encore une sorte de douceur à cette conversation.

Il raconta à son tour à Victor qu'il était marchand à Nuremberg. Il avait fait élever avec le plus grand soin son fils, chez qui il avait reconnu d'heureuses dispositions. « Hélas! monsieur, c'est ce qui l'a perdu : il voulait aller trop haut et trop vite, et l'on ne peut guère arriver à la fortune promptement et honnêtement. J'ai passé ma vie à acquérir ce qui, aujourd'hui, » dit-il en pleurant avec amertume, « doit à peine suffire pour payer la dette de mon fils. Ne pouvant supporter l'idée du déshonneur que son inconduite va jeter sur ma famille, j'ai pris avec moi six mille rixdalers, la dot de ma fille (c'est tout ce que j'ai pu réaliser) ; je me rends à Cassel pour les offrir au banquier à qui mon malheureux fils en a dérobé quinze mille; je le prierai de s'en contenter, en attendant que je puisse vendre tout ce que je possède, pour acquitter le reste. Ma pauvre fille, comment la marierai-je? » continua-t-il en pleurant; « ruiné ou déshonoré, n'est-ce pas la même chose? Ce qui me perce le cœur, c'est qu'un jour elle maudira la mémoire de son frère. » Et cette idée parut donner à sa douleur une nouvelle violence.

Victor parvint cependant à calmer un peu le bon vieillard. Il lui demanda comment il comptait continuer sa route. Le vieux Falkart lui apprit qu'il était venu jusque-là par une voiture qui n'avait pu le conduire plus loin; comptant trouver à un mille de l'endroit où il était une diligence à bon marché, il avait espéré pouvoir y aller à pied; mais dévoré de la fièvre depuis qu'il avait reçu la funeste nouvelle, il s'était bientôt senti dans l'impossibilité de marcher davantage; et sans Victor il serait probablement mort sur le chemin.

Quelque pressé qu'il fût, Victor proposa au vieillard de le conduire jusqu'à la voiture, s'il croyait pouvoir la rejoindre. Il répondit qu'après s'être un peu reposé, il l'espérait. Victor consentit à l'attendre, et réussit, à force de précautions, à le faire arriver sans accident à l'endroit où devait passer la voiture. Là, ils se séparèrent.

Ces incidents avaient pris la plus grande partie de la journée, et Victor, pour conduire le vieillard, avait été obligé de rétrograder, en sorte que l'endroit où il se trouvait était un peu plus éloigné des frontières que celui où le matin l'agent de police avait jugé à propos de viser son passeport. Il avait à craindre, si on le rencontrait, que cette circonstance ne le fît soupçonner de chercher à rentrer dans le pays. Il résolut donc de reprendre sa route sur-le-champ, mais en s'écartant du grand chemin. Celui qu'il choisit le conduisait à travers une forêt. Ce chemin abrégeait un peu, mais on lui dit qu'il n'était pas très sûr, les voleurs s'y tenant habituellement pour guetter les voyageurs. « Pourtant, » ajouta-t-on, « les gendarmes leur font la chasse depuis quelques jours, car on veut absolument en délivrer le pays. »

Victor avait peu à perdre; il n'était pas d'ailleurs fort craintif : il s'inquiéta donc assez peu de l'avis qu'on lui donnait, et se mit en route à travers la forêt. Bientôt il aperçut quelques gendarmes; désirant les éviter pour ne pas avoir à montrer son passeport, il prit un petit sentier, croyant qu'il retrouverait facilement le chemin qu'il avait quitté ; mais au contraire il s'en éloignait de plus en plus, et ce ne fut qu'après avoir marché assez longtemps que, ne reconnaissant aucune des indications qu'on lui avait données, il vit qu'il s'était égaré. Il chercha à s'orienter, mais il n'en put venir à bout, et s'égara de plus en plus.

On était à la fin de septembre, et il faisait nuit noire; Victor, après beaucoup d'efforts pour retrouver son chemin, fut convaincu que le hasard seul pouvait le remettre en bonne voie. Il monta sur un arbre élevé pour découvrir quelque indice qui pût le guider; mais les arbres environnants étaient très hauts, et d'ailleurs l'obscurité de la nuit l'empêchait de rien distinguer; il prit le parti de descendre. Il touchait déjà au tronc de l'arbre, lorsqu'il crut entendre marcher et parler à peu de distance au-dessous de lui; il prêta l'oreille : c'étaient deux hommes qui venaient de son côté. Dans l'incertitude de ce qui pouvait arriver, il se tint immobile et caché dans le feuillage.

Pour monter plus facilement, Victor avait laissé au

pied de l'arbre son petit paquet. Un des hommes, le sentant par hasard sous son pied, le ramassa.

« Ah! ah! » dit-il, « c'est quelque pauvre diable qui aura oublié là ses guenilles. Pour celui-là, nous n'aurons pas la peine de les lui demander. — Le bâton y est aussi, » ajouta l'autre homme en se baissant pour ramasser le bâton de Victor. « Diable! il est bien ferré. S'il compte là-dessus pour se défendre... Ce sera excellent pour l'affaire de tantôt; un bon coup de ça, ça ne fait pas de bruit. »

Comme ils commençaient à s'éloigner, Victor ne put entendre la suite de la conversation; mais il comprit clairement que ces deux misérables faisaient partie de la bande de voleurs dont on lui avait parlé, et qu'ils se préparaient pour le soir même à un coup de main combiné d'avance. Il n'hésita pas à les suivre, dans l'espoir, s'il pouvait se tenir à portée au moment où ils attaqueraient, de parvenir à leur faire lâcher prise en les effrayant par son arrivée subite; il pensa d'ailleurs que le secours d'un homme de courage pouvait être extrêmement précieux en pareille rencontre, et que ce serait pour lui un moyen de retrouver son chemin.

Dès que les voleurs furent assez éloignés, Victor coupa une branche d'arbre pour remplacer le bâton qu'ils lui avaient emporté; puis il descendit, et prit en toute hâte le même sentier qu'eux, ayant soin toutefois de marcher avec précaution. Il se fut bientôt rapproché assez pour les apercevoir de temps en temps et être à même d'entendre leurs voix. Il continua à les suivre sans bruit. Après plusieurs détours, ils atteignirent un chemin creux qui paraissait assez droit et que la lune éclairait par instants. Victor n'osa s'y risquer à leur suite, dans la crainte d'être vu; mais il marcha le long d'une haie qui bordait un des côtés du chemin.

Enfin ils s'arrêtèrent dans un endroit obscur et enfoncé; l'un des deux donna un coup de sifflet auquel quatre autres coups de sifflet répondirent de trois côtés différents. Victor crut le moment de l'attaque arrivé, et se tint prêt à s'élancer de l'autre côté de la haie; mais, n'entendant plus rien, il en conclut que c'était un signal. Le nombre des coups de sifflet qui avaient répondu lui apprit que la bande ne devait pas être de moins de six hommes; il ne comprenait guère comment, dans ce chemin trop étroit pour donner passage à une voiture, ils pouvaient espérer une prise qui valût la peine de tant de préparatifs. Prêtant avec soin l'oreille à leur conversation, il entendit l'un d'eux dire à l'autre : « Mais quand je te répète que Folk m'a promis de les conduire par ici. D'ailleurs, par où veux-tu qu'ils viennent? c'est le chemin pour se rendre à sa maison; et puis nos camarades sont placés dans les petits sentiers des deux côtés; je te réponds qu'il ne passera pas un oiseau que nous ne l'attrapions au passage. — J'ai toujours pensé, » dit l'autre homme, « qu'il aurait mieux valu les prendre dans la maison de Folk. — Il ne l'a pas voulu; les maisons des autres bûcherons sont là tout autour; et puis ce n'est pas assez loin de la lisière du bois. Ces diables de gendarmes le fouillent depuis quelques jours dans tous les sens; il en est même venu deux avant-hier à la maison de Folk; il s'est bien gardé de le dire là-bas... Mais... est-ce que je n'ai pas entendu un coup de sifflet dans l'éloignement? — Non, c'est une erreur. »

En effet, on n'avait point sifflé. « Diable! » reprit le premier des deux, « il ne faudrait pas manquer le signal d'alarme. — N'est-on pas convenu, si les gendarmes entraient dans le bois de ce côté, de donner trois coups de sifflet? il n'y a pas à s'y tromper. Et puis ils ne viendront pas à cette heure. — Je n'en voudrais pas jurer, ils sont acharnés après nous comme des démons. Écoutons toujours. »

Ils se turent, on n'entendait aucun bruit. Victor se mit à réfléchir sur sa situation et sur celle des voyageurs qu'il espérait secourir. Ils étaient plusieurs, c'était évident; mais il ne connaissait ni leur nombre ni leur force; il pouvait y avoir des femmes, des enfants qui ne seraient d'aucun secours; d'ailleurs, le traître qui devait les conduire était sûrement chargé de disposer la marche de manière à rendre le succès des brigands plus facile. Victor pensa qu'en suivant le chemin qui conduisait à la maison de Folk, il rencontrerait certainement les voyageurs, et que, s'il pouvait les joindre avant que Folk fût à portée d'être soutenu par ses complices, l'on aurait bon marché de ce misérable. Il s'éloigna donc avec les plus grandes précautions, et suivit la haie, ayant soin de regarder souvent dans le chemin, et d'observer aussi autour de lui, pour ne pas se laisser surprendre par les autres voleurs. Il marcha longtemps sans rien découvrir; il commençait à craindre d'avoir manqué ceux qu'il cherchait, lorsqu'au bout du chemin il vit une faible lueur qui paraissait venir d'une habitation. En effet, il distingua bientôt une cabane de bûcheron; un trou qui servait de fenêtre donnait passage à la lumière. Il approchait, lorsque deux hommes se présentèrent devant lui; l'un d'eux, qu'il reconnut à la voix pour être Spalberg, lui dit : « Vous rentrez bien tard; allons, dépêchons-nous de partir. — Ne vous pressez pas tant, » répondit Victor à voix basse; « éloignez-vous un peu plus de la maison. »

« Ce n'est pas Folk! » dit avec un mouvement d'effroi l'autre homme dont la voix était celle de Reichburn. « Que voulez-vous? qui êtes-vous? — Un de vos amis, qui vient vous avertir des dangers que vous courez. — Quelle diable de voix! » dit Spalberg; « ce n'est pas possible!... — C'est moi, c'est Burkheim. Taisez-vous, et suivez-moi. — Viens donc! » dit Spalberg à Reichburn, qui semblait éprouver quelque méfiance. « Prenez garde qu'on ne vous aperçoive de la maison, » ajoute Victor.

Ils regardent autour d'eux; sûrs de n'être pas observés, ils suivent avec inquiétude Victor dans un fourré voisin. Là, il leur raconte ce qu'il a entendu, sans leur cacher l'interrogatoire du matin. Comme il achevait, il leur parut qu'on remuait les broussailles tout près d'eux. « Ils ne sont sûrement pas là, » dit-on assez bas; « d'ailleurs, ils y seraient trois. — Quelle histoire!... » répondit une autre voix. « Je te dis que le petit les a vus de ta porte : un homme est venu leur parler, et ils s'en sont allés ensemble.

— C'est Folk et sa femme, » dit Spalberg lorsqu'ils se furent éloignés. « Ils nous cherchent. Si nous tombions sur ce gaillard, c'en serait toujours un de moins? — Oui, pour qu'il attire tous les autres! » dit Reichburn. « Pardieu, je me charge bien de ne pas lui en laisser le temps. — Et la femme et l'enfant? » ajouta Victor. « Ma foi, tout cela ne vaut pas mieux que lui, » répondit Reichburn.

Comme cette réponse ne pouvait être sérieuse, personne ne la releva. On se mit à réfléchir sur les moyens de se tirer d'affaire. « Il faut d'abord commencer, » dit Spalberg, « par nous éloigner de ce nid de brigands... — Chut!... » interrompit Reichburn.

En effet, on entendit s'approcher du buisson par un autre côté : c'étaient encore Folk et sa femme. « Je t'assure qu'on est venu les avertir, » dit-elle, « et qu'ils se sont sauvés d'un autre côté. Ils vont peut-être nous amener les gendarmes. — Bon! ils en ont plus peur que nous. Et puis comment veux-tu qu'on soit arrivé jusqu'ici? nos gens gardent les issues du bois; je viens encore d'en rencontrer deux. — Mais pourquoi s'en seraient-ils allés? — Ils se sont ennuyés d'attendre, ils ont pris les devants : je parie qu'avant dix minutes j'entends le signal convenu. Adieu, je ne veux pas manquer l'affaire. — Ah! mon Dieu! » dit la femme, « quand donc cesseras-tu de te mettre dans tout cela? — Ma foi, nous n'en avons peut-être pas pour longtemps : le bois commence à n'être pas sûr, les gendarmes le travaillent jour et nuit. Allons, bonsoir, je reviendrai plus riche. » Il s'en alla de son côté, et la femme du sien, non sans pousser de grands soupirs.

« A présent que les voilà partis, » dit Reichburn, « ne ferions-nous pas mieux de retourner à la cabane? — Pourquoi faire? pour y attendre les gendarmes? » dit brusquement Spalberg. « Ma foi, je les aime mieux que les voleurs. — Non, pardieu! pas moi. Tout cela m'ennuie, » continua-t-il d'un ton chagrin; « il faut qu'il y ait une fin de manière ou d'autre. Si c'est l'argent de Falkart qui les tente, qu'il aille au diable... Cet argent me pèse... L'imbécile, aussi... aller se brûler la cervelle! »

En disant cela, il sortit du fourré, mais du côté opposé à la maison; Victor le suivit, et Reichburn fut bien obligé de prendre la même direction.

Quand ils furent hors du buisson, ils regardèrent autour d'eux; et quoiqu'ils ne vissent personne et n'entendissent aucun bruit, Victor leur conseilla de s'éloigner encore, sans perdre pourtant de vue le chemin creux qui devait servir à les diriger. Il se chargea de les conduire; et lorsqu'ils furent arrivés à un endroit où, sans être aperçus, ils pouvaient voir autour d'eux à une certaine distance, il s'arrêta. « Où allons-nous? » dit alors Reichburn. « Au combat! » répondit brusquement Spalberg. — Quelle folie! » s'écria Reichburn. « Nous sommes trois contre sept : on en a gagné de moins chanceux, » ajouta Spalberg. « Je ne demande pas mieux d'en courir les risques, » dit Victor; « mais je fais mes conditions. Si nous sortons d'ici, l'argent de Falkart sera à moi. — Vous vous moquez, Burkheim! » répondit Reichburn. « Ma foi, mon cher, » interrompit Spalberg, « cet argent-là porte malheur. — Il me portera bonheur, à moi ! Écoutez, un seul mot : j'exposerai ma vie de tout mon cœur pour vous aider à défendre la vôtre. Mais, si je défends l'argent de Falkart, ce ne sera pas pour vous. — Qu'est-ce que cela veut dire ?... l'argent de Falkart ?... Ce que nous avons est à nous. Mêlez-vous de vos affaires, » reprend Reichburn en colère.

Victor, sans répondre, se tournant vers Spalberg : « Vous devinez ce que j'en veux faire, Spalberg ; qu'en pensez-vous ? — Je n'aime pas qu'on me mette le marché à la main, » dit froidement Spalberg. « Avec vous seul j'en userais autrement. » Puis, lui appuyant la main sur l'épaule : « Si vous aviez vu, comme moi, le malheureux père, l'argent du fils vous pèserait encore davantage. — Essayez de tirer ce que vous pourrez de cet imbécile-là, » dit Spalberg d'un ton chagrin.

Reichburn ne les avait pas écoutés, il était trop occupé à observer les alentours ; il se retourna vers eux et leur dit : « Faites ce qu'il vous plaira : pour moi, je suis décidé à attendre le jour sur un de ces arbres. — Bonne nuit ! » lui dit Spalberg. Puis s'adressant à Victor : « Burkheim, je crois que nous n'en serons pas plus mal pour n'avoir pas avec nous ce misérable poltron. Êtes-vous toujours dans les mêmes dispositions ? — Toujours, » dit Victor ; il allait continuer ; Spalberg l'arrêta, et lui serrant fortement le poignet : « Point de marché, Burkheim ! n'oublions pas que nous avons été amis. — Soit, je puis encore avoir de la joie à m'en souvenir. — Reichburn, » dit Spalberg, « si nous nous séparons, comme j'aurai l'argent à défendre, je te déclare qu'il est à moi. — Comment?... — Parbleu! tu as trouvé bon de m'en charger pour t'en sauver les risques; je te dirai, comme Burkheim, si je le défends, ce ne sera pas pour toi. »

Reichburn allait se fâcher; mais tout d'un coup il recule avec effroi, et poussant Spalberg du coude: « En voici un! » En effet, ils aperçoivent un homme qui s'avançait lentement le long du chemin creux, regardant tantôt du côté du bois, tantôt dans le chemin du côté de la haie.

« Je crois qu'il pourra passer sans nous voir, » dit Reichburn. « Tant pis pour lui, s'il nous voit, » dit Spalberg en armant son pistolet; « avant que le coup de sifflet soit achevé, il aura une balle dans la tête. » Victor en ce moment se rappelle le signal d'alarme convenu. « Reichburn! » dit-il vivement, « si je vous débarrasse d'eux, acceptez-vous le marché? — Allez au diable, vous et vos gasconnades! — Ce n'est pas là une réponse; acceptez-vous? » En ce moment le voleur paraît se tourner de leur côté! « Oui! » dit Reichburn, presque hors de lui. « Spalberg! » ajoute Victor, « je compte sur vous! » Puis, appuyant une clef sur ses lèvres, il siffle trois fois d'un ton ferme et aigu. Le voleur incertain s'arrête, il paraît un instant vouloir se diriger de leur côté. Spalberg tient son pistolet armé; mais on entend dans le lointain répéter les trois coups de sifflet; alors le voleur passe par-dessus la haie et descend dans le chemin. Victor fait quelques pas pour l'observer, il le voit remonter de l'autre côté et se sauver à travers le bois. « On nous a compris, » dit-il en revenant; « la route doit être libre. »

Victor raconte alors à Spalberg et à Reichburn ce qu'il avait heureusement oublié de leur dire d'abord. Reichburn, encore épouvanté, a quelque peine à se décider à suivre ses compagnons de voyage; cependant la terreur que lui cause l'idée de rester seul le détermine enfin. Ils marchent avec précaution à la suite l'un de l'autre, le long de la haie qui borde le chemin, ayant soin de se courber chaque fois qu'une éclaircie les expose à être vus. Le silence le plus profond règne autour d'eux; une seule fois ils entendent dans le chemin le pas d'un homme. Spalberg regarde par-dessus la haie et reconnaît Folk; ils ne peuvent plus douter que la troupe ne se soit débandée. En effet, en approchant de l'endroit où se sont arrêtés les deux brigands, Victor s'assure qu'il n'y a plus personne, tout est calme dans les environs; il en conclut que le rapport de Folk aura jeté l'alarme. Enfin la forêt s'éclaircit, nos voyageurs aperçoivent à l'extrémité de la route une espèce de hameau où Spalberg et Reichburn doivent trouver des chevaux. Tout danger est passé. Spalberg serre la main de Victor : « Mon cher Burkheim, » lui dit-il, « si vous pensez que votre vie vaille quelque chose, vous pouvez à présent vous féliciter de l'avoir sauvée. »

Spalberg lui expliqua alors comment ils s'étaient trouvés chez le bûcheron. Ils s'étaient cachés d'abord dans un château voisin, appartenant à un de leurs amis; ils comptaient en sortir pendant la nuit et passer la frontière; mais avertis qu'on devait venir les arrêter, ils s'étaient retirés chez Folk le bûcheron, dont ils étaient loin de soupçonner la connivence avec les voleurs. Il avait été convenu qu'il les conduirait à un village assez éloigné du château, où on devait leur tenir des chevaux prêts.

Comme ils traversaient tous trois une espèce de prairie entre la forêt et le village, ils aperçurent les chevaux qu'on amenait en toute hâte. Spalberg s'arrêta, et détachant la ceinture qu'il portait sous ses habits, il la donna à Victor. « Mon cher Burkheim, » lui dit-il, « il y a là six mille rixdalers en or; c'est tout ce que nous avons eu, Reichburn et moi, du pauvre Falkart. Plût à Dieu que je ne lui eusse rien gagné! — Et Dieu veuille vous pardonner les malheurs que vous avez attirés sur cette malheureuse famille! » ajouta Victor.

Reichburn gardait le silence: il avait montré toute sa lâcheté; sa résistance envers deux hommes courageux n'aurait servi qu'à le rendre plus ridicule. Spalberg serra la main de Victor en signe d'adieu. « Si jamais, » lui dit-il, « j'ai besoin du secours d'un honnête homme, mon cher Burkheim, je m'adresserai à vous. » La main de Victor répondit à la sienne. « Adieu, Spalberg, » lui dit-il avec une expression où celui-ci put sentir à la fois de l'affection et du regret. Spalberg parut vouloir ajouter quelques mots, mais il s'arrêta; il renouvela ses adieux à Victor du ton d'un homme qui s'abandonne à sa destinée, et ils se séparèrent.

Victor les perdit bientôt de vue. Il se dirigea vers le village, dans l'espérance d'y trouver un abri malgré l'heure avancée de la nuit. En effet, en approchant de la première maison, il aperçoit de la lumière à travers les fentes d'une porte. Il frappe; une vieille femme vient lui ouvrir avec empressement; mais, en le voyant, elle recule d'un air de surprise mêlée d'effroi. Victor comprend que ce n'est pas lui qu'elle attend. Il lui demande si elle veut le loger pour la nuit. «Nous ne logeons point de voyageurs,» dit-elle en refermant brusquement sa porte. Victor frappe de nouveau, mais inutilement: « Passez votre chemin! » lui crie-t-on avec humeur. Il suit ce conseil, et s'avançant dans le village, il cherche à découvrir s'il n'apercevra pas ailleurs de la lumière; n'en voyant point, il pense qu'il ne sera pas mieux reçu chez des gens qu'il éveillera que chez la vieille femme qu'il a trouvée encore levée; que ce n'est pas la peine, pour quelques heures, de mettre le village en émoi; il prend donc le parti de retourner du côté de la première maison, pour se reposer au moins quelques heures sur un gros tas de paille qu'il a vu auprès.

Victor s'y endormit promptement, mais d'un sommeil que l'inquiétude rendait assez agité; le trésor qu'il avait à garder lui était trop précieux pour ne pas occuper constamment sa pensée. Dans son sommeil, il lui parut qu'on remuait la paille dont il était couvert, et que l'on cherchait à détacher sa ceinture avec précaution. Il s'éveilla en sursaut, et crut distinguer en effet les pas de quelqu'un qui, probablement, venait de marcher près de lui sur la paille. On frappa doucement à la porte de la maison, la vieille ouvrit et dit assez bas : « Tu rentres bien tard ! » Celui à qui elle parlait répondit, en jurant, quelques mots que Victor ne put saisir, et la porte se referma. Victor se rendormit alors si profondément, qu'il était déjà grand jour quand il s'éveilla ; il ne lui restait de ce qu'il avait entendu la nuit que l'idée confuse d'un rêve. Il se leva, et se dirigea vers la porte de la maison qui était ouverte ; il entra pour demander par où il pourrait regagner la route de Bamberg. « Par là, à votre droite ; il n'y a qu'un bout de forêt à passer, et vous y êtes, » lui dit un homme couché sur un mauvais grabat, dans un coin obscur de la chambre. La voix de cet homme le frappa, il se souvint de l'avoir déjà entendue ; tout en cherchant à se rappeler en quelle circonstance, ses yeux se portèrent par hasard vers une table sur laquelle il reconnut une assez jolie petite écritoire portative que lui avait donnée Frédéric et qu'il avait mise dans son paquet. Son bâton ferré était tout près. Ses doutes furent éclaircis, ce n'était plus un rêve : cette voix, c'était celle de l'un des brigands de la forêt.

Quoique ces diverses pensées eussent traversé son esprit avec la rapidité de l'éclair, peut-être avaient-elles produit quelque impression sur sa physionomie ; la vieille femme parut inquiète de l'attention avec laquelle il semblait examiner l'écritoire. « Je ne sais pas ce que c'est, » dit-elle ; « mon fils l'a trouvé... à terre. — C'est une écritoire, » reprit Victor : « voulez-vous me la vendre ? — Bien volontiers, » répondit le fils, toujours de son lit : « nous ne nous servons pas de cela, nous autres pauvres gens. »

Le marché fut bientôt conclu ; Victor demanda ensuite qu'on lui cédât le bâton ferré. « Il me serait utile pour ma route. — Est-ce que vous avez peur des voleurs de la forêt ? » demanda l'homme d'un ton moqueur : « Si vous voulez, comme je vais du même côté, je vous accompagnerai. — Non, je vous remercie, » répondit Victor. « Je ne crains nullement les voleurs; ce sont eux qui ont peur de moi, » ajouta-t-il en faisant tourner le bâton de manière à ôter au brigand toute envie de le lui céder. Et voyant que Victor se disposait à l'emporter : « Je m'oppose à ce que vous le preniez. — Et moi, je le veux ! » répliqua Victor; « j'en ai besoin. » Et l'arrachant des mains de la vieille femme, qui cherchait à le retenir, il l'emporta, sans que le voleur, qui de son lit l'accablait d'injures, ôsât se lever pour le lui aller reprendre.

Victor eut bientôt retrouvé la route ; mais il s'aperçut avec chagrin que, depuis la veille, il avait tourné dans le même cercle, sans avancer d'un mille. Il reconnut la maison où il avait déposé le vieux Falkart : c'était une espèce de cabaret; il y entra pour déjeuner. Là il apprit que, peu de temps après son départ, le malheureux vieillard était tombé dans un évanouissement d'où il était sorti si faible, que, malgré ses prières, le conducteur de la voiture qu'il avait retenue n'avait pas voulu se charger de lui, craignant qu'il ne mourût en chemin. Ce refus avait plongé le vieillard dans un violent désespoir, et sa fièvre en avait redoublé. Il avait eu le délire toute la nuit, versant des larmes et répétant sans cesse que les assassins de son fils allaient lui prendre son argent. Les gens de la maison lui avaient donné tous les soins que réclamait l'humanité; mais il avait peur de ceux qui l'approchaient, et n'avait jamais voulu souffrir qu'on le déshabillât. Victor se fit conduire à la chambre où il était couché. Il le trouva calme, le délire avait cessé; il ne restait plus qu'une extrême faiblesse. Entendant du bruit, il ouvrit les yeux et eut quelque peine à recueillir ses idées; mais enfin il reconnut Victor; la joie qu'il ressentit de le voir parut lui rendre quelque force et de la connaissance. Bientôt il éprouva un vif mouvement d'inquiétude, et se soulevant avec effort sur son coude, regarda s'il était seul avec Victor; puis portant ses mains autour de lui : « Ne m'ont-ils pas dépouillé, pendant que je ne pouvais me défendre? Ah! mon Dieu, s'il fallait perdre cette dernière consolation! »

Victor l'assura que les gens de la maison lui semblaient honnêtes, et l'aida à chercher son argent, qu'il trouva au même lieu où il l'avait placé; mais cet effort avait tellement fatigué le malheureux vieillard, qu'il retomba sur son lit, disant qu'il allait mourir sans avoir pu sauver sa famille du déshonneur, et il se remit à pleurer. Victor le consola, en l'assurant qu'il venait au contraire lui rendre la santé : dans l'état de faiblesse où il le voyait, il ne pouvait lui raconter l'aventure de la nuit; il lui annonça simplement qu'il était chargé par ceux qui avaient gagné l'argent de son fils de lui en restituer une partie, qu'il lui montra. Le vieillard n'osait le croire; dans le transport de sa joie, il embrassait Victor, et voulait partir sur-le-champ pour Cassel. Il essaya de se lever; mais tant d'émotions l'avaient épuisé : il retomba presque sans connaissance, et ne revint à lui que pour répéter qu'il allait mourir.

Victor était désolé; il se voyait dans l'impossibilité de s'arrêter plus longtemps, car on venait de lui apprendre que l'on continuait à chercher Spalberg et Reichburn; des gens qui étaient venus boire au cabaret y avaient parlé d'une visite faite la veille dans une maison à quelque distance de là. Suivant eux, l'agent de police, en s'en allant, aurait dit au bourgmestre qu'il était presque fâché de n'avoir pas arrêté le plus jeune, malgré son passeport; mais que, s'il ne passait pas la frontière le soir même, comme il le lui avait promis, il s'en repentirait.

La maison où se trouvait Victor, recevant toutes sortes de gens, était plus qu'une autre sujette à la surveillance et aux recherches. Y rester vingt-quatre heures de plus, c'était s'exposer presque indubitablement à être arrêté; et, dans ce cas, le dévouement de Victor devenait inutile au pauvre Falkart. Il lui demanda s'il avait quelque ami plus près de Nuremberg à qui l'on pût sur-le-champ écrire de se rendre auprès de lui. Le vieillard, pressentant que Victor avait le dessein de partir, se livra de nouveau au désespoir; il le conjura les mains jointes de ne pas l'abandonner. Victor éprouvait une angoisse inexprimable : « Pauvre infortuné! » lui dit-il avec une douceur et une affection pénétrantes, « je resterais ici si je pouvais vous y être utile; c'est dans votre intérêt que je vous quitte; calmez-vous, et laissez-moi chercher les moyens de vous secourir. Je le jure devant Dieu, je ne me reposerai pas un instant que je ne vous aie mis hors d'inquiétude. » Ces paroles ayant un peu tranquillisé le vieillard, il dit à Victor que son frère habitait un petit village de Bavière, à quelques lieues de là et sur la route de Nuremberg. Victor promit de l'aller avertir de venir sans retard, et conseilla au vieillard, en attendant, de faire signer aux gens de la maison une reconnaissance de la somme dont il était porteur. Cet expédient lui plut; mais, quand il fallut signer, ces gens simples furent effrayés de ce qu'ils regardaient comme un engagement; la femme surtout déclara qu'elle n'y consentirait jamais; elle ne voulait pas même que cet argent restât dans sa maison, isolée comme elle l'était; que c'était un moyen d'attirer les voleurs. On avait déjà trop parlé de la somme que portait avec lui l'étranger, et des gens suspects en avaient même causé; il fallait absolument qu'il s'en débarrassât, sans quoi l'on courait le danger d'être assassiné dans la nuit.

Ce torrent de paroles avait de nouveau réveillé la frayeur du vieillard; il s'écrie qu'il ne veut pas rester dans cette maison, et supplie Victor de le conduire chez son frère : on trouvera bien, dit-il, pour l'emmener, une charrette où il mourra plus tranquille; d'ailleurs il se sent des forces; et, en effet, la fièvre et l'agitation lui en ont rendu. La cabaretière, adoucie par l'espoir de le voir partir, propose de lui louer sa charrette, que son fils pourra conduire le soir même jusqu'à un gros village peu éloigné ; le malheureux vieillard accepte, et, malgré les représentations de Victor, demande avec tant d'instance à se mettre en route, qu'il faut y consentir et profiter de l'offre de la charrette ; on l'y place sur un matelas, et Victor monte près de lui. Mais, au moment de partir, une nouvelle difficulté se présente : le fils de la cabaretière, invité à une noce qui devait se faire le lendemain matin dans un village voisin, refuse absolument d'entreprendre le voyage ; il résiste aux injures et aux menaces de sa mère, et va tranquillement s'asseoir auprès de deux hommes qui fumaient à la porte du cabaret. Cependant l'un d'eux lui dit quelques mots qui le font réfléchir ; sa mère en ce moment l'étant venu prendre par le bras pour l'obliger à partir, il parle bas à son interlocuteur, semble convenir avec lui de quelque arrangement, et vient en grommelant prendre la bride du cheval. C'est sous la conduite de ce guide malveillant que Victor se hasarde, en compagnie d'un vieillard mourant, sur une route inconnue.

Ils étaient partis tard ; leur conducteur, malgré les exhortations et même les menaces de Victor, semblait ralentir à dessein le pas de son cheval ; la nuit approchait, et ils n'avaient encore fait que très peu de chemin. Le malheureux Falkart était retombé dans une sorte d'engourdissement qui lui ôtait le sentiment de ses maux. Il se réveilla un moment en disant : « J'ai soif. » Victor chercha une bouteille qu'il avait emportée, et ne put la trouver ; il pensa qu'elle devait être tombée de la voiture. Il descendit pour aller puiser de l'eau à une source qu'il aperçut à quelque distance, et eut bientôt rejoint la voiture, qui, se trouvant alors sur une montée raide et tortueuse, n'avançait qu'avec peine. Il fut fort étonné de voir un autre conducteur à la place du jeune homme qui les avait menés jusqu'alors. Il demanda la raison de ce changement; le nouveau venu lui répondit que le fils de la cabaretière ayant affaire ailleurs, l'avait prié de mener sa voiture. « Soyez tranquille, je vous conduirai à bon port, » dit-il en donnant à son cheval un coup de fouet qu'il accompagna d'un jurement sur ce que la bête n'avançait pas assez.

Victor frissonna : c'était le même jurement, la même voix qu'il avait entendus et dans la forêt et dans la maison de la vieille femme; en examinant les traits de cet homme, il le reconnut pour un de ceux qu'il avait remarqués à la porte du cabaret ; c'était sûrement un de ces hommes suspects dont avait parlé la cabaretière. Il vit clairement alors que l'imprudence de leur premier conducteur les avait fait tomber entre les mains des brigands auxquels avaient échappé Spalberg et Reichburn.

Tant qu'il n'aurait affaire qu'à ce nouveau conducteur, Victor ne craignait rien; mais le misérable avait dû prendre ses mesures pour n'être pas seul à l'attaquer; il feignait de vouloir hâter le pas du cheval, et montait de temps en temps sur des rochers qui bordaient la route, regardant tout alentour, comme s'il attendait quelque signal. Rien n'aurait été plus facile à Victor que de le jeter en bas de ces rochers, et il aurait donné tout au monde pour qu'il lui en fournît le motif et l'occasion; mais il ne pouvait se résoudre à attaquer le premier, sur un soupçon, quelque fondé qu'il fût, un homme qui ne lui avait encore fait aucun mal.

Falkart était toujours d'une insensibilité complète. « Infortuné vieillard! » dit Victor en le regardant, « dans l'état où tu es, je te défendrai jusqu'à mon dernier soupir. »

Victor avait voulu, en partant, se charger de l'argent du vieillard : mais ce poids le gênait; il pensa que, s'il pouvait s'en débarrasser, il aurait bien plus de facilités pour se défendre. Il n'y avait pas de temps à perdre : on ne rencontrait aucun voyageur, et le chemin, à peu de distance, se séparait en deux. Vraisemblablement leur perfide conducteur en profiterait pour les éloigner de la véritable route, et les livrer aux brigands qui les attendaient. Il venait de monter de nouveau sur les rochers qui bordaient les deux côtés du chemin, et paraissait chercher dans le lointain, et à travers les arbres, à découvrir quelque chose que l'obscurité naissante lui rendait difficile à distinguer. « A-t-on une belle vue de là-haut? » lui crie Victor. « Elle commence à être belle, » répond le brigand; mais elle le sera davantage tout à l'heure.» Victor a compris. Sur l'un des côtés de la route s'élève une roche qui surpasse de beaucoup toutes les autres par sa hauteur et son escarpement; Victor l'examine, et ne désespère pas de la gravir. Profitant d'un moment où le conducteur lui tourne le dos, il passe derrière le rocher, et reconnaît que le flanc opposé à la route est moins escarpé; ce qui lui permet, non sans beaucoup de peine, d'arriver au sommet à l'aide de son bâton ferré.

Du sein du rocher s'échappe une source qui tombe dans une espèce de bassin avant de s'écouler lentement à travers les fentes de la pierre. Victor examine cette source avec soin, et découvre, sous l'un des énormes cailloux qui la dominent, une cavité assez profonde pour y cacher son trésor; il écarte les herbes dont elle est entourée, y dépose sa ceinture qu'il enfonce avec son bâton, et relève les herbes de manière à ce qu'il ne reste aucune trace, après avoir toutefois remarqué un des cailloux, le seul entièrement couvert de mousse. Au même moment, il entend la voix rauque de son guide qui le cherche; Victor redescend lestement; favorisé par des masses de pierres qui le cachent, il reparaît bientôt, à quelque distance en avant, entre deux pointes de rochers.

« Si tu as peur de me perdre, » dit-il au conducteur lorsque celui-ci est arrivé au pied du rocher, « viens me chercher : c'est d'ici que tu apercevras de belles choses. — Allons, allons, descendez! » lui crie le brigand, qui commence à s'inquiéter de le voir dans cette espèce de fort : « je n'ai pas le temps de vous attendre. — Eh bien! ne m'attends pas : tu peux être tranquille, je te rattraperai toujours assez tôt. — Descendez, ou je jette sur la route ce vieux cadavre qui est dans ma voiture! Croyez-vous donc que je veuille m'en charger tout seul? — Ose y toucher! »

dit Victor en le menaçant de son bâton, « et ton affaire ne sera pas longue ! »

Victor profite de ce colloque pour tracer à la hâte, sur un morceau de papier, ces mots écrits en français :

« J'ai caché l'argent de Falkart de Nuremberg en « haut du rocher de la fontaine, sous la pierre cou« verte de mousse. Qui que vous soyez, Dieu vous « voit, rendez-le à sa famille.

« 29 septembre 18... »

Il glisse ce papier sous une espèce de bandage qu'il avait été obligé de mettre autour de son bras, pour garantir du frottement de ses habits une petite blessure qu'il s'était faite la veille en grimpant sur un arbre. S'il succombe, ceux qui rendront les derniers devoirs à son corps trouveront ce renseignement, et la place où il l'a déposé doit, selon toute vraisemblance, le dérober aux recherches des voleurs. Un homme courageux sait prendre de pareils soins, sans y voir autre chose qu'une précaution de plus contre le danger, qui lui paraît moins grand à mesure qu'il en a rendu les conséquences moins funestes.

Victor descend, et se rapproche tranquillement du conducteur ; il tenait exprès à la main son écritoire. Le conducteur le regarde : « Tu connais cela ? » lui dit Victor. « Cela pourrait bien être, » répond l'autre d'un ton qui commençait à devenir insolent. « Tu connais également ceci ? » reprend Victor, en lui montrant le bâton ferré, « et tu sais que je t'ai promis d'en faire un bon usage. »

Le brigand, que ces paroles troublent cependant

un peu, veut passer derrière la charrette : Victor lui barre le chemin. « Tu n'as que faire là, » dit-il; « marche en avant! Pourquoi tes camarades ne sont-ils pas avec toi? En sont-ils allés chercher d'autres? — Quels camarades? » dit le brigand, toujours plus inquiet et faisant un effort pour passer. Victor le saisit au collet : « Ceux de cette nuit... de la forêt! » Et le secouant d'un bras vigoureux : « Ceux qui devaient t'aider à dépouiller les voyageurs que conduisait Folk le bûcheron! »

En ce moment le brigand veut réunir toutes ses forces pour échapper à Victor; mais celui-ci le pousse si violemment contre la roue de la voiture, qu'il en perd la respiration. « Tiens-toi tranquille, ou je te fais passer sous cette charrette! »

Lâche comme ils le sont presque tous, ce misérable, qui a éprouvé la force de son adversaire, n'ose plus opposer la moindre résistance; Victor le conduit vers la tête du cheval, dont il lui fait prendre la bride : « Marche! et marche bien; autrement c'est toi qui t'en ressentiras. » Le brigand se soumet sans rien dire, et attend patiemment le moment d'avoir son tour.

« Écoute, » lui dit Victor, qui ne le quitte pas et surveille tous ses mouvements : « je veux bien t'avertir que tu n'as à gagner avec moi que d'être assommé, si tu fais la moindre tentative. Je suis le plus fort, et je n'ai pas d'argent. » Le brigand le regarde d'un air moitié étonné, moitié incrédule; Victor ouvre son habit, le tâte en différents sens, de manière à ne lui laisser aucun doute. « L'affaire n'est plus si bonne que tu le croyais! » dit-il d'un air moqueur. « Qu'en avez-vous donc fait? » demande cet homme, avec une impudence grossière et stupide. « Que t'importe? » Et Victor, le conduisant par le bras auprès de la charrette, lui fait tâter les habits de Falkart : « Il n'est pas plus riche que moi; tu peux le dire à tes camarades. »

On était arrivé à l'embranchement, et Victor croyait les apercevoir dans le chemin de gauche, qui paraissait le moins fréquenté. Le brigand les aperçoit aussi, et, retrouvant son courage, parvient à s'arracher des mains de Victor; il veut reprendre la bride du cheval; mais Victor, plus leste, l'a prévenu : alors le voleur s'élance sur un des rochers qui bordent la route, le franchit et court rejoindre ses complices, qu'il appelle à grands cris. Victor ne songe pas à le poursuivre : il se hâte de prendre les guides, et, profitant de la pente du chemin, il fait avancer la charrette aussi vite que le permet sa pesanteur; bientôt la descente devient plus rapide, la marche s'accélère; une pierre se rencontre : Victor, qui ne l'a pas aperçue, ne peut ni détourner ni arrêter le cheval à temps : la voiture est renversée. Falkart pousse quelques gémissements, et puis se tait. Victor court à lui, il ne paraît pas blessé, cependant il est sans mouvement. Incertain s'il respire encore, Victor se dévoue à ce reste d'existence qui n'a plus que lui pour défenseur : il tire le malheureux vieillard de cette voiture qui, au moindre mouvement, menace de se renverser sur lui; il l'étend sur un des côtés élevés du chemin, en avant de la charrette qui le barre entièrement ; et se plaçant lui-même à l'abri de ce rempart, attend les brigands qui accourent sur lui. Il saisit une grosse pierre, prêt à la lancer sur le premier qui approchera. « Nous ne voulons pas vous faire de mal ! » crient-ils à la fois, aussitôt qu'ils sont à portée ; et l'un d'eux, faisant signe de la main, s'avance et lui dit : « Venez seulement avec nous, et indiquez-nous où vous avez caché l'argent ; un de nos camarades ira le chercher, et quand il l'aura trouvé, nous vous relâcherons. »

Pour toute réponse, Victor lance sa pierre ; le brigand fait un mouvement de côté et la reçoit à l'épaule en poussant un jurement épouvantable. Les deux autres ont déjà gravi les deux côtés du chemin pour courir sur lui. Victor s'élance au-devant de l'un d'eux ; mais, pendant ce temps, l'autre arrive et lui saisit les deux bras par derrière. En ce moment, le fouet d'un postillon se fait entendre, un courrier paraît en haut de la montée. « A moi ! » s'écrie Victor. Les voleurs hésitent ; lui, au contraire, redoublant de vigueur, se dégage par un effort violent et se sert de son bâton avec succès ; on commence à entendre le roulement de la voiture que précède le courrier ; Victor crie et frappe à la fois ; la voix du courrier répond à la sienne ; les brigands s'effraient, et prennent la fuite.

Victor commence à respirer : intrépide au moment du danger, il voit maintenant tout ce qu'il avait d'affreux, et ne peut se défendre d'un sentiment d'effroi, alors qu'il n'y a sans doute plus rien à redouter. Ce n'est pas du moins sans une assez vive inquiétude

Lefevre del. Mme Thorel sc.

Victor pour toute réponse, lance sa pierre,

T. 1. page

qu'il voit le courrier, arrêté d'abord, probablement par un mouvement de crainte, retourner ensuite sur ses pas du côté de la voiture, qui bientôt s'arrête elle-même. Le cœur de Victor se serre involontairement; mais, fidèle à son devoir, il ne veut point abandonner Falkart, que les brigands peuvent être tentés de revenir dépouiller; en ce moment un profond gémissement lui apprend que cet infortuné respire encore. Tout d'un coup il aperçoit la tête d'un homme s'avançant lentement et avec précaution derrière un des rochers; bientôt il paraît tout à fait, un autre le suit. Victor se relève, son bâton à la main, prêt à frapper. « Où suis-je? » dit en ce moment le vieillard, que la fraîcheur de la terre ranime un peu. « Avec moi! ne craignez rien, » répond Victor. Et tout son corps frémit d'horreur et de crainte. « Au secours! » s'écrie-t-il d'une voix forte. « Nous voilà! » répondent des voix. Deux hommes descendus précipitamment de la voiture, et qu'une saillie du rocher l'avait empêché d'apercevoir, sont accourus et se montrent en ce moment tout près. Les brigands ont disparu; Victor court vers ses libérateurs; des exclamations d'étonnement et de joie se confondent, il est dans les bras de Frédéric.

C'était lui, en effet, que son père était allé chercher à Cassel et ramenait à Nuremberg. Le courrier, effrayé d'un combat que l'obscurité ne lui avait pas permis de discerner, s'était arrêté, se contentant de seconder Victor de la voix et du claquement de son fouet; il était ensuite revenu rendre compte à ses maîtres de ce qui se passait. Ceux-ci, pensant que la voiture ne pourrait arriver assez vite, en étaient descendus pour voler plus promptement au secours du voyageur dont le danger réclamait leur assistance. Victor leur a bientôt expliqué ce qui s'est passé. On relève le cheval, abattu sous le brancard de la charrette. Falkart est porté dans la voiture de M. Milnung, à la garde de laquelle demeurent M. Milnung lui-même, le postillon qui le conduit et le courrier qui le précédait. Victor et Frédéric, suffisamment armés, vont à la recherche du trésor. L'obscurité n'est pas encore assez profonde pour que Victor ne puisse reconnaître le rocher ainsi que la pierre couverte de mousse; ils parviennent à retirer du trou la ceinture de cuir qui y avait été enfoncée avec soin, retournent à la voiture, et continuent leur route. Falkart était sorti de son engourdissement, mais incapable encore de rassembler ses idées; une sorte de délire, causé par la faiblesse, lui ôtait toute réminiscence des émotions qui l'avaient agité depuis plusieurs jours. Le bon et honnête M. Milnung consentit à veiller sur lui, et à suivre lentement dans sa voiture le pas de la charrette que conduisaient à pied les deux jeunes gens.

La route, quoique fatigante et difficile, ne fut pas sans charme pour eux. Frédéric ne pouvait contenir sa joie d'avoir retrouvé et sauvé son ami Burkheim; celle de Victor, quoique moins expressive, était vive et profonde; au sortir d'un affreux danger se retrouver avec des amis, des amis qui lui devaient beaucoup, pour qui il avait souffert, et sur la protection desquels il avait droit de compter, sans que cette protection dût l'humilier! Ainsi, sans autre appui que son courage et l'ascendant de son esprit, il avait déjà rendu de grands services. Victor se demanda si la satisfaction qu'il en ressentait pouvait s'appeler de l'orgueil; mais il reconnut que cette satisfaction il la devait au seul amour du bien, et son âme s'élevant vers Dieu, il s'écria : « Je vous remercie, ô mon Dieu! de m'avoir laissé quelques vertus! »

Pendant que ces réflexions l'occupaient, ils étaient parvenus à un point élevé, d'où se déroulait à leurs yeux une vue sauvage, mais imposante et pittoresque, éclairée par la lune qui brillait au milieu d'un ciel pur et parsemé d'étoiles. Les deux jeunes gens s'arrêtèrent spontanément, émus à ce spectacle. Frédéric serra la main de Victor. « Il y a du bonheur ici! » lui dit-il rempli d'un sentiment qu'il ne pouvait ni contenir ni exhaler. « Oui! » répondit Victor avec expression, « et, grâce à la divine bonté, ce bonheur peut pénétrer tout entier dans des cœurs libres et purifiés par le repentir. — Mon cher Burkheim, » reprend Frédéric, « je n'ai encore que ce seul mérite pour réparer mes fautes; mais vous, qui oserait se souvenir que vous en ayez jamais commis? — Je m'en souviendrai toujours, mais bientôt sans amertume, je l'espère; car je ne suis plus celui qui les a commises. Au reste, c'est ce que je suis, et non ce que j'ai fait, qui me relève à mes yeux de l'abaissement où j'étais tombé. La Providence, dans sa divine bonté, nous offre parfois des occasions de mériter plus promptement l'estime des hommes; mais ce n'est point un témoignage sur lequel ni vous ni moi puissions nous fier. La constance, l'opiniâtreté dans l'accomplissement du devoir, voilà les seules réparations dignes de nos faiblesses; tout homme peut les faire ces réparations, et nous y sommes disposés tous les deux, mon cher Milnung. » Il lui tendit la main; Frédéric la serra avec une tendre affection; il sembla que le sentiment commun d'une faute passée et d'une pareille résolution dût les unir plus intimement encore.

Ils arrivèrent bientôt au village désigné par la cabaretière; ils y trouvèrent une assez bonne auberge, où Falkart fut déposé sous la garde du domestique de M. Milnung. Frédéric monta sur le siége de la voiture, et exigea que Victor, accablé des fatigues du voyage, prît place à côté de son père.

Victor eut bientôt gagné le cœur et l'amitié de M. Milnung. Il avait cru, dès le premier moment de leur rencontre, reconnaître en lui l'homme bienfaisant à qui les malheureux incendiés avaient dû de si puissantes consolations. C'était lui en effet. M. Milnung avait la vue basse, il ne reconnut point Victor, et celui-ci ne lui dit rien qui pût le remettre sur la voie; mais il se réjouit en pensant qu'il reverrait la bonne Hélène; peut-être ne l'aurait-elle pas tout à fait oublié.

En effet, à leur arrivée, à peine Hélène eut-elle embrassé son père et son frère, que, jetant les yeux sur Victor, elle s'écria: « Mon père, c'est lui,... c'est monsieur... » Elle rougit, ne sachant comment désigner une personne dont on voyait qu'elle avait souvent parlé. Victor ne put retenir un sourire, et en se faisant reconnaître à M. Milnung, il ajouta un lien de plus à ceux qui l'unissaient déjà à cette aimable famille.

Le premier soin de Victor, en arrivant à Nuremberg, fut de remettre l'argent à M. Milnung, qui le reçut comme un dépôt destiné à acquitter la dette du fils de Falkart. On apprit bientôt par le domestique laissé auprès du vieillard qu'il vivait encore, qu'il avait recouvré toute sa connaissance; malgré l'inquiétante faiblesse où il était tombé, il marquait la plus vive impatience de retourner à Nuremberg. Il y revint bientôt, en effet, accompagné de son frère qu'on avait fait avertir. M. Milnung, qui se croyait en quelque sorte comptable envers lui, se chargea de l'affaire de son malheureux fils. Elle fut bientôt arrangée; grâce à ce qu'avait recouvré Victor, la plus grande partie de la dette se trouva payée sur-le-champ, et l'on prit pour solder le reste des termes qui, laissant du temps à la famille, la préservèrent de sa ruine. Falkart survécut de bien peu à ces événements; il mourut en remerciant le ciel de l'avoir délivré d'une vie que la perte de son fils lui avait rendue odieuse, et en bénissant celui dont le courage, la bonté soutenue avaient épargné à ses derniers jours de cruels moments et d'affreuses amertumes. Son malheur avait inspiré un intérêt général : on sut comment et par qui ce malheur avait été allégé : on en félicita Victor, et on l'en estima davantage.

Ici s'arrêtait le manuscrit, quoique évidemment il ne fût pas complet ; mais Raoul trouva au bas de la dernière page une note de la main de M. Delorme, qui avait rédigé l'histoire de Victor, et en avait fait passer le manuscrit au principal. Cette note était ainsi conçue :

« M. Duchamp désire que je me borne à vous en-
« voyer cette portion de mon manuscrit ; il la juge
« suffisante pour le faire connaître. Le reste contient
« des détails de famille, dont il ne lui a pas paru con-
« venable que des étrangers fussent instruits, du
« moins par lui. Cependant, comme cette partie con-
« tient encore des faits qui lui font le plus grand
« honneur, je me suis occupé à les extraire pour les
« communiquer à M. le principal et à ses jeunes
« amis, et j'aurai l'honneur de les leur faire passer
« dès que j'aurai pour cela l'approbation de M. Du-
« champ. »

Raoul roula le manuscrit et l'entoura de deux bandes de papier qu'il cacheta et sur lesquelles il mit l'adresse du principal. Lorsqu'on lui apporta son dîner, il demanda du linge ; il avait, disait-il, besoin d'en changer, ainsi que de souliers, les siens lui faisant mal aux pieds. Raoul ne sentait pas, dans ce moment, tout ce qu'avaient de répréhensible ces petites déviations à la vérité employées pour se soustraire à un pouvoir légitime ; l'esprit occupé seulement des moyens d'arriver à ses fins, il s'assit sur son lit, attendant l'heure de son départ, avec cette espèce de fièvre que cause l'exécution d'un projet formé plutôt par la passion que combiné par la raison et la prudence.

Au moment où les écoliers montaient pour se coucher, Raoul entendit avec émotion frapper à sa porte; il reconnut la voix d'Henri, qui lui dit tout bas : « Bonsoir, Foligny. » Il aurait tout donné pour pouvoir serrer une dernière fois la main de son ami. Il lui répondit sur le même ton et d'une voix troublée : « Bonsoir, Terville... Adieu! » répondit Henri; et Raoul se sentit en quelque sorte soulagé par cet adieu, dont Henri n'avait pas compris le sens.

XV

FUITE

Dès que les horloges de la ville eurent sonné onze heures, toutes les lumières s'éteignirent dans le collége. Raoul, qui avait eu soin de se coucher pour l'heure de la visite, s'empressa de s'habiller et de se munir de tout ce dont il pouvait avoir besoin. Il se mit à écouter; n'entendant aucun bruit, il jugea le moment propice pour son départ. Un bâton de chaise cassée lui servit à faire sauter, avec fort peu de peine et sans bruit, la serrure de la porte qui donnait sur le grenier. Il sortit, et referma la porte après lui, poussant doucement les verrous, afin qu'on n'eût lieu de soupçonner son départ que le plus tard possible. Il finissait cette opération, et se préparait à traverser le grenier sur la pointe du pied, entre les rangées de linge qui séchait étendu sur des cordes, lorsqu'il entendit ouvrir avec précaution, à l'autre bout du grenier, la trappe par laquelle on y entrait du côté de l'escalier en y appliquant une échelle. Il frémit, et n'eut que le temps de se cacher derrière un grand drap étendu presque jusqu'à terre. L'individu qui venait d'ouvrir la trappe s'introduisit tout doucement, et s'arrêta près d'une des cordes chargées de linge, puis passa à une autre. Raoul reconnut, à la clarté de la lune, un petit garçon qui servait à la cuisine, et qui se proposait, sans nul doute, de voler quelques pièces de linge. Notre jeune écolier sentit, en ce moment, combien il était pénible et humiliant de demeurer témoin impassible d'une action déshonorante. Le sang lui bouillait dans les veines : il voyait ce petit malheureux choisir, sans se presser, ce qui lui convenait, et il fallait que lui Raoul restât là tout le temps qu'il plairait au voleur. Il eut la tentation de sauter sur lui, et de profiter, pour se sauver, de la peur qu'il lui ferait; mais il fallait éviter le bruit et ne pas éveiller l'attention vers cette partie du bâtiment.

Cependant, à mesure que le petit marmiton avançait vers le fond du grenier, Raoul, derrière les draps, avait gagné du terrain du côté de la trappe, et sortit du grenier pendant que l'autre avait le dos tourné. Il eut bien envie de retirer l'échelle; mais il fut encore retenu par cette crainte de rendre la sortie du voleur plus bruyante. Ils étaient en ce moment intéressés tous deux au même silence.

Raoul descendit rapidement le petit escalier, et entr'ouvrit tout doucement la porte de la cour; il reconnut que cette porte était entièrement cachée, du côté de l'auberge, par une grosse charrette, derrière laquelle il pouvait se tenir à couvert et d'où il lui serait facile d'observer le moment favorable pour sortir sans être aperçu. A la faveur de plusieurs autres voitures chargées qui faisaient beaucoup d'encombrement dans cette partie de la cour, il parvint à n'être pas découvert, malgré les aboiements des chiens attachés sous la plupart de ces charrettes, dont il eut grand soin de ne pas s'approcher.

La porte de l'auberge donnait sur une rue ou plutôt sur la grand'route; on y rencontrait déjà un assez grand nombre de paysans et de marchands qui revenaient d'une foire de village un peu éloignée, les uns avec leur famille, les autres avec leurs bestiaux; ce qui permit à Raoul de sortir sans être remarqué. Mais, comme les voyageurs étaient pour la plupart au terme de leur course, il les eut bientôt devancés. D'ailleurs, à mesure qu'il avançait, les uns et les autres se dirigeaient par des rues et des routes latérales, pour se rendre à leurs diverses destinations, en sorte qu'il se trouva pour ainsi dire seul. Il marcha d'un pas rapide, ne songeant qu'à profiter du reste de la nuit pour s'éloigner le plus possible en suivant la grand'route, évitant ainsi de se perdre dans des chemins de traverse qu'il ne connaissait pas. Il pensait bien qu'on le chercherait d'abord dans les environs, et qu'il y courrait le risque de se voir reconnu par ceux des habitants qui pouvaient être venus au collége ou chez son père; la route directe lui parut donc pour le moment la plus sûre; il serait toujours temps, quand le jour commencerait à poindre, de se décider à en chercher une moins fréquentée.

Comment peindre l'émotion de Raoul, la joie que

faisait naître en lui le premier succès d'une tentative téméraire? Il savait qu'il ne pouvait plus retourner sur ses pas, ou bien il lui faudrait retomber dans une situation plus intolérable que celle à laquelle il venait de se soustraire. Il continuait donc à presser sa marche, non sans éprouver de temps en temps une vague inquiétude. Un horizon sans bornes commençait à se déployer à ses regards; l'air lui arrivait de toutes parts, ses forces semblaient ne devoir pas s'épuiser, et pourtant il n'avait pas le sentiment de la liberté. La liberté n'existe que pour l'homme à qui elle appartient légitimement : celui qui l'a dérobée ne la possède pas, car il n'en peut disposer sans craindre à chaque instant de la perdre. Raoul n'était pas libre : il n'était qu'échappé.

Il était sorti un peu avant minuit de la cour de l'auberge. Au lever du soleil, c'est-à-dire vers cinq heures du matin, il se trouvait avoir fait six lieues. Il songea alors à chercher un asile où il pût se reposer en sûreté quelques heures, et entra dans une hôtellerie pour y prendre quelque nourriture.

Raoul s'était prescrit la plus sévère économie. Les chagrins qu'il avait éprouvés, les réflexions que ces chagrins avaient fait naître en lui, et surtout l'histoire de Victor, avaient eu pour effet de lui faire mettre de l'ordre et de la suite dans ses idées, d'ôter à ses actions ce caractère enfantin qu'elles avaient eu jusqu'alors, et de leur donner un but sérieux. Si Raoul eût acquis trois semaines plus tôt l'expérience qu'il avait déjà, il y a tout lieu de croire qu'il ne se fût jamais décidé à une pareille fuite. C'étaient, pour ainsi dire, les fautes de son enfance qui commençaient à influer sur sa destinée; et il ne voyait pas qu'en se privant de la direction dont il avait besoin, il allait peut-être, par un funeste enchaînement d'erreurs, marquer d'avance toute sa vie de l'empreinte des fautes de sa jeunesse.

En entrant dans l'auberge, dont on venait d'ouvrir la porte pour laisser sortir une espèce de mauvais cabriolet attelé d'un cheval et conduit par un voyageur qui se disposait à partir, Raoul fut désagréablement surpris en reconnaissant le maître du cabriolet, de qui il craignait avec assez de raison d'être reconnu lui-même. Cet homme, vêtu d'un mauvais habit rouge orné de vieux galons, était un de ces charlatans qui parcourent les villes de province et les foires de campagne, pour débiter leurs drogues, faire toutes sortes de métiers, et se mêler à toutes sortes d'affaires. Il était venu six semaines auparavant à Foligny, pour la fête du village, et s'était même présenté au château pour vendre ses drogues aux domestiques, qui s'étaient moqués de lui, excepté Jeanne, la vieille fille de cuisine. Malgré les représentations et les plaisanteries de ses camarades, cette fille avait absolument voulu acheter du charlatan deux drogues, l'une pour des coliques, et l'autre pour faire repousser les poils de son chat, tombés depuis quelque temps par l'effet d'une casserole d'eau chaude qu'on lui avait jetée par mégarde ou par malice. Cette vente de drogues avait eu lieu en présence de Raoul, qui s'en était fort diverti. Pour prolonger son plaisir, il avait imaginé, avec toute l'étourderie d'un écolier, d'engager un petit garçon qui servait aussi dans la maison à confondre les deux fioles ou à les échanger l'une contre l'autre, de manière à ce que Jeanne prît la drogue du chat, et le chat celle de Jeanne.

Raoul ne songeait pas au danger d'une telle plaisanterie; il se rendait ainsi de gaieté de cœur plus coupable que le charlatan, dont les drogues étaient sans doute fort loin de produire l'effet qu'il leur attribuait; mais enfin on devait supposer qu'il avait soin, dans son intérêt même, de n'y rien mettre qui fût par trop contraire au cas pour lequel il les prescrivait : Raoul devait craindre que l'échange ne devînt funeste à la pauvre Jeanne. Heureusement les deux drogues se trouvaient être les mêmes et parfaitement insignifiantes.

Le lendemain, Raoul se rendit à la fête du village avec un jeune domestique auquel il avait appris le rôle qu'il devait jouer. Ils se mêlèrent à la foule rassemblée que le charlatan haranguait du haut de son cabriolet, en montrant d'une main une de ses fioles, et de l'autre un chapelet composé de dents arrachées. On avait aussi trouvé moyen de faire venir Jeanne, et de lui donner des scrupules sur la manière d'employer la drogue de son chat; elle l'en avait frotté, tandis qu'on lui soutenait qu'il fallait la lui faire boire. Le charlatan, se voyant entouré de plusieurs personnes du château, redoubla d'éloquence et d'emphase, ne tarissant pas sur les admirables propriétés de ses médicaments qu'il s'était donné la peine de composer d'herbes cueillies par lui-même, les unes en Perse, les autres en Asie, d'autres sous le pôle et jusque sur *le haut du Madagascar*, d'autres enfin au fond du mont Vésuve pendant qu'il jetait feu et flamme. Le charlatan s'adressa à Raoul comme au plus considérable de ses auditeurs, le prenant à témoin des merveilleux effets produits par ses drogues sur les personnes de sa maison qui lui avaient déjà fait l'honneur de s'en servir. Raoul affirmait d'un signe de tête, et le charlatan, encouragé, se mit à interpeler les domestiques et particulièrement Jeanne, qui ne savait que répondre. Alors il s'adressa au jeune domestique qui s'était avancé à dessein; celui-ci, montant aussitôt sur une barrière auprès du cabriolet, fit signe de la main qu'il voulait parler: on fit silence, et le malin jeune homme imitant l'emphase du charlatan : « Messieurs et mesdames! » dit-il, « c'est un baume bien merveilleux que celui de ce savant homme! témoin Jeanne, notre « fille de cuisine : monsieur lui en a donné dernièrement pour faire repousser la queue de son chat; « elle a avalé la drogue hier au soir; eh bien! messieurs, mesdames, depuis hier il a poussé une « queue à Jeanne; regardez plutôt. » Et sautant de dessus la barrière et faisant retourner Jeanne, qui ne s'y attendait pas, il montra effectivement une queue de chat attachée au bas du casaquin de la pauvre fille. Le rire universel excité par cette polissonnerie et par la colère de Jeanne déconcerta un peu le charlatan, mais ne nuisit pas à la vente de sa drogue.

Cependant cette circonstance fut cause que le charlatan n'oublia pas la figure de Raoul ; il le regarda toujours comme l'instigateur du tour qu'on lui avait joué. Aussi, se trouvant, comme on dit, nez à nez avec lui sous la porte de l'auberge, au moment où il se préparait à monter dans son cabriolet, le reconnut-il sur-le-champ. Il n'était pas vraisemblable qu'on eût laissé aller le fils de M. de Foligny seul à cette heure sur la grande route. Au reste, le charlatan était un homme accoutumé à démêler promptement ce dont il pouvait tirer parti.

L'embarras de Raoul en l'apercevant, son empressement à baisser sa casquette sur son visage, son léger costume d'écolier, tout contribua à faire soupçonner au charlatan la situation équivoque du jeune écolier. Il supposa que Raoul avait commis une faute plus grave qu'elle ne l'était, et il n'en fut que plus disposé à se féliciter de la rencontre. S'approchant donc de lui au moment où il cherchait à l'éviter : « Vous voilà de bonne heure sur la grand'route, mon gentilhomme ! » lui dit-il avec un ton familier. Raoul, dans son embarras, voulut avoir l'air de ne pas le reconnaître : « Quoi ! monsieur de Foligny, vous ne me remettez pas? Vous ne vous souvenez pas de Jeanne, et de la queue du chat? » ajouta-t-il en riant. « Ma foi, vous m'aviez joué là un bon tour ! » Il avait prononcé ces paroles assez haut pour obliger Raoul à lui imposer silence et à lui confier son secret. C'était ce qui répugnait le plus à Raoul : il avait compté sur son indépendance, et il se voyait déjà à la merci d'un misérable. Cependant il n'y avait pas à balancer ; il était reconnu, il lui fallait de toute nécessité se confier à cet homme et implorer sa discrétion.

« Je vous en prie... silence ! » dit-il au charlatan en regardant autour de lui d'un air inquiet, de manière à lui faire comprendre qu'il désirait n'être pas reconnu. Alors l'Intrépide (c'était le nom que se donnait le charlatan) lui prit le bras d'un air de confiance, et l'emmenant dans un coin de la cour : « Ah çà ! vous voyagez incognito, n'est-ce pas ? Je m'en suis douté dès le premier instant. Tenez, monsieur de Foligny, vous avez raison : rien n'est plus agréable. Si vous voulez, nous ferons route ensemble. — Je vous remercie, » répondit avec embarras Raoul, qui craignait également de le désobliger et de s'engager avec lui : « il est probable que nous n'allons pas du même côté. — Voyons, de quel côté allez-vous ? » reprit le charlatan, résolu de ne pas laisser échapper sa proie. « Mais... de quel côté ?... je ne sais pas trop ; à dire vrai, je ne suis pas encore bien décidé... — Ah ! je conçois, quand on a envie de voir du pays, il y en a partout ; on va, on va, et l'on s'arrête dans l'endroit où l'on trouve à s'amuser ou bien à faire ses affaires. C'est aussi ma manière à moi, monsieur de Foligny : je ne vais jamais droit ; je tourne d'un côté, d'un autre ; tantôt à cette ville-ci, tantôt à cette foire-là. Quelquefois j'enfile un chemin sans savoir où il me mène, seulement parce que c'est ma fantaisie ; et je m'en suis toujours bien trouvé. Je vous conseille, monsieur de Foligny, de venir avec moi ; j'ai la main heureuse ; vous n'êtes pas le premier gentilhomme que j'aurai tiré d'affaire. J'aime beaucoup à obliger les jeunes gens comme il faut; parce qu'enfin, voyez-vous..., on n'est pas moins gentilhomme dans le cœur, quoiqu'on n'en porte pas l'habit. » Et il montrait le sien « On sent ce que l'on vaut... entendez-vous... Je vous conterai cela. » Voyant que ses insinuations sur sa prétendue noblesse prenaient peu auprès de Raoul, il continua avec précipitation : « Tenez, j'ai tant d'envie de vous rendre service, que, pour l'amour de vous, je renoncerai à me rendre, comme j'en avais le dessein, tout près de Foligny... vous savez bien... dans ce village dont la fête est le jour de la Saint-Étienne; c'est aussi celle de trois ou quatre endroits voisins : j'aurais pu y faire quelques bonnes recettes; mais je suppose que vous n'avez pas envie d'aller vous montrer à la foire comme une curiosité. »

Raoul vit bien que cet homme le tenait en son pouvoir, et qu'il n'y avait pas moyen en ce moment de lui échapper; il craignait qu'il n'eût le projet de le livrer à son père, pour en tirer une récompense, car il ne pouvait s'expliquer autrement l'insistance qu'il mettait à l'emmener avec lui. Après avoir réfléchi un instant, il le regarda fixement et lui dit : « Mais pourquoi vous détournerais-je de vos affaires? et quel intérêt pouvez-vous avoir à vous déranger pour moi? »

Le charlatan le devina : « Ne craignez rien, monsieur de Foligny! » reprit-il vivement, avec une apparence de franchise qui séduisit un moment Raoul. « Jamais l'Intrépide n'a vendu un gentilhomme malheureux qui se confie à lui. Et puis vous pensez bien que mes affaires se font plutôt avec les jeunes gens comme vous qu'avec leurs parents! »

Raoul ne sentit que trop la vérité de cette assertion. « Mais, » dit-il, « que pouvez-vous espérer avec moi? Pour le moment, je ne possède rien au monde; je suis forcé, comme vous le voyez, de voyager le plus économiquement possible. — Aussi, n'est-ce pas l'intérêt, monsieur de Foligny! » répliqua l'Intrépide, reprenant son ton de charlatan. « Mais, quelque chose qui arrive, après le papa, vous serez riche, n'est-ce pas? et vous me dédommagerez bien alors de ce que j'aurai fait pour vous! — Il est certain que, si vous m'aidiez à m'éloigner plus vite que je ne puis le faire à pied, vous me rendriez un véritable service, que je m'empresserais de reconnaître aussitôt qu'il serait en mon pouvoir... Cependant, dans l'incertitude où je suis d'en avoir jamais les moyens, comment vous charger... — Oh! ne vous inquiétez pas, » dit le charlatan; « ce n'est pas une affaire pour mon cheval que de nous mener tous deux. J'ai passé ici la journée d'hier, et il n'a fait autre chose que de manger de l'avoine. Je vous promets que ce soir il aura bravement fait ses huit lieues. Souvent il fait davantage, et plus chargé qu'il ne le sera avec nous; car je n'ai plus mon grimacier; le coquin a voulu absolument me quitter pour se rendre à une foire où je ne me souciais pas d'aller pour certaine raison. » Cette raison qu'il ne disait pas, c'est que l'année précédente il avait, dans ce même village, failli tuer par ses remèdes une femme qu'il avait prétendu guérir d'une fluxion. « Mais à propos, » ajouta-t-il, « j'ai avec moi la moitié du déguisement de mon grimacier : il n'a emporté que la perruque et la barbe rousse; la blanche vous déguiserait merveilleusement; ce serait un moyen de me rendre service. — Quoi! en me faisant votre grimacier? » reprit Raoul avec un peu de hauteur. « Ma foi, ce serait un fort bon déguisement pour un gentilhomme qui veut voyager incognito. Ah! je vous réponds que là-dessous votre mère elle-même ne vous reconnaîtrait pas; et je vous donnerais, si vous vouliez, le plaisir de vous promener en sûreté sur la place de Foligny et de faire la grimace à M. votre père. » Voyant que Raoul rougissait, il se hâta d'ajouter : « Ce que j'en dis là n'est pas pour offenser M. le comte : c'est un brave et digne gentilhomme; mais vous conviendrez, monsieur de Foligny, que vous n'êtes pas ici avec son consentement. »

Raoul se tut : il n'avait rien à répondre; son rôle était de plier devant quiconque voudrait profiter de la situation que lui-même s'était faite.

« Ah çà! voulez-vous partir? » demanda le charlatan. Raoul finit par y consentir.

« Mais vous pouvez avoir besoin de déjeuner? » ajouta l'Intrépide; « je soupçonne que vous n'avez ni soupé ni couché en route. » Raoul rougit de nouveau, et se sentit honteux d'avouer sa position. Heureusement il se souvint de Victor. Il se fit donner un pain de quatre livres qu'il plaça dans le cabriolet, en disant que c'était sa provision de la journée; et par cet acte de courage il s'affermit dans sa résolution.

Le charlatan, s'apercevant qu'il avait affaire à un jeune homme assez fier, prit le parti de le flatter. « Voilà ce qui s'appelle bien entendre les affaires, mon gentilhomme; se contenter de ce qu'on a, manger des croûtes si on ne peut faire autrement, et s'en donner quand vient l'occasion! C'est aussi ma manière, quoique j'aie été accoutumé tout comme un autre aux bons morceaux. Nous sommes dans un temps bien dur : je n'ai pas toujours été ce que je parais, monsieur de Foligny! et assurément je devrais être mieux que je ne suis... Si l'on tenait compte seulement des services!... mais les honnêtes gens ont si peu de bonheur!... » Voyant que Raoul ne répondait rien, il continua : « Au reste, vous autres messieurs de collége, vous ne songez guère à tout cela, n'est-ce pas? votre seul désir c'est de vous amuser : je le comprends; je pensais comme vous à votre âge. » Et discourant tantôt sur un sujet, tantôt sur un autre, il tâchait de faire causer Raoul, qui lui répondait très brièvement, et se serait bien volontiers endormi en l'écoutant, s'il n'eût craint de le désobliger, et s'il n'eût conçu quelque inquiétude sur la route qu'ils avaient prise.

L'Intrépide, voyant l'inutilité de ses efforts, se tut enfin et conduisit fidèlement Raoul sur la route de Nancy, où celui-ci désirait se rendre; comme cette ville était encore assez éloignée de Petelange, le charlatan ne pourrait donc soupçonner la retraite que Raoul s'était provisoirement choisie.

A quatre heures après midi, le cheval, tout efflanqué qu'il était, avait accompli la promesse de son maître, et conduit les voyageurs huit lieues plus loin. Ils ne s'étaient arrêtés que dans deux villages, où le charlatan avait laissé souffler son cheval, profitant de cette halte pour débiter quelques drogues, donner des recettes ou des consultations aux vieilles femmes et à tous ceux que des maladies ou des infirmités avaient empêchés d'aller au travail des champs. Pendant ce temps, Raoul s'était écarté un peu de la route pour chercher quelque endroit retiré où il n'avait pas tardé à s'endormir.

Le charlatan ne lui avait plus parlé du costume du grimacier; et quels qu'en fussent les prétendus avantages, Raoul était bien décidé à n'en pas profiter; quoiqu'il n'eût pas prévu les embarras et les humiliations qu'il lui faudrait supporter dans sa nouvelle condition, cependant la nécessité la plus pressante n'aurait jamais pu le déterminer à jouer un rôle ridicule dont on ne sauve l'avilissement qu'en prenant un air plaisant. Quelques jeunes gens, à la place de Raoul, auraient regardé la rencontre d'un homme tel que l'Intrépide comme une bonne occasion pour se divertir, et auraient accepté un rôle dans quelques scènes bouffonnes, dont ils se seraient ensuite moqués eux-mêmes, sans trop s'inquiéter de la déconsidération jetée plus tard sur leur caractère. Mais Raoul, tout étourdi qu'il était, était naturellement sérieux; s'il n'avait pas une idée bien juste de la plupart de ses devoirs, et s'il les oubliait parfois, pourtant il ne s'en moquait jamais. Il n'aurait pas consenti à compromettre ainsi sa dignité, et n'aurait pas osé donner à une tromperie le nom de *mystification*. Il ne devait donc pas tarder à sentir tous les inconvénients de sa folle entreprise.

Ils arrivèrent dans un bourg où ils comptaient coucher. Raoul ne voulait point passer la nuit dans une auberge où l'on pût retrouver sa trace; il se décida à descendre de cabriolet avant d'entrer dans le bourg, et alla se coucher sur des bottes de foin restées dans un pré à quelque distance de la route. Peut-être ne fut-il pas fâché d'échapper ainsi aux instances de l'Intrépide, qui voulait lui faire partager son souper et son coucher. Il s'endormit bientôt. Au bout de quelque temps, l'Intrépide vint le réveiller : « Allons, mon gentilhomme, levez-vous; je vous ai trouvé un meilleur gîte, où vous dormirez cette nuit plus à votre aise. »

Raoul se leva vivement et un peu troublé : il craignait toujours une trahison, d'autant plus que le ton du charlatan était railleur comme celui d'un homme qui espère ou vient d'obtenir le succès de quelque ruse.

« Quel gîte, et que voulez-vous dire? » demanda un peu brusquement son compagnon de voyage; « j'étais fort bien ici. — C'est possible, mon gentilhomme; mais vous et moi, » ajouta l'Intrépide en appuyant sur ce dernier mot du ton d'un homme qui a sa volonté et prétend qu'on la suive, « nous serons beaucoup mieux où je veux vous conduire. Venez, ne perdons pas de temps. Il n'y a qu'une lieue et demie de traverse, et la bête les fera bien encore ce soir : je veux être arrivé avant la nuit. »

Raoul hésitait, il voulait répliquer. « Eh! mon Dieu! monsieur de Foligny, n'ayez donc pas peur! » dit le charlatan, qui le devinait parfaitement; « croyez-vous donc que ce serait un beau profit pour moi de vous livrer à M. le comte! Une fois pour toutes, allez, je sais mieux mon métier. Et puis, qui est-ce qui voudrait se fier ensuite à l'Intrépide? Il faut de la confiance entre honnêtes gens, n'est-ce pas? On n'a pas toujours plume et encre à la main pour donner des signatures; mais je jure bien que, si l'on n'était pas plus confiant que vous, le monde n'irait pas. »

L'Intrépide avait dit ces mots d'un ton de colère qu'il savait prendre à propos. Raoul crut devoir l'adoucir. « Mais, mon cher l'Intrépide, vous savez bien que je ne veux pas être reconnu; et la meilleure manière, ce me semble, était celle que j'avais choisie : rester le jour dans votre cabriolet, et passer la nuit dans les champs; c'est le moyen de n'être vu de personne. — Le mieux, » reprit brusquement le charlatan, « c'est de se rendre dans un endroit où l'on ne viendra pas vous chercher, chez des gens qui ne vous connaissent pas, et que je connais, moi, sans les avoir jamais vus, s'entend; mais, sur ma parole, ils vous cacheront aussi longtemps et aussi soigneusement que vous le voudrez. Allons, dépêchons-nous: ma bête n'a pas de temps à perdre pour faire sa lieue et demie de traverse avant la nuit. »

Raoul n'était pas naturellement disposé à la méfiance; mais le métier qu'exerçait l'Intrépide l'avait prévenu contre lui et l'empêchait de se livrer sans réserve à ses offres de service; d'un autre côté, il courait pour le moins autant de danger en se séparant de lui. Il le suivit donc, et remonta dans le cabriolet, l'Intrépide se réservant de l'instruire en route de son nouveau projet.

« Mais, à propos, » lui dit-il aussitôt qu'il se fut tiré des ornières d'un très mauvais chemin de traverse, « à propos, vous ne connaîtriez pas par hasard madame la marquise de la Roche-Guillain? — Non. — Ni son frère le curé, qu'on appelle M. l'abbé de Bussières? — Pas davantage. — Ni personne du village de Grandval? — Non pas que je sache. — C'est qu'avant d'y aller j'étais bien aise de prendre mes précautions... dans votre intérêt, voyez-vous, monsieur de Foligny, puisque vous craignez d'être reconnu. — Mais ce n'est pas, j'espère, chez madame la marquise de la Roche-Guillain que vous prétendez me conduire? — Eh! mon Dieu! monsieur de Foligny, écoutez donc! » dit le charlatan d'un ton d'impatience, mêlé pourtant d'un peu d'embarras. « Vous êtes bien sûr que je ne veux pas vous faire le moindre tort. Vous ne savez pas quelle est cette marquise de la Roche-Guillain. Je le sais, moi : je viens de rencontrer là, à l'auberge, un de mes anciens amis (j'en ai partout), qui est parti ce matin de Grandval (où il ne me retrouvera pas quand il reviendra, je vous le promets; car j'ai à m'occuper aussi de mes affaires, quand j'aurai fait les vôtres); cet ami loge au Grandval, tout près de M. l'abbé de Bussières et de sa sœur, madame la marquise de la Roche-Guillain. Il m'a parlé de madame la marquise : on lui fera faire tout ce qu'on voudra en flattant ses idées. Pour M. l'abbé, je n'ai pas eu le temps de prendre des informations; mais je suis bien tranquille. Ce n'est pas qu'on rencontre parfois des gens aussi madrés que l'Intrépide; mais j'espère bien leur damer le pion à tous. »

Raoul écoutait ce discours sans en bien comprendre la portée; il était étonné du nouveau langage de son compagnon, qui, après avoir affecté avec lui certaines allures, en prenait de tout opposées qui semblaient lui être plus naturelles, et plus convenables apparemment à ses nouveaux projets. Si l'Intrépide était hors d'état de prévoir le peu d'effet de ses mensonges sur les personnes d'un esprit plus cultivé que celles qu'il avait l'habitude de tromper, cependant il avait assez de sagacité pour s'en apercevoir très promptement, et assez d'effronterie pour changer de rôle à l'instant. D'ailleurs il tenait moins à tromper Raoul, à mesure qu'il travaillait à le faire entrer dans ses vues. Pourtant il ne laissait pas que d'être un peu embarrassé pour lui expliquer son projet actuel.

Raoul commençait à voir qu'il ne devait pas trop se livrer avec un homme qu'il soupçonnait de lui tendre des piéges; il attendait sans rien dire, quoique avec une grande impatience, l'explication promise.

Après avoir réfléchi quelque temps, le charlatan reprit : « Vous voulez, n'est-ce pas, que M. le comte ne puisse pas vous retrouver pour vous ramener au logis?... Pas de sitôt, s'entend? — Sans doute, » répondit Raoul. » Ainsi, vous n'oseriez pas avouer à madame la marquise de la Roche-Guillain ni à M. l'abbé de Bussières qui vous êtes et pourquoi vous vous êtes sauvé du collége? — Non, certainement; je ne vois pas la nécessité de cette démarche. Je veux aller droit devant moi, sans m'adresser à personne, sans avoir recours à qui que ce soit. — Bon! un peu d'aide ne nuit pourtant pas; et vous conviendrez, monsieur de Foligny, que sans mon pauvre cheval, vous n'auriez pas si lestement ajouté aujourd'hui huit lieues aux six que vous avez faites cette nuit. Il faut donc prendre les choses comme elles sont, et ne pas s'insurger, comme vous faites, contre les gens qui n'ont d'autre but que de vous rendre service; après tout, que m'importe, à moi?... Ce n'est pas que je ne vous sois fort attaché... car, monsieur de Foligny, vous pouvez bien croire... — Mais, » interrompit Raoul impatienté, et prenant cependant le ton le plus doux qu'il lui fût possible, « je ne vois pas trop quel service vous espérez me rendre en me conduisant chez madame de la Roche-Guillain. — Voici, monsieur de Foligny : vous ne voulez pas que l'on sache pourquoi vous vous êtes sauvé du collége; eh bien, j'arrangerai une histoire. — Quoi? — Je lui dirai que vous étiez malheureux chez vos parents; que vous vous êtes enfui parce que M. le comte, votre père, vous contrariait, n'est-ce pas? pour une chose ou pour une autre. Ou bien encore que votre père vous tyrannisait; voilà! Alors vous verrez comme elle vous recevra, comme elle vous choiera! vous pourrez bien dire adieu à l'Intrépide :

vous n'aurez plus besoin de personne; et moi, j'irai terminer mes affaires; il ne me faudra plus lutter avec vous pour vous rendre service; ce qui est assez pénible, au moins! Quand je serai parti, vous ferez ce que vous voudrez, vous irez où il vous plaira, je ne m'en occuperai plus : mais il ne sera pas dit que l'Intrépide aura recueilli dans son cabriolet le fils de M. le comte de Foligny, et l'aura mené dans quelque mauvais endroit, ou laissé couché sur le foin, au risque de gagner une maladie. Voyez-vous, quand j'ai pris quelqu'un en amitié, je me ferais hacher pour lui; vous en avez la preuve. D'ailleurs, que vous importe? vous n'aurez rien à dire : c'est moi qui parlerai, et qui porterai l'endosse de tout. »

En disant cela, il fouettait son cheval de cet air d'humeur que donne une bonne intention méconnue, et la méchante haridelle, qui semblait entrer dans les vues de son maître, pressait le pas avec assez de rapidité sur un chemin raboteux. Chaque tour de roue était marqué par un soubresaut; et tout en pestant contre les cahots, contre le chemin, contre son cheval, et se jetant de temps en temps en avant pour allonger à la pauvre bête un nouveau coup de fouet, le charlatan continuait sur tous les tons ses protestations de désintéressement, auxquelles ses diverses interruptions paraissaient ajouter un nouveau degré d'énergie. Raoul ne savait trop qu'en penser : dans son inexpérience, il était tenté de les prendre pour l'expression de la bonne foi; le babil de cet homme l'étourdissait. Ne concevant pas trop ce qu'il voulait faire de lui, il lui paraissait probable, en effet, que son intention était de le laisser au Grandval. « Au reste, » se disait Raoul, « je serai là pour empêcher que la tromperie n'aille trop loin, et je verrai bien ce que j'aurai à faire. » Enfin, comme on en agit toujours dans un cas embarrassant, il ajourna toute décision, et, s'en reposant sur l'événement, il se laissa conduire au Grandval.

Il n'avait pas encore eu le temps de songer combien il serait inconvenant de se présenter sous les auspices d'un compagnon dans le costume de l'Intrépide, lorsque celui-ci fit arrêter le cabriolet; sans descendre, il tira d'un coffre, placé sous son siége, une redingote bleue assez propre, qui prit, sur les épaules de son maître, la place de l'habit rouge, relégué à son tour dans le même coffre; un chapeau rond, recouvert d'une coiffe de taffetas ciré, remplaça le vieux chapeau à trois cornes, orné d'un galon d'argent faux et d'un plumet sale; une cravate blanche succéda à la cravate noire; et la friperie du charlatan disparut sous l'extérieur décent d'un bon bourgeois. Ce changement fit réfléchir Raoul; il pensa que son compagnon, pour avoir ainsi des costumes propres à différents rôles, devait avoir l'habitude de se travestir; ce qui augmentait la répugnance qu'il éprouvait déjà de s'en remettre à la direction d'un tel guide. Mais il n'était plus temps d'hésiter; la voiture allait grand train sur une descente assez rapide, et ils arrivèrent au Grandval vers six heures du soir.

XVI

LE BON CURÉ

L'habitation de madame de la Roche-Guillain et de son frère l'abbé de Bussières avait plutôt l'apparence d'une jolie maison que d'un château, quoiqu'il n'y en eût pas d'autre dans le village qui dût avoir servi autrefois de maison seigneuriale. Le village était propre et assez bien bâti, les environs parfaitement cultivés; tout respirait l'activité, l'industrie et l'aisance.

L'Intrépide descendit à une espèce de tourne-bride situé à l'entrée du village; il y laissa son cheval et son cabriolet, et se faisant indiquer la demeure de madame de la Roche-Guillain, il s'y rendit à pied avec son jeune camarade. De sa vie Raoul ne s'était senti si mal à l'aise; il tâchait de prendre de l'aplomb, pensant que, s'il reculait ainsi devant la première difficulté, il lui serait impossible de venir jamais à bout de son entreprise. Il suivait, à quelque distance, le charlatan, qui marchait d'un pas assuré et avec un air de gravité qu'il ne lui avait pas encore vu prendre. Raoul l'eût volontiers laissé arriver seul, pour s'épargner à lui-même l'embarras d'une première entrevue ; mais il lui parut indispensable d'être présent pour l'empêcher de débiter sur son compte des choses qui ne lui conviendraient pas, tout en prenant ce scrupule de probité et de délicatesse pour une sorte de faiblesse qu'il fallait surmonter. Cependant le courage pensa lui manquer, lorsqu'en approchant de l'avenue qui précédait la maison de madame de la Roche-Guillain, il vit se diriger de leur côté une dame qu'un paysan leur dit être la marquise elle-même. L'Intrépide se regarda en ce moment, et si Raoul avait pu se laisser aller à un mouvement de gaieté, il aurait ri de l'air sérieux, de l'aplomb que tâcha de prendre son mentor pour se donner un extérieur conforme à la circonstance. Ils marchèrent à la rencontre de la marquise. C'était une femme d'environ quarante ans, d'une taille médiocre, et d'une figure assez agréable, quoique sa maigreur et la pâleur de son teint annonçassent une santé délicate. Sa démarche avait de l'aisance, et ses traits portaient l'expression d'une vivacité qui paraissait tenir de l'exaltation plutôt que de l'intelligence. Elle s'avança vers les étrangers d'un pas animé, comme une personne qui attend ou désire un événement, quelque petit qu'il soit.

L'Intrépide s'arrêta, le chapeau à la main, et montrant Raoul qui, arrêté aussi à quelques pas, ne paraissait pas empressé d'aller plus loin : « Madame la marquise, » lui dit-il d'un ton solennel, « vous voyez ce jeune homme : sa vie est entre vos mains; je viens le remettre sous votre protection. »

Ce début bizarre causa à la marquise une émotion de surprise et de saisissement qui ne parut pas lui déplaire. « Mon Dieu, » dit-elle avec empressement, « en quoi pourrais-je lui être utile? — Permettez-moi, madame la marquise, » continua l'Intrépide avec la même gravité, « de vous dire un mot en particulier; et vous, monsieur Firmin Lebel, » ajouta-t-il en s'adressant à Raoul, à qui il était convenu de donner ce nom, » veuillez bien continuer à vous promener dans cette allée *collatérale.* » (Il voulait dire *latérale.*) Raoul rougit, mais la marquise parut n'y pas faire attention : pleine d'indulgence et de confiance, elle accueillait avec bonté tous ceux qui se présentaient à elle; le début du charlatan l'avait disposée à lui passer des fautes de français, et à écouter favorablement tous les contes qu'il se préparait à lui faire. L'Intrépide continua : « Madame la marquise, vous nous voyez ici dans une passe bien malheureuse. Ce pauvre jeune homme s'est vu dans la nécessité de fuir la maison paternelle, où on lui faisait subir les plus indignes traitements; il a pris un tel attachement pour moi qu'il ne veut plus me quitter. — Qui vous a adressé à moi? » demanda la marquise. « Personne; mais quand j'ai mis là quelque chose... J'ai entendu parler de vous chez plusieurs personnages, particulièrement chez une dame que j'ai vue, je crois, à Lyon, ou peut-être bien à Paris; j'en ai tant vu! madame la baronne de... la comtesse de... attendez donc... une dame jeune comme vous. — La vicomtesse de Merac? Elle est restée quelque temps à Lyon; mais elle est plus jeune que moi. —

Vraiment! On ne le dirait pas. C'est bien cela, madame la vicomtesse de Merac. — Vous la connaissez? — Très peu, madame la marquise. Nous autres gens du commun, nous ne fréquentons pas beaucoup les dames de votre rang, si ce n'est dans les occasions où il s'agit de faire du bien; et j'en ai eu beaucoup de ces occasions-là. Pour revenir à ce pauvre jeune homme, madame, si vous, ou M. votre frère, vouliez nous donner une recommandation pour quelque personne bienfaisante à Paris, j'irais de suite présenter mon protégé, après l'avoir fait vêtir s'entend; car il n'a rien sur le corps : il n'a pas eu le temps, comme vous le jugez bien, madame la marquise, de faire ses paquets, et moi, je suis parti comme qui dirait sans argent, tant nous étions pressés. Et encore, une roue de ma voiture s'est brisée en chemin, il m'a fallu en faire mettre une neuve. — Comment donc pourrez-vous le faire habiller? — Oh! cela ne m'embarrasse guère. J'ai des amis partout, moi; j'en ai un surtout que j'irai trouver en nous rendant à Paris, un homme bon et humain. Cette visite me détournera bien de six lieues; mais c'est un léger inconvénient. Au besoin, d'ailleurs, mon ami me donnerait les moyens de prendre la poste. Il est riche, et dépense tout son argent en bonnes œuvres. Ou bien, j'emprunterai sur mon crédit; je suis bien connu, madame la marquise, et de beaucoup d'honnêtes gens. S'il le fallait, je ferais pour ce jeune homme une quête chez les dames charitables, sans le lui dire, au moins; car il croit qu'on peut vivre, comme un anachorète, de pain et d'eau. Je suis bien sûr que vous, madame la marquise, pour le sauver, ne seriez pas la dernière à offrir votre pièce de cinq francs. — Soyez tranquille, » dit la marquise avec un sourire qui promettait au charlatan beaucoup plus qu'il ne demandait. Il comprit que le point principal était obtenu, et qu'il ne lui restait plus qu'à tirer le meilleur parti possible des dispositions bienfaisantes de la marquise. Elle s'approcha de Raoul, que la longueur de cette conversation impatientait : « Monsieur Lebel, » lui dit-elle, « Dieu vous inspirera sans doute la meilleure résolution à prendre. Pour moi, je vous fournirai de tout mon cœur les moyens de sortir d'embarras et de garder une conduite vertueuse. »

Raoul rougit; il assura madame de la Roche-Guillain que, sans l'insistance de son compagnon de voyage, il n'aurait jamais consenti à se présenter ainsi chez elle. « J'étais tout à fait opposé à cette indiscrétion, » ajouta-t-il d'un ton où il régnait un peu de ressentiment contre l'Intrépide; « et tout mon désir, madame, est de vous importuner le moins longtemps que je pourrai. »

L'air distingué de Raoul, qui perçait malgré son costume de collége et la démarche dégingandée d'un jeune homme de seize ans qui grandit, avait déjà prévenu madame de la Roche-Guillain en sa faveur. Elle fut frappée de son ton et de sa manière de s'exprimer. En effet, son air de modestie faisait un singulier contraste avec celui de l'Intrépide. La marquise n'en fut que plus disposée à regarder ce jeune homme comme réellement doué de qualités extraordinaires, et à embrasser avec chaleur ses intérêts. Il était facile d'obtenir la confiance de la marquise et de lui plaire en affectant les manières du grand monde; et, quoique Raoul fût fort peu rassuré, cependant il prit un certain air de dignité, désireux de se soutenir au-dessus de la désagréable situation que lui avait faite l'Intrépide.

Dès qu'ils furent arrivés, la marquise engagea Raoul à se reposer, ainsi que son compagnon, au moins jusqu'au lendemain. Raoul n'osa prendre sur lui d'accepter l'invitation, mais il ne crut pas devoir la refuser. La marquise, autant par intérêt que par curiosité, interrogea Raoul sur les diverses circonstances de sa situation. Souvent embarrassé par ces questions, il s'en tira cependant assez adroitement, évitant de répondre autrement que par des généralités, et témoignant de son désir de sortir par lui-même de sa malheureuse position, sans importuner les personnes qui avaient la bonté de prendre intérêt à lui. Quoique ce ne fût pas mentir, il sentait pourtant que c'était tromper; il était loin de s'applaudir de son habileté à donner le change à la marquise : ce genre de succès n'en est guère un que pour ceux qui sacrifient volontiers la réputation de leur caractère à celle de leur esprit. Cependant Raoul se décida à répondre lui-même et à soutenir la conversation, pour donner le moins d'occasions possible à son compagnon de prendre la parole.

Ils entrèrent dans le salon, et y trouvèrent un ecclésiastique : c'était l'abbé de Bussières, ou plutôt le curé du Grandval, frère de la marquise. Il tenait un livre à la main. A leur arrivée, il se leva, et fit quelques pas au-devant d'eux. C'était un homme de quarante-cinq à cinquante ans. Sa taille était élevée, sa figure grave, austère même, s'il n'y avait eu dans ses yeux trop d'esprit, et dans son maintien trop de calme pour qu'on y vît autre chose que de la sagesse. Il demanda aux étrangers ce qu'ils désiraient de lui. La marquise se hâta de répondre, mais d'un air un peu gêné, comme une personne dont la vivacité n'était pas toujours à son aise en présence de son frère.

«C'est une bonne œuvre à faire que la Providence nous envoie, mon frère,» dit-elle, «et je suis sûre d'avance que vous regarderez comme un devoir d'y contribuer. — Une bonne œuvre à faire est toujours une bonne fortune. Ce n'est pas, comme vous le savez sûrement, messieurs,» ajouta-t-il avec un léger sourire, «qu'on n'en ait souvent plus qu'on ne peut ou qu'on ne songe à en faire.»

Ces mots, qu'il accompagna d'un regard significatif, semblaient indiquer que sa sœur était sujette à se tromper, et que les personnes pour lesquelles elle lui demandait des secours n'étaient pas toujours celles qu'il jugeait les plus dignes de sa protection; cependant il s'empressa d'ajouter d'un ton encourageant : «De quoi s'agit-il? — C'est que ce n'est point du tout une bonne œuvre commune, mon frère,» reprit vivement la marquise. «Voyons,» dit le bon curé avec calme et en invitant les étrangers à s'asseoir. Mais l'Intrépide, se redressant aussitôt : «Monsieur l'abbé!» s'écria-t-il avec un ton hardi et en prenant une pose théâtrale, « il ne s'agit de rien moins que de sauver cet infortuné jeune homme, de l'arracher à la misère qui l'attend. Eh! qui le peut mieux qu'un saint prêtre comme vous? Qui le peut mieux qu'une noble et digne dame comme madame la marquise? »

La sueur montait au front de Raoul; surmontant sa colère et sa honte, il se leva à son tour. « Monsieur, » dit-il vivement, « comme j'ai déjà eu l'honneur de le dire à madame votre sœur, c'est entièrement contre mon gré que l'on m'a introduit chez vous d'une manière aussi inconvenante; et si l'on m'en croyait, » ajouta-t-il en jetant sur le charlatan un regard de ressentiment, « nous n'aurions autre chose à faire que de sortir d'ici promptement, et en vous demandant mille fois pardon d'être venus vous déranger. — Mon enfant, » dit le curé d'un ton tranquille, « rien ne doit m'être étranger de ce qui intéresse une créature humaine, et surtout un chrétien. » Et il leur fit un signe de la main pour les faire asseoir. « Monsieur est-il votre père? » demanda-t-il à Raoul, en lui montrant le charlatan. « Pas précisément, » se hâta de répondre l'Intrépide, en se levant de nouveau, pour donner plus d'énergie à ses paroles, ou plutôt pour remonter par des poses extraordinaires son courage, que la présence et le ton de M. de Bussières commençaient à ébranler un peu : « mais je lui en tiendrai lieu, monsieur l'abbé, et je saurai le retirer... le conduire... car, comme l'a dit le prophète... mais vous le savez mieux que moi, monsieur l'abbé. » Et il se rassit, ignorant absolument ce qu'avait pu dire le prophète.

M. de Bussières s'aperçut de l'impatience de Raoul, il lui fit signe de se contenir. « Si vous n'êtes pas le père de ce jeune homme, » reprit-il en s'adressant au charlatan, avec un geste qui semblait avoir pour objet de prévenir une nouvelle saillie d'éloquence, « vous êtes apparemment, monsieur, chargé par ses parents de veiller sur lui ; car il me paraît trop jeune pour s'être choisi lui-même un guide. — Je ne suis pas précisément chargé, » reprit le charlatan, de plus en plus déconcerté, « mais, comme vous le savez, monsieur l'abbé, la conscience... » Et il cherchait une nouvelle inspiration aussi heureuse que les précédentes, quand M. de Bussières l'arrêta court, en lui disant d'un ton fort sévère : « Puisque ce ne sont point les parents de ce jeune homme, monsieur, seule autorité que je considère comme légitime, qui vous ont engagé à me l'amener, je ne pense pas qu'il me soit permis d'intervenir autrement que par mes instructions... — Il n'est pas question d'instructions, mon frère ! » s'écria vivement la marquise ; « ce jeune homme est malheureux ; il s'est sauvé de la maison de ses parents, qui le maltraitaient, qui... » Elle s'arrêta en voyant tressaillir Raoul, que ce langage blessait vivement.

« Je ne reconnais à personne le droit d'aider un jeune homme à se soustraire à l'autorité de ses parents, à moins que ce ne soit dans un cas exceptionnel, si on lui commandait un crime par exemple. Le premier devoir de ce jeune homme est donc de retourner dans la maison de son père, où les difficultés qu'il aura à subir seront des épreuves pour sa patience, où il offrira sans cesse sa résignation en sacrifice, jusqu'à ce que Dieu ait amolli le cœur de ceux qui ont seuls le droit de disposer de lui. »

La marquise s'apprêtait à parler, il l'interrompit, et d'un ton imposant : « C'est ainsi, » continua-t-il, « qu'il édifiera par sa soumission ceux qu'il scandaliserait par sa révolte. Aujourd'hui je ne pourrais que l'aider par la raison et la persuasion à persévérer dans l'obéissance qu'il doit à ses parents. — Il est temps, » dit Raoul, « de vous demander la permission d'abréger une visite déjà beaucoup trop longue. Quant à moi, je suis décidé à me retirer, » ajouta-t-il en regardant fixement l'Intrépide qui, en ce moment, ne savait trop quel parti prendre ; « et j'espère, monsieur le curé... — Non, mon enfant, » dit celui-ci en le retenant. « Il est tard ; vous et votre conducteur coucherez ici. Demain nous causerons. » Raoul voulait résister. « Il est de votre intérêt, jeune homme, que nous ayons ensemble un entretien, et de mon devoir de ne négliger aucun moyen de vous être utile. »

Raoul vit bien que le digne curé soupçonnait quelque mensonge et qu'il voulait éclaircir ce qu'on lui cachait. Rester plus longtemps, c'était s'exposer à de nouvelles questions ; et si M. de Bussières venait à découvrir sa véritable situation, il se ferait certainement un cas de conscience de le renvoyer à son père. Mais il n'y avait plus moyen, en ce moment, de songer à se retirer, et Raoul se flattait de pouvoir partir le lendemain matin, avant le lever du soleil; d'autant qu'il était facile de voir que son compagnon commençait à trouver l'entreprise périlleuse, et qu'il ne demandait pas mieux que d'en sortir promptement. Déterminé à agir désormais tout seul, Raoul, en se séparant du charlatan, avait l'espoir de trouver quelque moyen d'éclairer ses dignes hôtes sur son compte, et de laisser peser sur l'Intrépide toute la responsabilité et la honte de ses mensonges. Celui-ci demeurait sur ses jambes assez décontenancé, sans que le curé parût faire attention à lui; la marquise, qui était allée s'asseoir à l'autre bout du salon, devant son métier à broder, l'appela près d'elle pour qu'il lui tînt conversation.

Raoul était resté près du curé, n'osant bouger ni parler; la marquise causait tout bas avec le charlatan; et le curé, feuilletant un de ses livres, y cherchait sans doute un passage qui pût servir de texte à la conversation qu'il se proposait d'avoir avec le jeune homme. Raoul épiait tous ses mouvements; la crainte de voir commencer à chaque instant un entretien qu'il redoutait lui faisait éprouver un sentiment de gêne. Il en fut délivré par l'arrivée inattendue d'un intendant militaire en tournée, ancien camarade de classes du curé, qu'il n'avait pas vu depuis plus de vingt-cinq ans. Apprenant qu'il était près de l'habitation de son ancien ami, il était venu le voir et lui demander à coucher pour une nuit.

Les premières émotions de la reconnaissance avaient permis à l'Intrépide de s'approcher de Raoul et de lui dire tout bas : « Puisque vous étiez si pressé de partir, que diable ne me le faisiez-vous savoir de suite? vous entendez bien que moi, je ne demande pas mieux, pour ce que je fais ici! » Raoul haussa les épaules, indigné de l'impudence du charlatan. Il voyait bien ce qui l'avait dégoûté de faire un plus long séjour; mais il se contenta de répondre : « Le plus tôt possible, je vous en prie. » Il comptait cependant que ce ne serait que le lendemain, puisqu'il fallait laisser reposer le cheval. Le charlatan sortit; et quoique Raoul fût assez embarrassé de son costume d'écolier devant le nouveau visiteur, pourtant il se sentait plus à l'aise depuis qu'il savait que l'intendant ne partirait que le jour suivant; il ne songea plus qu'à tâcher de rassurer son maintien, et à faire revenir son hôte de la mauvaise impression qu'avait dû lui donner la désagréable compagnie du charlatan.

La conversation s'engagea sur ce qui était arrivé aux deux amis depuis qu'ils s'étaient séparés. « J'ai été bien étonné, mon cher Bussières (c'est ainsi que l'appelait l'intendant par un reste d'habitude), quand j'ai demandé le chemin de votre habitation, d'apprendre qu'il me fallait aller chez M. le curé, et plus étonné encore de vous retrouver sous l'habit que vous portez. Je sais que vos parents vous destinaient à l'état ecclésiastique; mais je crois aussi me souvenir que vous aviez peu de vocation pour cette honorable profession. — Aucune alors, » répondit M. de Bussières, « ce fut uniquement par soumission que j'entrai au séminaire. »

Un regard du curé, jeté sur Raoul, parut à celui-ci une allusion à sa position : se croyant provoqué, il crut pouvoir observer que c'était pousser bien loin cette soumission que d'y sacrifier ainsi sa liberté.

M. de Bussières reprit froidement : « La liberté n'appartient pas à l'âge que j'avais alors. » Et regardant plus fixement Raoul : « C'était, je crois, à peu près le vôtre. — Je vous assure pourtant, monsieur le curé, » répondit Raoul assez piqué, « qu'à mon âge on sait fort bien ce qu'on veut. — On le sait aussi à huit ans. » Raoul laissa échapper un geste de doute. Le curé reprit en souriant : « Oui, à huit ans comme à seize, on sait ce qu'on veut dans le moment; mais à quoi cela sert-il, si l'on ignore ce qu'on voudra dans un quart d'heure ou dans un an? » Raoul rougit : ce n'était pas la première fois, depuis quelques jours, qu'il lui arrivait de comprendre que le plaisir de faire sa volonté du moment pouvait amener des situations embarrassantes.

« Mon enfant, » reprit le curé avec douceur, mais d'un ton sérieux : « Celui à qui nous demandons tous les jours de nous préserver du mal nous a dit : Honore ton père et ta mère afin que tu vives longuement sur la terre. C'est aussi la sagesse humaine qu'il a voulu nous enseigner par ces paroles : l'enfant qui commence à marcher ne courrait-il pas des dangers continuels s'il n'écoutait la voix de son père et de sa mère; le jeune homme qui se propose d'user de sa liberté (et le bon curé appuya beaucoup sur ces derniers mots) ne sait pas combien de périls il se prépare en manquant de soumission à ses parents. »

Raoul se tenait les yeux baissés; il songeait au

charlatan, et il lui semblait qu'une voix du ciel l'avertissait de ne pas rester davantage entre les mains de cet homme.

L'intendant applaudit à ces maximes; s'apercevant que son ami mettait de l'importance à les inculquer au jeune homme qui était en tiers avec eux, il ajouta qu'il aurait cependant regretté que sa soumission pour ses parents lui eût fait embrasser un état pour lequel il ne se serait pas senti de vocation.

« Comme tout homme répond, devant Dieu, de lui-même, » répondit M. de Bussières, « à lui seul appartient aussi de choisir l'état où il croira pouvoir mieux le servir. Mon obéissance consistait alors à entrer au séminaire, sans prétendre régler en rien un avenir qu'on n'avait pas plus le pouvoir que je n'avais la liberté de décider. Permettez-moi d'achever de remplir ma mission, en apprenant à ce jeune homme qu'à son âge un fils n'a pas le droit de se soustraire à l'éducation que ses parents veulent lui donner; il ne peut mettre sa sagesse à la place de la leur, ni juger pour eux, quand Dieu et la société les ont chargés de juger pour lui. »

« Quoi! » s'écria Raoul, presque les larmes aux yeux, « ne pas se permettre de juger la déraison, l'injustice dont on est victime! — Et qui a chargé le fils de prononcer sur ce qu'il appelle l'injustice de son père? » reprit le curé avec sévérité. « Qui a rendu le fils arbitre entre son père et lui? Il y a un juge pour les pères qui abusent de leur autorité, et c'est le seul devant qui le père et le fils paraissent égaux; car le monde est plus sévère que ce juge. Demandez quel jugement le monde porte sur le fils qui se lasse de son père avant que le fardeau devienne impossible à porter. »

Qui le savait mieux que Raoul? La faute était à peine commise, il n'en avait pas encore reconnu l'étendue, que déjà la désapprobation générale l'accueillait de tous côtés; c'était une sorte de chaîne dont il ne pouvait se dégager, et qu'il trouvait partout sur ses pas.

M. de Bussières, s'adressant de nouveau à son ami, lui apprit en peu de mots ce qui l'avait déterminé en faveur de l'état ecclésiastique. Les désastres de la révolution avaient atteint sa famille, et l'avaient obligé lui-même de chercher dans le travail une ressource contre le besoin. Presque entièrement dépouillé de sa fortune par le séquestre, il n'avait pu sauver que ses livres de théologie. Il se remit donc à ses études, que la révolution l'avait forcé d'interrompre; par suite de la disposition sérieuse où il se trouvait alors, ou par toute autre cause, elles lui inspirèrent un goût qu'il ne s'était jamais senti.

M. de Bussières y puisa des consolations jusqu'alors inconnues, et il ne s'en arracha qu'avec peine, lorsque des temps plus calmes lui permirent de travailler à recouvrer une partie des biens de sa famille, dont il se trouvait le seul héritier, son père et son frère étant morts, et sa sœur émigrée à l'étranger. Il revint ensuite à ses études, comme aux seules joies réelles qu'il eût goûtées en ce monde; mais il éprouvait en même temps le besoin de répandre les vérités qui germaient dans son cœur.

« Comme je m'étais toujours tenu en dehors des agitations sociales, » continua le respectable curé, « j'avais compris que la science religieuse est destinée à ramener les choses du monde à la religion, et non à faire servir la religion aux choses du monde. »

M. de Bussières crut donc qu'il pouvait puiser dans la religion seule la force d'exercer en ce monde la mission dont il se sentait capable. En rentrant dans ses biens, il s'était trouvé entouré d'une population aussi dénuée d'idées morales que de moyens de subsistance. La qualité d'ecclésiastique devait lui donner les moyens de satisfaire à la fois à ce double besoin : élever le pauvre au partage des vertus, et le retirer de la misère en lui portant des secours temporels. « Les dons de la bienfaisance, » disait-il, « sont reçus comme la dette du riche envers le pauvre ; mais cela n'apprend rien au pauvre ; tandis que des secours apportés au nom de la religion lui apprennent que la religion a des devoirs pour tous. »

Fortement ébranlé par ces divers motifs, il s'examina cependant encore, et acheva de se déterminer, lorsqu'il apprit que sa sœur consentait à rentrer en France avec son fils et à venir demeurer près de lui.

Après avoir reçu les ordres, il avait obtenu d'être nommé curé au Grandval, où sa famille avait toujours fait sa résidence, et où on le considérait comme un pasteur intimement uni à son troupeau.

Les paroles et l'expression du curé peignaient le bonheur profond qu'il goûtait dans l'exercice des vertus de son état ; et s'adressant à Raoul : « Ainsi, en remplissant mes devoirs de fils, en montrant de la déférence pour des arrangements qu'il m'était permis de désapprouver, je préparais les bénédictions qu'il a plu à la Providence de répandre sur ma vie tout entière. »

Raoul était ému au-delà de toute expression. L'intendant félicita son ami sur l'aisance répandue dans le village du Grandval, aisance due sans doute aux vertus et à l'esprit d'ordre qu'il avait su inculquer aux habitants. Il lui demanda s'il avait entendu parler des résultats admirables obtenus de la même manière par M. Oberlin, pasteur dont la paroisse, le Ban-de-la-Roche, était située dans le même département que le Grandval (les Vosges); mais la vie retirée que menait M. de Bussières, et la situation du Ban-de-la-Roche, plus rapproché du département du Bas-Rhin que de celui des Vosges, avaient empêché le digne curé de nouer des relations avec les habitants de cette commune.

Raoul ayant témoigné le désir d'avoir quelques détails sur M. Oberlin, l'intendant consentit à envoyer prendre dans sa voiture une espèce de notice qu'on lui avait remise la veille.

Heureux de trouver le moyen de se distraire un moment des pensées pénibles qui l'agitaient, Raoul demanda la permission de lire cette notice dans un coin du salon, tandis que les deux amis continuèrent à s'entretenir de ce qui leur était arrivé depuis leur séparation.

XVII

PASTEUR DU BANC-DE-LA-ROCHE [1]

Nous lisons avec intérêt, dans le récit d'un savant voyageur, qu'un roi sauvage [2], instruit et guidé par un matelot français, enseigna à ses sujets, sauvages comme lui, à construire des vaisseaux, et qu'une peuplade de nègres, dans un coin du Sénégal, apprend de nous à lire, à écrire, à travailler, et fréquente nos écoles d'enseignement mutuel. Je viens d'un canton de la France, situé au milieu de l'une de ses contrées les plus fertiles, et dont les habitants, au nombre de deux ou trois cents, vivaient, il y a environ cent ans, de fruits et d'herbes sauvages, seules productions des forêts où ils faisaient leur résidence. Aujourd'hui, une population de trois mille âmes, pauvre, mais active, industrieuse, éclairée,

[1] Cette relation est exactement vraie dans tous ses détails. L'auteur les tient en grande partie d'un témoin oculaire, dont les expressions ont été le plus souvent conservées textuellement.

[2] Tamahama, l'un des rois des îles de la Société. (Voyages de Vancouver.)

couvre et fertilise cette surface aride. Les vertus y ont pénétré avec le travail, le bonheur avec les vertus, et, pour opérer ce changement, il n'a fallu que cinquante ans et un seul homme.

Le canton appelé le Ban-de-la-Roche est situé dans les Vosges, sur le revers de quelques montagnes appelées le *Champ-de-Feu*, et séparées par un enfoncement de la chaîne des montagnes des Vosges, ce qui tenait les habitants du Ban-de-la-Roche dans un isolement complet du reste de la population. Heureusement ce pauvre pays avait deux paroisses : Waldbach et Rothau. M. Stouber, pasteur, nommé, en 1750, à la cure de Waldbach, n'y trouva guère d'autres commencements de civilisation que la culture des pommes de terre, qui, par suite de la disette de 1709, s'était introduite jusque dans ces montagnes. Encore n'en cultivait-on que pour l'hiver. Le reste de l'année, les habitants du Ban-de-la-Roche disputaient à un petit nombre de bestiaux les productions spontanées de leurs arides pâturages. Cependant, l'un des prédécesseurs de M. Stouber avait essayé d'y introduire des maîtres d'école. Il y en avait à Waldbach; mais on les y louait au rabais, et leur prix était immédiatement au-dessous de celui des pâtres. Aussi, le moindre inconvénient peut-être de ces maîtres d'école était-il de ne pas savoir lire couramment. Animé de l'amour du bien, M. Stouber pensa que la première chose à faire pour le bonheur de ses paroissiens, était d'attaquer cette grossière ignorance que défigurait encore une foule de préjugés nuisibles. Il y travailla avec quelque succès pendant les dix-sept ans de sa résidence à Waldbach. Mais les grandes merveilles étaient réservées à son successeur, M. Oberlin, le pasteur actuel, l'un de ces hommes que la Providence semble avoir spécialement choisis pour manifester d'une manière plus immédiate ses volontés sur l'espèce humaine, et la conduire plus directement dans cette route d'amélioration où Dieu lui prescrit de marcher sans relâche et sans découragement.

Ce que j'avais entendu dire à Strasbourg du Ban-de-la-Roche et de M. Oberlin me détermina à les aller visiter. Je suivis, pour m'y rendre, la charmante vallée de la Bruche. Sur les bords de cette rivière, que l'on remonte pour se rendre au Ban-de-la-Roche, s'étendent de fertiles prairies, terminées des deux côtés par des montagnes couvertes de bois s'élevant en amphithéâtre. Les hêtres, au tronc droit et élancé, à l'écorce grisâtre, lisse et couverte de mousse, présentent leurs belles touffes d'une verdure brillante et pleine de fraîcheur, qui fait ressortir encore mieux le voisinage des noires sapinières; et s'il arrive que le même sol porte diverses espèces de bois, les pointes aiguës du mélèse ou du sapin viennent tracer mille dessins bizarres sur la plaine ondoyante que semble former la sommité des forêts.

La vallée se divise à Shirmeck, où l'on trouve établie, depuis peu de temps, une fort belle filature de coton : à droite, on pénètre dans un vallon qui se rétrécit de plus en plus, le long d'un beau chemin, bien noir, mais ferme et roulant, jusqu'à Framont, petit village formé de la réunion des ouvriers qui exploitent les mines du Donon et font aller les belles manufactures qui y sont établies. Des routes étroites mais solides, véritables routes ferrées, sans cesse entretenues dans un bon état de viabilité par le dépôt des résidus du minerai, et pratiquées au travers des gorges des montagnes, y aboutissent de plusieurs côtés pour le service des usines; on n'y rencontre cependant que des bœufs traînant péniblement le bois, le charbon, ou les charges du minerai jaunâtre que l'action du feu va transformer bientôt en longues barres ou en minces lames de fer. Les eaux qui tombent en cascade le long des rochers ou du haut d'énormes roues entretenues dans un mouvement continu; pour ajouter à tant de bruit, celui des marteaux, des enclumes, des laminoirs également infatigables, enfin une population enfumée, qui semble ne pas connaître le repos, et cependant ne pouvoir presque suffire à cette prodigieuse activité de la nature et de l'industrie, tout concourt à donner à ces lieux l'aspect le plus pittoresque.

A gauche, le spectacle change bientôt. Passé Rothau, où finit le sol de minerai et où se trouve le dernier fourneau, ce n'est plus cette activité bruyante, destinée à répandre au dehors ses résultats, à aller chercher au loin les besoins de l'homme pour les satisfaire, et à faire écouler dans tous les sens des richesses surabondantes, inutiles au sol qui les produit. Ici, le travail constant, industrieux, attentif, se suffit à peine à lui-même. La grande affaire pour l'homme est de vivre, de vaincre, à force de patience, un sol malveillant, de soutenir, à force de constance, des travaux que menace sans cesse de ruiner une nature pour ainsi dire révoltée, et qui semble s'efforcer incessamment de rendre à la barbarie ce coin de terre que l'homme travaille sans cesse à lui arracher. A mesure qu'on s'éloigne de la vallée de la Bruche et qu'on avance dans la paroisse de Waldbach, le terrain s'élève : ce ne sont plus qu'escarpements, rochers entassés, séparés par des ravins, couronnés par des forêts, tout l'aspect du climat le plus sauvage, en même temps qu'à chaque pas les regards sont consolés par l'aspect de la plus bienfaisante civilisation. L'à, ce sont des murailles élevées pour soutenir une portion de terrain en culture contre la violence des torrents ou la chute des neiges, qui le ferait, qui malgré tant d'efforts le fera peut-être encore glisser sur la pente de la montagne. Ici, l'on voit la roche percer encore par intervalles cette couche de terre végétale, dont on l'a forcée de se couvrir pour recevoir ensuite les pommes de terre, le seigle et toutes celles des plantes utiles dont la racine modeste ne demande et ne consume pas trop de cette terre si précieuse. Ailleurs, le rocher a été déraciné, et ses débris ont servi à soutenir les chaussées, entretenir les rigoles, affermir les routes nombreuses par où se communiquent entre eux les cinq villages répandus soit dans le vallon, soit sur les pentes dont se compose la paroisse de Waldbach. D'autres pierres sont apportées sur ces routes, récolte du champ qu'on veut défricher et qu'avant de le cultiver il faut éplucher, pour ainsi dire, brin à brin.

Les enfants sont spécialement chargés de ce travail

et participent à tous les autres. On les voit dans les champs aidant leurs pères, et portant dans ces travaux plus grossiers l'air d'intelligence et les habitudes morales contractées dans les occupations qui ont occupé les heures précédentes. Ils vous saluent avec bienveillance en vous voyant passer près d'eux; vous leur parlez et vous êtes étonnés de la pureté de leur langage; vous les questionnez, vous trouvez leur esprit accoutumé à la raison. Ils savent bien ce qu'ils disent, comprennent bien ce qu'ils voient, connaissent les noms et l'usage de tous les instruments dont ils se servent, de toutes les plantes sauvages ou cultivées que produisent leurs montagnes; et si l'explication qu'ils vous donnent ne vous suffit pas, la plupart y pourront suppléer par le dessin. Le désir d'obliger se montre dans leurs manières. On reconnaît qu'une habitude morale préside à l'emploi de toutes leurs idées. Ce sont des paysans actifs et des enfants bien élevés. Si l'on s'adresse aux pères, on voit qu'ils ont dû être ce que sont aujourd'hui leurs enfants, et l'on ne s'en étonne plus, quand on songe que M. Oberlin est, depuis plus de cinquante ans, pasteur de Waldbach.

J'entrai, sous quelque prétexte, dans une chaumière d'un extérieur pauvre, comme toutes les autres, comme le vêtement des habitants, comme l'aspect du pays. L'ordre et la propreté donnaient au dedans l'apparence d'une sorte d'aisance. Une jeune fille travaillait à un métier de rubans, sa mère épluchait du coton, un vieillard, leur père et grand'père, infirme et perclus de ses jambes, leur lisait la Bible;

sur des tablettes étaient rangés quelques ouvrages d'agriculture. On me reçut cordialement ; on est accoutumé, depuis quelques années, à voir des étrangers visiter le Ban-de-la-Roche. Le vieillard comprit ma curiosité, et parut disposé à la satisfaire. Il avait été un des plus actifs et des plus robustes coopérateurs de M. Oberlin dans les pénibles travaux qu'il fallut exécuter pour établir et maintenir les communications entre les cinq villages que les neiges tenaient auparavant isolés les uns des autres pendant une grande partie de l'année, pour ouvrir entre les rochers le chemin d'une demi-lieue qui conduit à la grande route de Strasbourg, pour construire, au bout de ce chemin, le pont qui traverse la Bruche.

« C'est moi qui étais le plus près de lui, » me disait le vieillard avec l'enthousiasme d'un soldat pour son général, « lorsqu'à la tète de deux cents de nous, la pioche sur l'épaule, il travaillait à briser ou à faire sauter des rochers, à les descendre pour construire le pont et la chaussée, au risque de se tuer. Nous avons déblayé ensemble plus d'une broussaille, et ce n'est pas une fois, ce n'est pas dix seulement que je l'ai vu quitter le travail trempé de sueur et les mains tout en sang. »

Le vieillard se ranimait à ce souvenir de ses anciens exploits ; les femmes souriaient de plaisir en lui voyant un moment de joie et un éclair de vigueur. Elles se mêlèrent à la conversation avec une simplicité décente. On me raconta les titres d'honneur de toute la famille. Les premiers, ils avaient donné l'exemple du travail et de l'assiduité aux écoles. Une des filles du vieillard, la sœur aînée de cette fille qui était là à éplucher du coton, avait été formée par madame Oberlin elle-même à l'éducation des enfants; et devenue veuve, elle avait si bien élevé les siens, que M. Oberlin venait d'en choisir un, pour le destiner à devenir un jour maître d'école. La jeune fille occupée à son métier de ruban rougit quand on me raconta que les dimanches, lorsque les enfants chantaient autour de l'autel, le pasteur avait été plusieurs fois touché de la ferveur qu'elle mettait dans son chant, et l'avait citée un jour à ses compagnes comme exemple d'édification.

« Aussi, voyez! » me dit le vieillard avec une sainte fierté, en me montrant de petits carrés de papier enfilés et suspendus par paquets en différents endroits de la muraille. Je demandai ce que c'était, et l'on m'apprit que ces petits carrés de papier contenaient chacun un précepte tiré de l'Écriture sainte, écrit de la main de M. Oberlin, et qu'il donne comme encouragement et comme marque de satisfaction. On les conserve religieusement dans les familles, ainsi que le souvenir des commentaires et des explications dont il a toujours eu soin d'accompagner ce don. Chaque individu de la famille a son paquet, dont il s'honore plus ou moins, selon qu'il est plus ou moins fourni.

« Quoique j'aie commencé tard, dit le vieillard, et que je n'en reçoive plus que de temps en temps, comme marque que j'ai été bon à quelque chose, mon paquet est honnête. Nous en avons tous un, et il n'y a pas jusqu'à son petit garçon, dit-il en montrant sa fille, qui, à l'examen de dimanche, n'ait commencé le sien. » La mère alors s'empressa de détacher de la muraille et de me montrer un seul petit papier passé dans une ficelle, sur lequel était écrit ce passage : « Souviens-toi de ton Créateur, aux jours de ta jeunesse. » Le respect avec lequel j'examinais ce petit papier excita dans la famille un sourire de satisfaction.

« Notre père Oberlin, » dit la jeune fille, comme répondant à ma pensée, « en donne aussi aux personnes étrangères qui viennent le voir et qui l'édifient par leurs bons discours. »

Je la remerciai d'un signe de tête; et, voyant que je ne pouvais mieux m'adresser pour apprendre ce que je désirais savoir, je fis causer le bon vieillard, qui ne demandait pas mieux, et j'appris de lui, sur le bien immense opéré par le vertueux pasteur, une foule de détails, bien incomplets encore, à ce qu'il paraît, et que cependant je ne pourrai rendre tous.

M. Stouber, comme je l'ai dit, avait entrepris l'amélioration des écoles; il y avait éprouvé d'abord les plus grands obstacles. On ne connaissait pas à Waldbach les livres élémentaires pour enseigner à lire. M. Stouber ayant composé un alphabet méthodique, ceux de la paroisse qui se trouvèrent en état de déchiffrer quelque chose, étonnés de ces mots sans liaison, y soupçonnèrent de l'hérésie; mais lorsqu'on les eut fait revenir sur ce point, et qu'ils eurent accepté avec beaucoup de peine un instituteur plus habile, que M. Stouber avait fait venir de Strasbourg, étonnés des progrès de leurs enfants, ils voulurent y participer. M. Oberlin trouva donc cette portion de l'éducation publique commencée. Mais la paroisse de Waldbach, dans ses cinq villages, ne possédait pas une maison d'école. La seule baraque que l'on eût destinée à cet usage, et qui consistait en une petite chambre, allait s'écrouler. Le premier soin de M. Oberlin est de s'adresser à la bienfaisance des habitants de Strasbourg ; il ouvre une souscription ; avant qu'elle soit remplie, il fait commencer à bâtir, exposant ainsi sa modique fortune et le modique revenu destiné à le faire vivre, lui, sa femme et sept enfants; c'est lui qui paye tout, dirige tout, et il n'obtient la possibilité d'achever son entreprise qu'après avoir signé et remis à la commune une promesse formelle que l'entretien de cette maison ne sera jamais à la charge du public. Cependant, les progrès d'une civilisation commencée avec ce zèle et cette puissance de volonté ont fini par écarter tous les obstacles, réchauffer tous les cœurs, éclairer tous les esprits; les communes de la paroisse ont depuis contribué d'elles-mêmes à la construction des maisons d'école, et les cinq villages en ont ou vont en avoir.

Il fallait en même temps arracher aux besoins de la misère ceux à qui on voulait faire goûter les plaisirs de l'instruction. Les pommes et les poires sauvages étaient, ainsi que je l'ai dit, les seuls fruits que connussent les habitants du Ban-de-la-Roche, les pommes de terre, la seule culture dont ils eussent l'idée; encore l'espèce en avait dégénéré, ne produisait presque plus et allait manquer. Le sol n'était propre qu'à un bien petit nombre de productions, et les esprits étaient encore plus difficiles à manier que le sol. Un conseil mal pris devenait une cause de méfiance et d'éloignement, un essai infructueux détruisait pour longtemps l'autorité des conseils. M. Oberlin s'attacha à présenter l'exemple, sans avoir l'air de chercher à le donner. Il avait deux champs dépendants de sa cure et que traversaient des sentiers très fréquentés par ses paroissiens. Il s'y établit avec son domestique, creusant des trous, travaillant la terre, plantant et soignant des arbres fruitiers. La curiosité retenait souvent les passants autour de lui; ensuite les résultats de son travail les tentèrent : on lui demanda des greffes, on voulut suivre ses méthodes, on désira ses directions. La régularité de la culture prit la place du désordre d'une nature rebelle; partout où put s'appliquer la main de l'homme, le hasard fut chassé, le travail en prit la place. M. Oberlin, sorti d'une famille savante[1], avait apporté dans son désert des connaissances étendues; il les fit servir à régner sur les forces matérielles qu'il avait à vaincre ou à diriger. Il interrogea le terrain et dans sa nature générale et dans ses diverses parties; il eut égard au climat qui, de la vallée au sommet de la montagne, se différencie, dit-on, depuis la température de Genève jusqu'à celle de Saint-Pétersbourg. Il fit venir de divers pays celles de leurs productions qui pouvaient avec plus d'avantage s'ap-

[1] La famille Oberlin s'est distinguée en Alsace, particulièrement dans la littérature classique. Elle a fourni le meilleur éditeur de Tacite.

proprier au sol. Toutes n'ont pas réussi, les abeilles ont échoué, un hiver rigoureux a fait périr la plupart des arbres fruitiers, et a un peu découragé de leur culture. Mais ce qui a manqué peut se recommencer avec de nouvelles méthodes et de nouvelles précautions; la difficulté est d'entrer dans la route des progrès; une fois entamée, elle nous entraîne. L'amélioration de la race des bestiaux, la science des engrais, tous les soins économiques propres à améliorer le sol, ont été l'objet des recherches et des travaux de M. Oberlin; tout y sert : l'enfouissement des plantes inutiles, les écoulements de l'évier, les haillons de laine, les restes de vieux souliers hachés, dont il paye aux enfants un sou le litre ou seize sous le boisseau. Enfin, il a établi au Ban-de-la-Roche une société d'agriculture affiliée à celle de Strasbourg. Il a fait ainsi entrer l'accélération du mouvement de l'esprit dans ses procédés économiques.

Mais bientôt ce fut le terrain qui manqua à l'agriculture. Les étroits espaces dérobés aux rochers ne suffisaient pas au travail de ses habitants. L'industrie nécessaire à sa petite colonie fut d'abord celle que voulut étendre et perfectionner M. Oberlin. Il choisit les jeunes garçons les plus intelligents et les envoya à ses frais hors de la paroisse apprendre les métiers de maçon, menuisier, serrurier, etc.; ensuite, cherchant d'autres ressources, il sentit la nécessité d'établir avec Strasbourg une communication facile et toujours ouverte; ce fut alors qu'il construisit le chemin et le pont de la Bruche; puis, par l'intérêt qu'il sut inspirer à une maison de commerce de Strasbourg, il procura à sa paroisse des travaux de filature de coton, dont le revenu dans une bonne année s'élève à trente-deux mille francs, somme dont on peut juger l'importance dans un canton où l'argent est si rare, qu'un sou donné à une pauvre veuve la combla de joie, parce qu'il lui fournit le moyen d'avoir pendant quelques jours du sel à manger avec ses pommes de terre. L'augmentation des machines menaçant de détruire la filature à la main, une amitié presque passionnée pour M. Oberlin, le charme qu'on éprouve à vivre au milieu de cette intéressante population ont attiré au Ban-de-la-Roche M. Legrand, négociant de Bâle; ses fils ont transporté à Fouday, l'un des villages de la paroisse de Waldbach, une manufacture de rubans qu'ils avaient dans le Haut-Rhin, et cette industrie est venue satisfaire à tous les besoins du travail.

Cependant ce n'était là que le commencement des résultats à obtenir. Comme le veut la Providence, M. Oberlin avait augmenté le bien-être de ses paroissiens pour ouvrir une carrière plus libre aux progrès de leur intelligence et de leurs vertus. Les travaux industriels ne suffisaient pas à occuper suffisamment un loisir et une activité qui, selon la direction qu'ils subissent, deviennent pour l'homme la source de tout ce qu'il y a de bonnes inclinations ou de mauvais penchants. L'enfance surtout, et particulièrement les jeunes filles qui ne pouvaient participer aux gros travaux, passaient dans le désœuvrement les heures que n'employait pas l'école; l'école même pendant le temps de sa durée ne pouvait suffire aux nécessités d'une éducation que des parents tous occupés, et la plupart encore mal instruits, n'étaient pas en état de surveiller. Le français pur remplaçait dans les écoles le mauvais patois qui, peu d'années encore auparavant, composait l'unique langage des habitants du Ban-de-la-Roche; mais le patois, plus commode pour des enfants qui l'avaient reçu avec leurs premières idées, revenait dans leurs amusements, tandis que, libres et indisciplinés, ils couraient dans les villages en échappant à la surveillance des maîtres. Les principes de l'ordre, de la morale, de la religion, faisaient la base de l'enseignement de l'école : mais, laissés à eux-mêmes, leurs petites passions, la légèreté de leur âge, devaient souvent leur en faire perdre le fruit, et certainement en affaiblir l'habitude. De concert avec sa femme, qui le secondait dans tous ses travaux, M. Oberlin forma et établit dans chaque village des conductrices payées et logées à ses frais, et qui furent chargées du soin des enfants pendant tout le temps qu'ils ne passaient pas à l'école. Là, les jeunes filles apprennent à travailler en chantant ou en écoutant des histoires, les jeunes garçons épluchent du coton, ou bien les enfants s'amusent ensemble sous les yeux des conductrices, et les amusements sont presque toujours tournés au profit de l'instruction. Des estampes enluminées sur l'histoire sainte, l'histoire naturelle, des cartes de géographie fournissent mille occasions d'acquérir des connaissances nouvelles. On cause sur les leçons reçues à l'école, et on se les fixe ainsi dans la mémoire. Il n'est pas permis de prononcer un mot de patois, si ce

19..

n'est pour en demander l'explication en français. L'été, on se promène en cueillant des plantes dont on apprend le nom et les vertus, puis on s'exerce à les dessiner, puis naît le désir d'en avoir à soi; les parents cèdent un petit coin de jardin, et le goût des fleurs commence chez les enfants le goût de l'agriculture, cette base sur laquelle reposent la civilisation et l'existence de la population du Ban-de-la-Roche. C'est à l'entretenir que tendent les soins continuels de M. Oberlin. Cette science fait partie de l'enseignement que reçoivent les enfants dans les écoles; il l'associe dans la chaire aux instructions religieuses, aux exhortations pieuses que, tous les dimanches, reçoivent de lui ses paroissiens; et, avant de recevoir la confirmation, chaque enfant doit avoir planté deux arbres de sa main. Enfin, la petite bibliothèque qu'il a fondée pour l'usage de sa paroisse est composée en grande partie de livres d'agriculture qui, passant de main en main, font dans les familles, avec le dessin et l'enluminure des cartes de géographie, une partie de l'amusement des dimanches. M. Oberlin réunit toutes les semaines, à Waldbach, les écoles des cinq villages; là, il cause avec les maîtres et les élèves, fait enseigner devant lui, enseigne lui-même, et ajoute à l'intérêt de l'instruction l'intérêt qu'elle reçoit, dans sa bouche, de la variété de ses connaissances et de la variété de ses récits. Les dimanches sont consacrés à l'instruction religieuse; et les jeudis, M. Oberlin a deux heures à donner aux hommes faits et aux jeunes gens, pour les employer à des entretiens utiles.

Voilà les moyens dont s'est servi M. Oberlin pour arriver à d'admirables résultats. Qui lui a fourni ces moyens? la Providence, dit-il, qui lui a toujours envoyé à point nommé les secours dont il avait besoin, comme elle les envoie en effet à tous ceux qui se reposent sur elle seulement des tourments de l'esprit, et ne laissant échapper ni un des moyens ni un des instants qu'elle leur a donnés pour s'aider eux-mêmes, n'attendent jamais gratuitement de sa bonté que ce qu'elle n'a pas permis qu'ils pussent accomplir par leurs propres forces. Toujours à la tête de tout, il a obtenu de ses paroissiens des efforts dont il leur donnait le plus courageux exemple. Le bien-être qu'il leur apportait, l'intérêt qu'il attirait sur eux, et, ce qui attache plus encore, les idées, les sentiments qu'il élevait dans leurs âmes, lui ont donné parmi eux l'autorité d'un patriarche régnant sur sa tribu. Des haines, des procès ajoutaient à leurs misère. Ce malheureux coin de terre disputait depuis quatre-vingt ans de tristes droits avec les propriétaires des usines du voisinage; M. Oberlin interposa son autorité, se fit appuyer de l'autorité respectée de l'excellent préfet de Strasbourg, M. de Lezay-Marnésia. Une transaction fut faite à l'amiable, et M. Oberlin reçut en hommage de reconnaissance la plume avec laquelle le préfet en avait signé l'acte. Des terrains étaient perdus en vaines pâtures, M. Oberlin en obtint le partage, et rendit ainsi aux soins vigilants des propriétaires ces champs que ne soignait personne. Des dettes contractées pour les plus impérieux besoins accablaient, entravaient souvent le malheureux cultivateur : il engagea ses paroissiens à se cotiser, et, par des mises légères prélevées régulièrement sur leur petits profits, à former une caisse d'amortissement où la dette exigible était toujours assurée de trouver une ressource prête qui préservait ainsi de l'inquiétude, plus fatigante que le travail, plus décourageante que le besoin. Au milieu de cette population, toujours si voisine des premières nécessités et des détresses plus pressantes, des familles plus chargées d'enfants, des malheurs imprévus exigent souvent des secours particuliers. L'aumône est un des premiers devoirs enseignés aux pauvres habitants du Ban-de-la-Roche. Le dimanche est le jour consacré à ceux qu'on regarde comme plus spécialement sous la protection du Seigneur : ce jour-là on travaille pour eux; ce jour-là aussi se rassemble ce qu'on a pu économiser pour eux dans la semaine. M. Oberlin reçoit tout ce qu'on lui apporte en œufs, légumes, argent, et se charge de le distribuer selon les besoins, qu'il surveille avec exactitude, sans leur permettre de s'étendre au-delà de l'exacte réalité, sans souffrir qu'ils puissent être pris pour l'excuse d'une faute. Les propriétaires des bois voisins ont, plus d'une fois, reçu des mains de M. Oberlin des restitutions en argent obtenues par ses soins, pour prix de quelques coupes illicites que la misère avait dérobées dans leurs propriétés. Le respect s'en est accru, et la bienveillance du dehors a été un des puissants auxiliaires que M. Oberlin a su associer à ses projets.

Il a eu soin de la faire servir à ce bien-être général qui augmente insensiblement le bien-être individuel, sans donner à chacun l'habitude de compter sur sa pauvreté comme sur une ressource qui dispense de chercher les moyens d'en sortir. Un outil cassé ou trop cher, ou trop difficile à se procurer, devenait un malheur qui pouvait interrompre tous les travaux et plonger toute une famille dans la détresse. Il en établit un magasin où on les achetait au prix coûtant, et où l'on n'était obligé de les payer qu'à des époques éloignées, à mesure que rentrait le prix des travaux. Il aida les habitants à se construire des maisons plus saines, plus propres à conserver leurs denrées, se procura deux pompes à feu pour les incendies. Des prix ont été fondés pour l'encouragement de l'amélioration des bestiaux; des instruments de physique, des livres ont été achetés, des traités ont été composés pour les écoles et la bibliothèque. La bienfaisance a toujours eu le plaisir de trouver un emploi honorable pour ceux à qui elle s'appliquait. Elle eût plus promptement réalisé ses vues si la révolution ne fût venue diminuer ses moyens, et détruire quelques-uns de ses résultats, en s'emparant de plusieurs fondations perpétuelles faites en faveur du Ban-de-la-Roche; mais M. Oberlin a assez vécu pour empêcher son ouvrage de tomber en décadence.

Pour l'entretenir, pour maintenir les nombreuses relations dont il avait besoin, pour écarter les obstacles, faire taire les fausses interprétations, les dédaigneuses moqueries qu'oppose toujours l'inertie des indifférents aux efforts d'un zèle qui les importune, il a fallu tous les prodiges d'une activité à laquelle on ne conçoit pas que puisse suffire la vie d'un homme. Les pénibles travaux d'un chef de peuplade obligé de donner à tous la direction et l'exemple, la surveillance des écoles publiques, le soin d'une école qu'il tenait lui-même, et dont les émoluments lui donnaient les moyens d'étendre ses bienfaits, les consolations, les secours qu'à travers les neiges et les précipices il portait aux mourants, et prodiguait aux malades, dont il s'était fait le médecin pour les arracher à des remèdes dangereux et à des pratiques superstitieuses, ses conseils toujours prêts, ses consolations toujours abondantes, rien n'interrompit jamais le service divin, ni les religieux exercices de sa profession. La nuit, il courait à Strasbourg faire ses affaires, c'est-à-dire celles de sa paroisse; puis il venait se reposer dans la prière, sa consolation ou plutôt son bonheur, car il n'a point besoin de consolation. Il a perdu sa femme, la compagne de sa vie, de ses travaux, de ses sentiments; mais il n'a point cessé de vivre en sa société : tous les jours, des heures entières sont consacrées à se rapprocher d'elle, à communiquer intimement avec elle, dans ces élévations d'âme qui n'ont pas besoin du secours de la superstition pour rendre sensible la présence de ceux qu'on aime. Il a perdu un de ses fils, celui que son caractère, ses talents, sa vocation appelaient à lui succéder, et qui est mort victime de son dévouement dans un incendie. « Dieu lui a permis d'aller rejoindre sa mère, et son père presque reconnaissant a consenti de bon cœur à se charger, autant qu'il lui sera possible, de sa tâche dans ce monde. » Dieu et Jésus-Christ sont les amis de son cœur, et, s'il est permis de s'exprimer ainsi, les compagnons de sa vie : ils l'entourent et veillent sur ceux qui lui sont confiés, ils le protègent, et ne lui manquent pas un seul instant : aussi s'en rapporte-t-il à eux bien plus qu'à lui-même de toutes les décisions où son esprit se trouve embarrassé. Les difficultés les plus habituelles, les seules presque qui se présentent, sont occasionnées par les besoins et les affaires de ses paroissiens, combinées quelquefois de telle sorte que porter secours à l'un autant qu'il le désirerait, rendre un jugement sur une affaire selon qu'elle aurait frappé son esprit, serait peut-être prendre sur la part d'un voisin, ou s'exposer à rendre une décision imparfaite. Pour ces cas embarrassants, il a dans sa poche de petits billets où sont écrits *oui* ou *non* : Dieu conduit sa main, car il fait si bon avec lui, qu'il est impossible qu'il ne soit pas où on l'appelle, et il se détermine ensuite suivant la réponse à la question préparée d'avance.

J'ai vu cet homme vertueux. Après une conversation avec le vieillard, je fus introduit près de lui. Sa taille est assez élevée, il est maigre, et droit pour son âge, aujourd'hui de soixante-dix-sept ans [1]. Ses cheveux sont blancs, son expression simple et tranquille. Sa manière est grave, ses paroles sont douces et bienveillantes, pleines d'onction et de tendresse. On ne le voit guère sourire; mais le calme de son

[1] En 1817.

visage peint la sérénité de son âme. Il n'a pas besoin de parler aux autres de ce qui l'occupe, mais il ne le craint pas, et il s'étend alors en détails d'autant plus précis, que chacun d'eux a pris sa place marquée dans un esprit constamment occupé des mêmes idées, livré constamment aux mêmes soins. Nul doute qu'en entrant dans la carrière, M. Oberlin à la vivacité de son imagination ne joignît ce besoin universel du bien qui se porte sur tous les moyens de l'accomplir. Souvent sollicité par des emplois plus avantageux, une fois il fut tenté de quitter le Ban-de-la-Roche pour aller dans les déserts de l'Amérique chercher de plus grands travaux; mais il demeura, et la Providence le réserva pour le lieu où de longtemps peut-être personne n'aurait pu le remplacer. Ses idées se concentrèrent insensiblement sur le bien spécial qu'il était appelé à opérer; il ne vit plus autre chose dans le monde, et marcha d'autant plus ferme dans sa route, qu'il oublia qu'il pût rien exister hors de là. Sa vie est consacrée aux affaires de sa paroisse, à celles de ses paroissiens, et surtout aux sentiments où n'entre plus aucune pensée de ce monde; la bienfaisance se manifeste en lui comme la respiration, comme une habitude qu'il n'est pas plus en son pouvoir de remarquer que d'abandonner. Rien n'est donc plus facile à ceux qui vont le visiter que d'apprendre en peu de temps l'histoire de ce petit pays, d'en connaître à fond le bienfaiteur. Ce qu'il pense, ce qu'il dit à présent, il le disait, il le pensait sans doute il y a trente ans.

L'impression la plus marquée qu'ait faite sur lui

le genre de vie qu'il a mené et qu'il a enseigné aux habitants du pays, est un besoin tout particulier de régularité et d'économie, dans le plus petit cercle possible de dépenses; car, en ce point, ses pensées semblent aussi restreintes que ses habitudes. Pendant la terreur, plusieurs personnes se réfugièrent des environs de Strasbourg au Ban-de-la-Roche, et M. Oberlin les accueillit avec beaucoup de bonté. L'étonnement qu'il éprouva de la prodigalité de ceux qui avaient quelques ressources, et de l'inexpérience en fait d'économie des personnes que le malheur des temps mettait dans l'embarras, se peint encore dans le récit qu'il fait avec une extrême simplicité des remontrances qu'il avait eu l'occasion de leur adresser à ce sujet : cette disposition est devenue un tel besoin pour lui, qu'elle se reproduit en toute circonstance, avec tout le monde : nul n'a autant besoin, je crois, de donner des conseils et de dire son avis sur tout ce qui se passe autour de lui : habitué qu'il est à exercer constamment et depuis si longtemps une autorité toujours respectée, toujours signalée par de bons effets, il l'applique sans la moindre hésitation aux étrangers comme à ses paroissiens. Il accueille les voyageurs simplement, mais avec hospitalité : on dîne chez lui, mais sans qu'il y ait aucun changement dans les habitudes du ménage ou du service, si ce n'est que les portions sont augmentées : à table, sous ses yeux, la moindre prodigalité de pain, de sel, est réprimée par un avis, et réparée immédiatement par un autre emploi, et cela, avec une simplicité, une force de conviction qui président aux habitudes les plus ordinaires, comme aux sentiments les plus intimes, les plus élevés de cet excellent homme. Je n'ai jamais vu personne qui fût pénétré d'une foi si vive, d'une si ferme confiance dans ses sentiments religieux.

Depuis quelques années, ceux qui le visitent le rencontrent habituellement chez lui, dans son cabinet, au milieu de beaucoup de livres et de toutes sortes de petits instruments, de petits objets de curiosité, dont il se fait des moyens d'amusement ou d'instruction pour les enfants de la paroisse, à qui leur bonne conduite chez leurs parents, leurs succès dans les écoles ont mérité la récompense d'être appelés à passer quelques moments auprès de lui. Les pères ou les mères les conduisent et assistent habituellement à ces visites. Les difficultés qu'élèvent entre les hommes les erreurs ou la préoccupation de leur esprit, ont sans doute fortement et souvent frappé M. Oberlin. Il a chez lui un tableau placé dans un cadre contre la muraille, et où la disposition du dessin et du verre fait voir à droite un oiseau, à gauche une fleur. Ce tableau fait presque toujours le premier sujet de son entretien avec les étrangers et avec les enfants qui viennent le voir pour la première fois. Il consulte les spectateurs placés par lui de chaque côté, il s'étonne de cette différence de leur coup d'œil, insiste pour les mettre d'accord, et, ne pouvant y parvenir, il en conclut qu'il faut souvent un arbitre pour arranger ceux qui prétendent juger seuls dans leur propre cause. D'autres fois il présente aux assistants des verres de diverses couleurs, et reconnaît les dispositions du caractère, selon le choix qui lui est indiqué; mais ceci est un luxe d'esprit qui ne se produit guère qu'avec les étrangers.

J'ai passé plusieurs heures avec M. Oberlin, ravi de l'entendre, de voir se déployer devant moi, pour ainsi dire, toute son existence avec cet abandon, cette naïveté qui tient aux sentiments sincères, aux opinions sans incertitude, avec cette simplicité de caractère qui fait les hommes forts, parce que, les remplissant d'une idée unique, elle ne leur permet pas de soupçonner ce qui peut la contredire, et ne leur fait voir ainsi les obstacles qu'un à un, à mesure qu'ils se présentent, sans les troubler jamais par des craintes anticipées, ou accumuler autour d'eux les souvenirs qui découragent. En quittant le respectable patriarche, j'ai reçu de lui, avec sa bénédiction, deux de ses petits carrés de papier que je conserverai soigneusement. Je me suis procuré aussi quelques-unes des lettres dont les finales sont toujours accompagnées d'un souhait pieux. Une de celles que je possède se termine ainsi : « Que le Seigneur soit avec « vous, qu'il vous bénisse et conserve ! » C'est le vœu le plus tendre que puisse faire « celui qui ne cesse de remercier Dieu d'être constamment avec lui. D'autres fois il dit : « Que le Seigneur vous donne d'être « soumis à ses volontés ! »

Malheureusement cet homme honorable est près du terme de sa vie. Pendant cinquante années il n'a cessé de célébrer le service divin à Waldbach, et successivement dans les autres villages de la paroisse :

maintenant, il ne sort presque plus de celui qu'il habite, et là même, la longue habitude qu'ont ses paroissiens de le voir sans cesse au milieu d'eux, de recourir à lui en toute occasion, l'expose souvent à une fatigue que ses forces ne lui permettraient plus de supporter. Il parle saintement de sa joie d'aller retrouver Dieu, sa femme et son fils, et semble plus fortement préoccupé de cette pensée que du regret de quitter le coin de terre où il a fait tant de bien : cependant ses paroissiens, les étrangers, se demandent déjà avec inquiétude qui le remplacera ; car il est même impossible de connaître par combien de manières il a su, pendant le cours d'une longue vie, leur être utile et contribuer à l'amélioration de leur sort.

FIN DU TOME PREMIER.

TABLE DES CHAPITRES

FIN DE LA TABLE DU TOME PREMIER.

PARIS. — IMPRIMERIE E. MARTINET, RUE MIGNON, 2

BIBLIOTHÈQUE D'ÉDUCATION MORALE.

Nouvelle Collection in-12

A 2 fr. le vol. broché, et 3 fr. le vol. relié

GUIZOT (Mme).

L'ECOLIER, ou RAOUL ET VICTOR, *ouvrage couronné par l'Académie française.* 12e édit. 2 vol. 8 jolies vignettes.

UNE FAMILLE, ouvrage continué par Mme *A. Tastu.* 7e édit. 2 vol. 8 vign.

LES ENFANTS, contes pour la Jeunesse. 10e édit. 2 vol. 8 vignettes.

NOUVEAUX CONTES pour la Jeunesse. 9e édit 2 vol. 8 vignettes.

RÉCRÉATIONS MORALES, contes pour la Jeunesse. 10e édit. 1 vol. 4 vignettes.

F. RICHOMME (Mme).

JULIEN ET ALPHONSE, ou le Nouveau Mentor, *ouvrage couronné par l'Académie française.* 1 vol. 6 lithog.

C. DELEYRE (Mlle).

CONTES POUR LES ENFANTS DE 5 A 7 ANS. Nouvelle édition, revue par Mme F. RICHOMME. 1 vol., avec jolies lithographies.

CONTES POUR LES ENFANTS DE 7 A 10 ANS. Nouvelle édition, revue par Mme F. RICHOMME. 1 vol., avec jolies lithographies.

ULLIAC-TRÉMADEURE (Mlle).

LES JEUNES NATURALISTES, entretiens familiers sur les *animaux*, les *végétaux* et les *minéraux.* 5e édit. 2 vol. 32 vign.

LE MÊME OUVRAGE, avec vignettes coloriées, 6 fr.

CLAUDE, ou le Gagne-Petit, *ouvr. cour. par l'Acad. franç.* 1 vol. 4 vignettes.

ETIENNE ET VALENTIN, ou Mensonge et probité, *ouvrage couronné.* 3e édition. 1 vol. 4 vignettes.

CONTES AUX JEUNES NATURALISTES. 5e éd. 1 vol. 4 vignettes.

LES JEUNES ARTISTES, contes sur les beaux-arts. 3e édit. 1 vol., vignettes.

ÉMILIE, ou la Jeune Fille auteur. 1 vol. in-12, vignettes.

LAURE BERNARD (Mme).

LES MYTHOLOGIES DE TOUS LES PEUPLES racontées à la Jeunesse. 1 vol., orné de 60 vignettes gravées sur acier.

A. TASTU (Mme).

LES ENFANTS DE LA VALLÉE D'ANFLAU ou Notions familières sur *la Religion, la Morale, les Merveilles de la nature.* 2 vol. 8 vignettes.

LECTURES POUR LES JEUNES FILLES, modèles de littérature en *prose* et en *vers* extraits des meilleurs écrivains. 2 forts volumes.

ALBUM POÉTIQUE DES JEUNES PERSONNES, ou Choix de poésies. 1 vol., portraits.

LES RÉCITS DU MAITRE D'ÉCOLE, lectures pour l'enfance et l'adolescence, imités de *C. Cantu.* 1 vol. 4 vignettes.

L'HONNÊTE HOMME, lectures pour la jeunesse, imité de *C. Cantu.* 1 vol. 4 vign.

DELAFAYE-BRÉHIER (Mme).

LES PETITS BÉARNAIS. Leçons de morale. 9e édit. 2 vol. [illegible] vignettes.

LES ENFANTS DE LA PROVIDENCE, ou Aventures de trois jeunes orphelins, 7e édit. 2 vol. 8 vignettes.

LE COLLÉGE INCENDIÉ, ou les Écoliers en voyage. 7e édit. 1 vol. 4 vignettes.

E. GAGNE-MOREAU (Mme).

VOYAGES ET AVENTURES d'un jeune Missionnaire. 1 vol. avec 6 lithographies.

BERQUIN.

L'AMI DES ENFANTS. Edition complète. 2 vol. avec 32 figures sur acier.

ERNEST FOUINET.

SOUVENIRS DE VOYAGE en Suisse, en Grèce, en Espagne, etc., ou Récits du capitaine Kernoël, destinés à la jeunesse. 1 vol. avec 6 lithographies

DE GENLIS (Mme).

LES VEILLÉES DU CHATEAU. 2 vol. ornés de 12 vignettes.

THÉATRE D'ÉDUCATION. 2 vol. avec vign.

LES PETITS ÉMIGRÉS. 1 vol. avec vign.

PARIS. — Impr. de PILLET fils aîné, rue des Grands-Augustins, 5

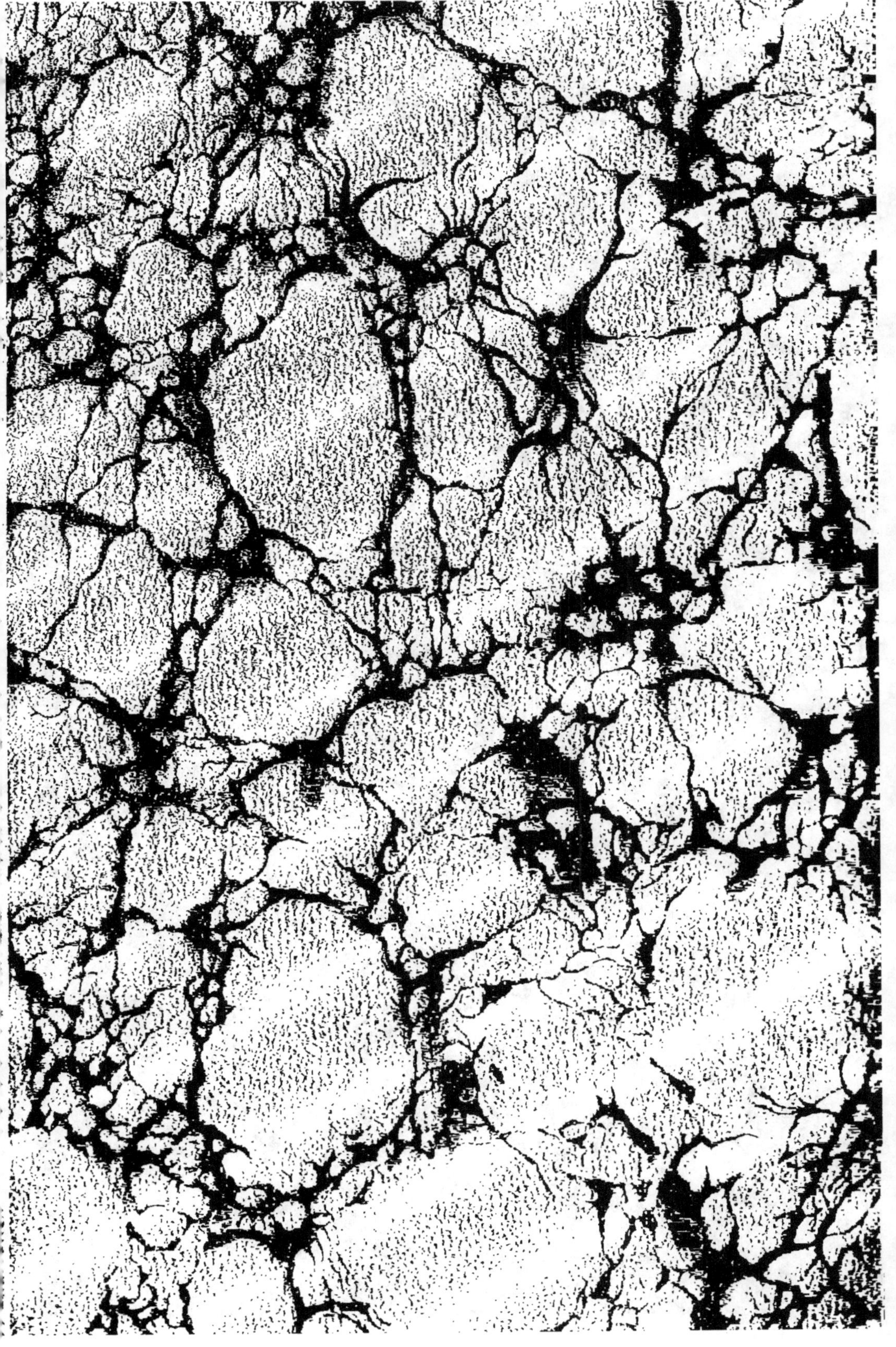

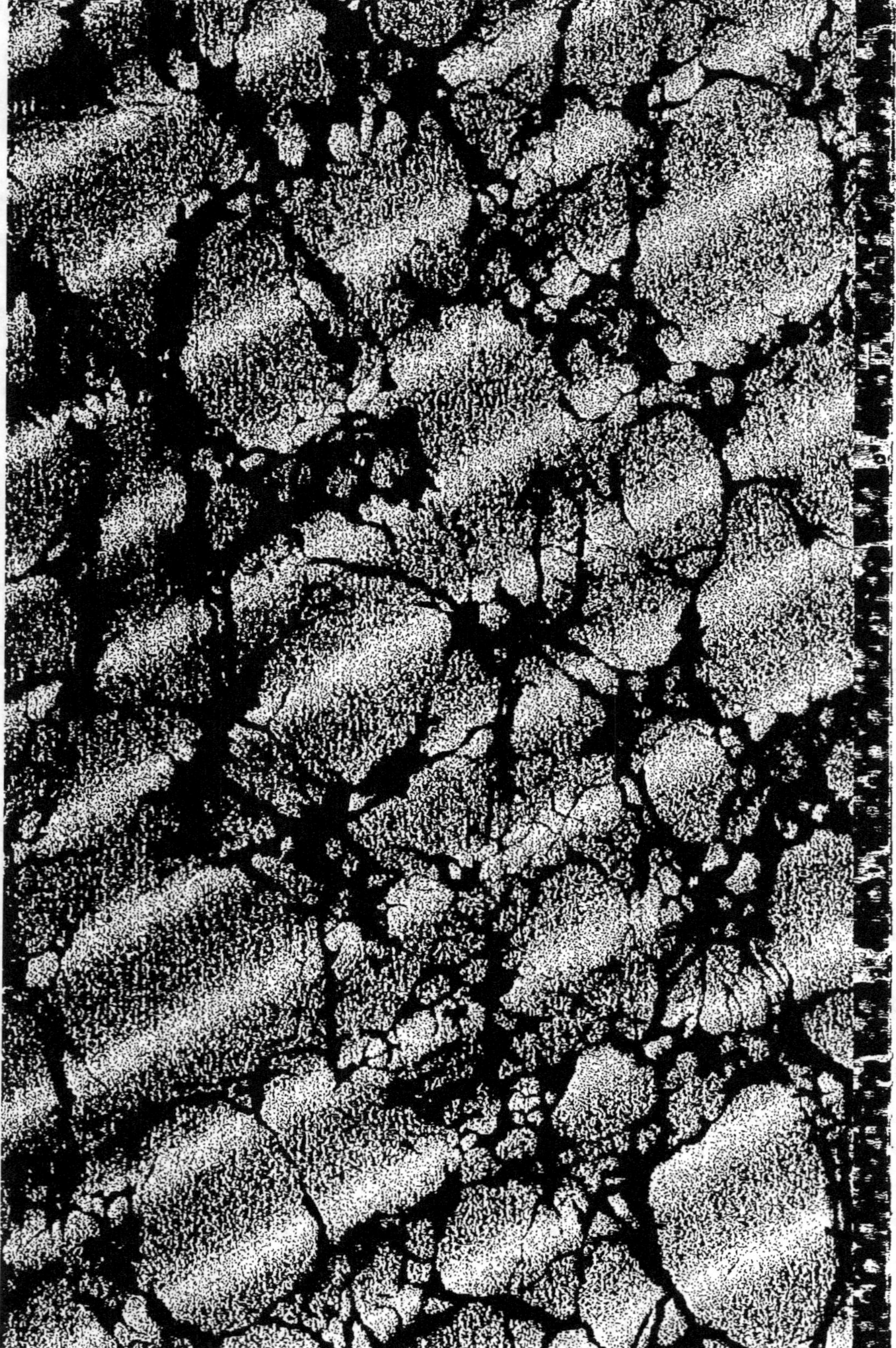

www.ingramcontent.com/pod-product-compliance
Lightning Source LLC
LaVergne TN
LVHW020607110826
845149LV00002B/391

* 9 7 8 2 0 1 3 7 5 4 0 8 8 *